李商隱詩選

李商隱 著

陳永正 選注　陳皓怡 導讀

J.P.C

責任編輯	許正旺
版式設計	任媛媛
封面設計	道　轍

書　　名	李商隱詩選
著　　者	李商隱
選　　注	陳永正
導　　讀	陳皓怡
出　　版	三聯書店（香港）有限公司
	香港北角英皇道 499 號北角工業大廈 20 樓
	Joint Publishing (H.K.) Co., Ltd.
	20/F., North Point Industrial Building,
	499 King's Road, North Point, Hong Kong
香港發行	香港聯合書刊物流有限公司
	香港新界荃灣德士古道 220-248 號 16 樓
印　　刷	美雅印刷製本有限公司
	香港九龍觀塘榮業街 6 號 4 樓 A 室
版　　次	1998 年 6 月香港第一版第一次印刷
	2021 年 5 月香港第二版第一次印刷
規　　格	特 32 開（105 mm × 165 mm）408 面
國際書號	ISBN 978-962-04-4792-1

© 1998, 2021 Joint Publishing (H.K.) Co., Ltd.

Published & Printed in Hong Kong

本書原為我公司出版的《中國歷代詩人選集》叢書（劉逸生主編）之一。

再版說明

"三聯文庫"自一九九八年出版，遴選中外文學代表作，包羅古今文類。文庫前後收錄小說、詩詞、散文、戲劇、翻譯作品等八十二種，為讀者提供豐盛的文學滋養，有利於讀者輕鬆閱讀、欣賞經典。

文庫初版時值本店成立五十週年，如今本店已逾從心之年，故將重版本文庫以作紀念。為滿足大眾讀者需求，是次再版仍維持優惠的定價，設計則凸顯書本手感與閱讀內文的舒適度，更特邀資深中文科老師、作家撰寫導讀，引導讀者品賞名作。

為保全作品原貌，編輯不對原書內文作明顯改動，只修訂部分文字、標點、注釋資料等錯處，以示尊重。雖經細緻校正，惟編輯水平所限，錯漏難免，懇請讀者指正。

三聯書店（香港）有限公司

出版部

二〇二〇年一月

目錄

導讀 / 陳皓怡

前言

錦瑟   001

重過聖女祠   006

潭州   009

贈劉司戶   012

南朝   015

哭劉蕡   018

荊門西下   020

杜工部蜀中離席   023

隋宮   027

二月二日   032

籌筆驛   035

即日   039

無題二首 (選一)   042

無題四首 (其一、其二) 044

王十二兄與畏之員外相訪見
招小飲，時余以悼亡日近，
不去，因寄。   049

無題 052

碧城三首 (選一) 055

牡丹 058

馬嵬二首 (選一) 062

富平少侯 067

野菊 069

過伊僕射舊宅 071

重有感 073

春雨 076

楚宮 079

安定城樓 082

淚 086

流鶯 089

七月二十九日崇讓宅讌作 091

無題一首 094

昨日 098

井絡 100

寫意 103

隨師東 105

正月崇讓宅 109

曲江 111

九日 114

贈司勳杜十三員外 117

行次昭應縣道上送戶部李郎中
充昭義攻討　　　120

贈別前蔚州契苾使君　　122

（以上七言律詩四十二首）

蟬　　　125

哭劉司戶二首　　128

北禽　　　132

風雨　　　135

武侯廟古柏　　138

無題四首（其三）　　142

落花　　　144

北樓　　　146

有感二首　　148

即日　　　157

晚晴　　　159

淮陽路　　　161

哭劉司戶蕡　　163

細雨　　　165

夜飲　　　167

涼思　　　169

幽居冬暮　　171

（以上五言律詩十九首）

霜月　　　173

北齊二首　　　　　　　　174

渾河中　　　　　　　　　177

夜雨寄北　　　　　　　　179

初起　　　　　　　　　　182

宿駱氏亭寄懷崔雍崔袞　　184

夢澤　　　　　　　　　　187

寄令狐郎中　　　　　　　190

杜司勳　　　　　　　　　192

漢宮詞　　　　　　　　　194

隋宮　　　　　　　　　　196

柳　　　　　　　　　　　198

端居　　　　　　　　　　200

詠史　　　　　　　　　　202

齊宮詞　　　　　　　　　204

宮妓　　　　　　　　　　206

宮詞　　　　　　　　　　208

代贈二首　　　　　　　　210

瑤池　　　　　　　　　　212

南朝　　　　　　　　　　214

韓冬郎即席為詩相送，一座
盡驚。他日余方追吟"連宵
侍坐徘徊久"之句，有老成
之風。因成二絕寄酬，兼呈
畏之員外。　　　　　　　216

西南行卻寄相送者　　　　220

有感　　　　222

亂石　　　　224

過楚宮　　　　226

龍池　　　　228

常娥　　　　231

初食笋呈座中　　　　234

白雲夫舊居　　　　236

到秋　　　　238

樂遊原　　　　240

暮秋獨遊曲江　　　　242

賈生　　　　243

舊將軍　　　　245

李衛公　　　　247

漫成五首　　　　249

花下醉　　　　258

（以上七言絕詩四十四首）

悼傷後赴東蜀辟至散關遇雪　　　260

樂遊原　　　　261

聽鼓　　　　263

憶梅　　　　265

漫成三首（選一）　　　267

天涯　　　　　　　　　269

早起　　　　　　　　　271

細雨　　　　　　　　　272

滯雨　　　　　　　　　274

柳枝五首　　　　　　　275

（以上五言絕詩十四首）

韓碑　　　　　　　　　283

無題四首 _{（其四）}　　　　294

燕臺四首　　　　　　　297

（以上七言古詩六首）

無題二首 _{（選一）}　　　310

房中曲　　　　　　　　313

海上謠　　　　　　　　316

驕兒詩　　　　　　　　319

行次西郊作一百韻　　　327

井泥四十韻　　　　　　350

（以上五言古詩六首）

共古今體詩一百三十一首

附錄：李商隱年譜簡編　　359

導讀

陳皓怡

　　若要年青人閉上眼列舉幾句義山的詩，相信大部分人定必會背兩句《錦瑟》、《無題》：看著天上明月，想起"身無彩鳳雙飛翼，心有靈犀一點通"，會心微笑；偶然思及"此情可待成追憶？只是當時已惘然"，心有千結；吟誦兩句"春蠶到死絲方盡，蠟炬成灰淚始乾"，潸然淚下。大多數人對義山的印象停留於愛情詩，無他，"情不知所起，一往而深"，大抵感情正是最能觸動人心之所在，而義山之愛情詩愁腸百結，描繪愛情求而不得，絲絲入扣，甚得人心。

　　論李商隱其人，耿直灑脫，拙於逢迎，既接受牛黨令狐氏之恩惠，又娶李黨王茂元之女，致使遭受兩黨中人攻訐，兩面不討好。《舊唐書》評之"無操持，恃才詭激"，《新唐書》謂之"詭薄無行，放利苟合"，雖偏見甚重，但亦可反映義山在人事處理上的拙劣及不善逢迎。古人論詩有"詩如其人"之說法，此說當是，"言者志之苗，行者文之根"（白居易《讀張籍古樂府》），若作者在為詩時不加矯飾地把自己內心感受寫在紙上，詩作自然能反映其想法，故可謂作品在一定程度上能反映作者的性情。

　　論其詩風，則讓人又愛又恨。其詩綺艷，賀裳指他"綺才艷骨"、陳明善寫他"高華典麗，音韻纏綿"、敖陶孫謂其"綺密瑰妍"；其詩隱僻，李純甫謂其"喜用僻事、下奇字"、錢龍惕謂其"隱事僻義"、元遺山則謂其"詩家總愛西崑好，獨恨無人作鄭箋"。惠洪甚至指義山詩用事僻澀，乃"文章一厄"。歷代學者對李商隱詩的評價出入頗大，愛之者與毀之者眾說紛紜，莫衷一是。

　　誠然，李商隱的詩常予人優美朦朧之感，很多時候其詩作亦喜用僻事，部分詩作之寓意未免晦澀難分，故很多人視他的詩為豔情、冶遊之作，而使評價兩極。但是，撫心自問，若身處李商隱之境地，作為一個捲入政治鬥爭、動輒得咎的文人，詩風朦朧、寓意晦澀，亦是可以理解的。加上義山才力卓絕，下筆為詩大多隨興而至，只是將腦中想法定格於筆墨之上，未必刻意寫就某一題材，因此，解讀一首詩作時，萬不可只以一意而蔽。

　　以《錦瑟》為例，"錦瑟無端五十絃，一絃一柱思華年。莊生曉夢迷蝴蝶，望帝春心託杜鵑。滄海月明珠有淚，藍田日暖玉生煙。此情可待成追憶，只是當時已惘然"。後世解讀此詩，從愛情、悼亡、政治甚至詠物等不同角度解讀，試圖將詩具象化，揭秘義山私生活。詩人自訂詩集後,將《錦瑟》放於最前面,此可為一首序詩。義山回顧半生,過往傷痛彷若莊生曉夢,淒寒悵惘,華年朦朧之美只可意會不能言傳,然而光陰易渡,此可謂義山「追溯平生而作也」。

詩人用詩言志,以詩寄情,而詩作本身則能反映詩人的風格。正如人性是複雜的,一位詩人可以有多種風格,其劃分方式是多樣的,可以是縱向式的劃分,基於不同經歷,詩人在不同時期會有不同的風格;也可以是橫向式的劃分,針對不同用途、體裁、情緒,自有不同風格展現。故此,欲真正認識詩人,則應全面地讀他的詩作。李商隱存詩約六百首,其吟詠題材多樣,大抵可分為政治、詠史、抒懷、詠物、感情、交際,加之風格多變,時以沉鬱如杜甫,時以哀怨如李賀,細讀之下,絕對能發掘出不一樣的李義山。以下試從幾個角度選讀一些不同詩風之作品:

一、直陳時弊

李商隱之詩,在句法、章法和結構方面,深受杜甫影響,王安石云:「唐人知學老杜而得其藩籬者,惟義山一人而已。」李商隱早期多寫政治及詠史詩,直陳時局,其長詩爭瀑流,詩風沉鬱悲憤,一瀉而下。然義山詩雖學杜詩但不似杜詩,肖其神而不盡其形，同樣沉鬱頓挫，卻又別有風格。子美政治詩則更多著眼於平民之困苦，從民生角度出發，合其憂國憂民之胸懷，較少直接針砭特定對象。相較而言，義山政治詩格局雖肖子美，卻每每針對時弊，力陳見解，甚或點評政局，評論性較強。

《舊唐書》評義山"恃才詭激"，"詭激"，即怪異偏激。觀其《行次西郊作一百韻》一篇，寫開元年間，上位者任用奸邪，致使朝政敗壞，"降及開元中，奸邪撓經綸。晉公忌此事，多錄邊將勳。因令猛毅輩，雜牧昇平民"。又寫"皇子棄不乳，椒房抱羌渾"，玄宗廢太子之事。身在晚唐，寫先帝施政之失，可謂膽大過人，更於詩中暗寫權臣之禍，直斥天子之非，"我願為此事，君前剖心肝。叩頭出鮮血，滂沱污紫宸。九重黯已隔，涕泗空沾唇。使典作尚書，廝養為將軍"。斥天子用人不當，朝中文武官員才能不足，無怪乎落得"恃才詭激"之評語。

李商隱在《韓碑》中借韓愈《平淮西碑》，寄寓自身對宣宗貶逐李德裕等人之不認同，敢言直諫。《隨師東》則寫節度使之禍，尾聯"可惜前朝玄菟郡，積骸成莽陣雲深"。前朝二字下筆大膽，直陳當朝施政之失。《有感二首》寫"甘露之變"，既直斥宦官迫脅天子、殘害忠良之舉，亦痛心宰相李訓，鳳翔節度使鄭注計劃不周詳，"素心雖未易，此舉太無名"，致使事敗被斬，牽連甚廣，篇末亦暗諷文宗"近聞開壽讌，不廢用咸英"。

對於天寶年間玄宗錯信佞臣、獨寵楊家、錯用胡將等舉措，致使安史禍亂降臨，及後亂局須平定，卻留下民生困苦、藩鎮割據、宦官為禍、牛李黨爭等的問題，唐國勢不復，李商隱深感痛心，亦希望自己可以才能扭轉疲局，奈何終未得賞識。

二、詠物抒懷

後世評論者常以"楚雨含情皆有託"為義山《無題》詩作注腳，深究其無題詩之本事，此不恰當。然而此句可用作其詠物詩的注腳。劉熙載在《藝概》中言"詠物隱然只是詠懷，蓋個中有我也"。義山多有詠物詩，其詠物詩多托物言志，如"皇都陸海應無數，忍剪凌雲一寸心！"（《初食笋呈座中》）以伐笋寫落第，雖初試落第，卻不減其志氣，此詩寫於早期；"本以高難飽，徒勞恨費聲"（《蟬》）中蟬的清高形象，對照詩人自身小官微祿，難飽費聲之境地，何其相似，然雖寫不遇之悲，結尾"我亦舉家清"擲地有聲，甚具氣勢；"不須併礙東西路，哭殺廚頭阮步兵"。（《亂石》）以縱橫亂石喻政客，阻塞忠賢之路，以阮籍自命，此句本應意旨哀傷，"哭殺"一詞

卻雄渾有力，減卻兩分自憐自哀；"已悲節物同寒雁，
忍委芳心與暮蟬？"（《野菊》）暗喻自身孤苦無依，
卻不效暮蟬之怨，自見風骨。

觀其述懷之作，部分作品仍然為時政發聲，氣勢
雄偉，如續寫眾人皆醉我獨醒的官場生態之"座中醉
客延醒客，江上晴雲雜雨雲"（《杜工部蜀中離席》）；
以詩作反擊朋黨勢力的"不知腐鼠成滋味，猜意鵷雛
竟未休"（《安定城樓》）；"目斷故園人不至，松醪一
醉與誰同？"（《潭州》）中的自傷流滯；聞友人被貶
之淒痛，憤而寫下"此樓堪北望，輕命倚危欄"（《北
樓》）；視無常的政治生涯為乘興之遊的"可憐萬里堪
乘興，枉是蛟龍解覆舟"（《岳陽樓》），雖蛟龍在水
而不懼。義山述懷之作氣勢磅礴，寫不遇之情卻又
不自哀自憐，雖用事頗多，但用事之餘尚能使人不知其
典，便能明其意，則其典可謂未算隱僻，恰好為作品
增添幾分深意矣。

三、感情與交際

情之一字，最苦煞人心，歷代詩人筆下想盡不少
情思，少女情懷如易安"倚門回首，卻把青梅嗅"；
思而不得如玄機"江南江北愁望，相思相憶空吟"；
熱烈愛戀者如李白"相思無晝夜，東泣似長川"；以

死成就永恆的《孔雀東南飛》；理性審視如司馬光"相見爭如不見，有情何似無情"。相知、相思、相憶、單戀、熱戀……凡此種種，在詩人筆下成為不能磨滅的經典。

　　不少人考究李商隱的感情經歷，指其一生經歷了三次刻骨銘心的愛情：柳枝姑娘、女道士宋華陽、妻子王氏，前兩次情緣未可證實，故不論之，惟與妻子王氏的愛情，則多次在其詩中展現。李商隱二十六歲娶王氏，三十九歲王氏卒，夫妻相守十三年間，多次分隔異地，但亦無損夫妻感情。其妻王氏死後，李商隱受到重大打擊，為其寫下不少悼亡詩，如"背燈獨共餘香語，不覺猶歌《起夜來》"（《正月崇讓宅》），獨自背著燈光，像在跟亡妻共語；"更無人處簾垂地，欲拂塵時簟竟牀"（《王十二兄與畏之員外相訪，見招小飲。時予以悼亡日近，不去，因寄。》），睹物思人；"微生盡戀人間樂，只有襄王憶夢中"（《過楚宮》），以襄王自比，終生追憶與妻子舊夢；"愁到天地翻，相看不相識"（《房中曲》），更是千古情語。

　　李商隱的無題詩以情為本，寫盡愛情之動人處，身處異地不能相守之情人，卻能"身無彩鳳雙飛翼，心有靈犀一點通"、"劉郎已恨蓬山遠，更隔蓬山一萬重"的異地相思；相思求而不得而生的"春心莫共花爭發，一寸相思一寸灰"、"直道相思了無益，未妨惆悵是清狂"。對這些無題詩的指涉對象，歷代學者提出了不少緋聞對象，如柳枝、宋華陽、王氏之妹、甚至令狐楚家侍女，事實上，對於這些無題詩，正如前文所言，不應事事尋根。後人讀之，不應妄求意旨，而失其意會之美，正如屈復所言："不必有所指，不必無所指，言外只覺有一種深情。"

前言

巧囀豈能無本意？良辰未必有佳期。

—— 李商隱《流鶯》

親愛的讀者，在您翻開的這本小書中，一位偉大的歌手，用他那深微婉曲、博麗精工的詩歌，向您——一千一百多年後的知音者，傾訴著他愛情的歡樂、相思和失戀，理想的追求與幻滅，以及在人生污濁的長河中流不盡的痛苦。在這裏，向您展示的是一顆誠摯的心靈中最美麗的東西。

一

李商隱，字義山，號玉谿生，唐朝懷州河內（今河南省沁陽市）人。他出生於式微的貴族家庭，前幾代人都只做過縣官和郡佐之類的低級地方官吏。父親李嗣曾任獲嘉縣令，早死。家境日益艱困："四海無可歸之地，九族無可倚之親。"[1] 在這嚴峻的環境中，促使少年詩人勤奮讀書，獵取功名，以圖振興家道。後來他回憶說："某材誠菲薄，志實辛勤；九考非遷，三冬益苦。引錐刺股,雖謝於昔時;以瓜鎮心,不慚於先輩。"[2]他跟隨一位積學的堂叔學習質樸的古文,寫得一手漂亮的毛筆字。

唐文宗大和三年(829),義山被天平軍節度使令狐楚辟入幕為巡官,開始了他一生斷梗飄蓬般的"薄宦"生涯。令狐楚很愛重這位有才華的青年,親自指導他學習時行的駢文章奏的寫作技巧,並令與己子令狐綯等同遊。後來義山在《謝書》詩中感嘆:"自蒙半夜傳衣後,不羨王祥得佩刀。"此後八年中,除了短時宦遊外,一直在令狐幕下。這段時期,詩人奮發向上,積極用世。大和九年(835),朝廷中發生了史稱"甘露之變"的政治大悲劇,使青年詩人感到震驚和悲憤。他寫了不少富有戰鬥性的詩篇,有力地抨擊宦官和藩鎮割據勢力,表現了自己"欲迴天地"的雄心壯志。在此年前後,義山曾一度在河南濟源的玉陽山、王屋山一帶隱居學道。道教,是唐朝的"國教",有鮮卑族血統的唐帝,自稱是太上老君李耳(即老子)的後裔,連公主也不免被送去修練。學仙成了時髦的風尚,求仕的"終南捷徑"。義山學道的最大收穫大概就是徹底認識到求仙的虛妄,這反映在他後來許多諷刺詩中,對吃金丹而死的皇帝表示了極大的輕蔑。他還與女道士宋真人相戀,宗教的神秘氣氛,道山幽奇冷峭的環境和熱戀中受壓抑的苦悶的愛情,都給詩人提供了不少詩材和意境。

　　開成二年（837）義山應舉。知貢舉高鍇與令狐家有交情，經令狐綯引薦，義山登進士第。是年令狐楚卒，明年，義山入涇原節度使王茂元幕中，並娶其女。令狐楚與王茂元是政敵，分屬朝廷內激烈鬥爭的"牛黨"與"李黨"。王茂元被視為李黨中人，而黨於令狐的人就認為義山忘恩負德，其實義山對兩黨並不懷偏見，也不願意攀附兩個對立的政治集團中任何一個。但從此便捲入兩黨傾軋的險惡的政治漩渦，無法自拔，一直至死，都受到後來得勢的牛黨中人的排斥和壓抑。這就是詩人一生悲劇的主要原因。

　　開成四年（839），義山應吏部試，被錄用，授秘書省校書郎。後外調弘農尉，曾因一力平反冤獄而觸怒上官。唐武宗即位後，任李黨的首領李德裕為宰相，政局一新，政治上採取了一系列的改革措施，平定了昭義鎮劉稹的叛亂。義山回到京城，官秘書省正字。可惜不久，即遭母喪，移家永樂（今山西芮城縣）過著隱居讀書的閒適生活。詩人依然不忘用世的理想，他惋惜自己"身閒不睹中興盛，羞逐鄉人賽紫姑"（《正月十五聞京有燈，恨不得觀》）。會昌五年（845）秋，服喪期滿，回到長安，重官秘書省正字。可是好景不久，武宗又服神仙金丹死去，宣宗即位，大黜李黨，重新起用牛黨中人。宣宗大中元年（847），義山三十七歲，離開長安，天涯漂泊，開始了他一生充滿著屈辱和痛苦的時期，也是他詩歌創作收穫最豐的時期。

　　唐宣宗大中年間，任用白敏中、令狐綯等作相，大反武宗之政。這時"賢臣斥死，庸懦在位，厚賦深刑，天下愁苦"。[3] 詩人長期在對他夙怨甚深的令狐綯的排笮下，精神非常苦悶。他曾先後追隨被外放的李黨中人，如鄭亞、盧弘正、柳仲郢等在桂州、徐州、梓州等地任幕職。在這些年頭中，睠顧皇都，想念妻兒，憂憤政治生活的黑暗，感慨世事的滄桑變幻，詩人寫了大量的政治議論詩和抒情詩。特別是大中五年（851）妻子王氏卒後，多情善感的詩人精神上受到重大的打擊，竟有出世之想，"平居忽忽不樂，始克意事佛，方願打鐘掃地，為清涼山行者"。[4] 憂時傷國的感情和個人不幸的身世結合起來，形成了他這時詩歌沉鬱蒼涼的風格，並抹上一層濃厚的悲觀主義的陰暗色調。大中九年（855），隨柳仲郢自梓州回長安，被辟為鹽鐵推官。十二年罷職，回鄭州家居。不久，我們的詩人懷著那永遠無法實現的匡國救民的夙心，在寂寞淒涼的閒居生活中死去，享年僅四十七歲。

　　李商隱，是晚唐漸趨寥落的詩壇中最光輝燦爛的一顆晨星，對當時和後世都有深廣的影響。義山詩的內容豐富，題材廣泛，深刻地反映了沒落的唐王朝的政治生活和社會面貌，詩中常對當時嚴重的政治問題提出自己精闢的見解，表現了對國事的關切和憂憤。他強烈地反對宦官專權和藩鎮割據，名作五言排律《有感二首》和七律《重有感》，就是反映"甘露之變"這一重大政治事件的最深刻的詩篇，詩人憤怒地斥責兇徒篡權亂政的罪行，對黑暗勢力的代表——宦官，作了無情的揭露和鞭撻，表現了作者卓越的識見和膽略。在詩中還對敢於向惡勢力鬥爭的英雄表示了由衷的欽敬。在《行次西郊作一百韻》這首長詩中，追溯歷史，描述了唐中葉以來的整個社會面貌，揭露了朝政的腐敗和藩鎮割據紛爭給人民帶來的苦難，其深度和廣度不亞於以"詩史"著稱的杜甫詩。在這些抒寫時代亂離感慨的詩篇中，充滿著富於正義感的詩人對國事深切的憂傷和憤激。

　　義山集中還有不少的詠史詩。詠史，是詠嘆歷史事實，而不是運用典故。詩人直接選取故實作為素材，用自己豐富的想像力進行藝術加工，重建歷史。義山的詠史詩不同於當時流行的空廓迂腐之作，他往往只抓住史實中最能激發自己感慨的部分，"攻其一點，不及其餘"，借題發揮。既有浪漫的聯想，又不背離歷史真實，更加上託諷當世，指斥時事，這就構成義山詠史詩的獨特的藝術風格：

> 世上蒼龍種，人間武帝孫。
> 小來惟射獵，興罷得乾坤。
> 渭水天開苑，咸陽地獻原。
> 英靈殊未已，丁傅漸華軒。

> ——《鄠杜馬上念〈漢書〉》

漢宣帝這位"布衣"皇帝的風神面貌，如在目前。"小來"兩句，氣酣力滿，直是太史公司馬遷的筆法。義山優秀的詠史詩，不光是抒發思古之幽情的，大多是"以為諷戒，意味固已深長"。[5] 如這首《吳宮》：

> 龍檻沉沉水殿清，禁門深掩斷人聲。
> 吳王宴罷滿宮醉，日暮水漂花出城。

首兩句極寫宮禁中的寂靜，重門深掩，水殿無人。第三句點出吳王宴罷，以"滿宮醉"與上文兩相對照，意自深刻。末句出入意表，花落水流的"動"景，更反襯出上文所寫的"靜"，並暗示了歡不可久的感慨。

又如《瑤池》詩，以被西王母所寵遇的周穆王猶不能永年，以諷刺唐朝歷代皇帝服食求神仙的蠢事。《賈生》詩"雖說賈誼，然反其意而用之"。[6] 慨嘆統治者徒有求賢之意，而不能真正地重用人才。詩人往往選取歷史上出名的暴君昏主，"借題攄抱"，[7] 如《隋宮》、《北齊二首》、《齊宮詞》、《南朝》等詩，對那些昏庸無能而又荒唐淫佚的皇帝辛辣地嘲笑，甚至連本朝皇帝的家醜也無情地揭露出來。這些強有力的政治諷刺詩刺痛了不少封建衛道士，致使他們大喊義山詩"大傷名教"、"用事失體，在當時非所宜言"、"運意佻薄"了。

義山集中還有大量抒寫個人身世遭遇和失意心情的詩篇。由於適逢迎辰衰世，命運坎坷，這類詩中表現了積極用世和消極避世的兩種思想的矛盾，我們可以聽到詩人那撕裂人心的慘痛的呼號：

> 如何匡國分，不與夙心期！
>
> ——《冬夜》

詩人的本性是要奮發向上，有所作為的，他曾激昂地表示過：

> 愛君憂國去未能，白道青松了然在。
> 此時聞有燕昭臺，挺身東望心眼開。
> 且吟王粲從軍樂，不學淵明歸去來。
>
> ——《偶成轉韻七十二句贈四同舍》

但他的"凌雲一寸心",畢竟被人忍心地剪掉了,壯志成虛,致君無路,終於不能不"變溫婉,成悲涼"。[8] 屈原、賈誼,是玉谿詩集中經常提到的古人,他們那種深情一往、惘惘不甘而又無法自遣的境況,正與義山靈犀一線,千古相通。屈原的"長太息以掩涕兮,哀民生之多艱"。[9] "退靜默而莫余知兮,進呼號又莫吾聞。"[10] 其忍而不能捨的情懷,不正是義山那"春蠶到死絲方盡,蠟炬成灰淚始乾"的堅貞嗎?賈誼清才絕俗,終於鬱鬱而終,義山也直覺地從賈生的命運看到自己的將來,因以憔悴行吟,霑衣流涕,在詩中流露出濃厚的頹傷消極的情緒。詩人軟弱地哀吟道:"可憐漳浦臥,愁緒獨如麻。"[11] "多情真命薄,容易即迴腸。"[12] 這些詩歌沉痛地控訴了黑暗社會對人才的摧殘,千百年後的讀者都會為詩人不幸的命遇而咨嗟不已。

　　義山詩中還有不少詠物之作。在優秀的詠物詩中,每借物以寄慨身世,把自己的感受和情緒融進物中,物我一體。如:"萬里重陰非舊圃,一年生意屬流塵。"(《回中牡丹為雨所敗》)流光晼晚,國香零落,這不也是詩人自己身世的寫照嗎?"匝路亭亭艷,非時裛裛香。素娥唯與月,青女不饒霜。贈遠虛盈手,傷離適斷腸。為誰成早秀?不待作年芳!"(《十一月中旬至扶風界見梅花》)真是迴腸盪氣,令人無限低徊。但詠物詩又不同於一般的抒情詩，詩人以敏銳的觀察力，體物入微，能得物之神理。如"苦竹園南椒塢邊，微香冉冉淚涓涓"。(《野菊》)"自明無月夜，強笑欲風天"(《李花》)"垂手亂翻雕玉佩，折腰爭舞鬱金裙"(《牡丹》)"帷飄白玉堂，簟卷碧牙牀"(《細雨》)等作，都能把事物的情態神韻勾勒烘托出來，情景交融，不黏不脫，物中有我，物我相忘。

愛情詩，是義山集中重要的內容，對這類詩的評價，近人還爭論不休。有人把其中一部分附會為"有寄託"之作，而否定其餘，有人認為這一類的詩雖有些特色，卻並不能代表他的藝術成就。應該指出，否定義山的情詩，也就是否定了作為愛情詩的優秀作者李義山。義山的情詩是中國古典文學寶庫中不可多得的瑰寶，至今還值得我們珍惜。

義山青年時代曾"學仙玉陽"。封建禮法的桎梏和宗教清規的束縛，激起了被迫或被騙入道的青年男女的不滿和反抗，他們要求過合乎人性的戀愛、婚姻生活，便不免做出"有失防閑檢點"的舉動來。義山此時與華陽的宋真人姊妹相識，彼此傾心。為她們寫的詩可考的有《月夜重寄宋華陽姊妹》等作，餘《碧城》、《聖女祠》、《燕臺》等或與此事有關。這些詩的意境頗惝恍迷離，大約有些難言之隱。後來義山到洛陽，與一位十七歲的商人女兒柳枝相愛，這姑娘很傾慕詩人的才華，大膽地主動相約幽會，但機緣舛錯，柳枝後被一位關東貴人奪去了。詩人非常惋傷，寫了《柳枝五首》等詩以記此事。

經歷過幾次痛苦的失戀之後，義山和王茂元之女結了婚。這對於"結愛曾傷晚"（《搖落》）的詩人來說，未始不是最大的慰安。出身貴家的王氏很賢德，甘於過清貧的生活，一心一意地隨著丈夫到處飄泊。即使這婚姻給義山帶來政治上的許多不幸，但夫婦間的感情還是十分融洽的。偶然小別，便思懷不已，如《離思》、《念遠》、《鳳》、《即日》等詩，抒寫別離的情味表現客中思家的心事，是深於言情的佳作。王氏卒後，詩人中年喪偶，悲痛萬分，他這時寫了不少有名的悼亡詩：

> 更無人處簾垂地，欲拂塵時簟竟牀。
>
> ——《王十二兄與畏之員外相訪，見招小飲。時予以悼亡日近，不去，因寄。》

> 愁到天地翻，相看不相識。
>
> ——《房中曲》

> 背燈獨共餘香語，不覺猶歌《起夜來》。
>
> ——《正月崇讓宅》

真是刻骨銘心的至情之語，如前人所謂，讀之使人益增伉儷之情。其《上河東公啟》云："某悼傷以來，光陰未幾，梧桐半死，方有述哀。"只有赤子之心的詩人，才能這樣以血寫詩。

此外集中還有不少情詩是未能考訂其本事的。如一部分《無題》詩和《春雨》、《銀河吹笙》、《擬意》、《哀箏》、《昨日》、《相思》等，多寫與情人相見時的歡樂、離別後的懷思和失戀中強烈的痛苦。這些詩中所表現的執著追求的精神和終生不渝的情意，都引起後世千萬嚮往自由和幸福的青年心底的共鳴，培養他們對美的愛好和創造能力。當然，集中還有一小部分記述艷遇冶遊的作品，沾染上封建時代"風流才子"佻薄的惡習，但始終是瑕不掩瑜的。

三

義山在詩歌藝術上有極高的成就。他的近體詩，前人盛稱之曰"高情遠意"、[13] "包蘊密緻，演繹平暢"，[14] 甚至謂其七絕"寄託深而措辭婉，實可空百代無其匹也"。[15] 朱鶴齡更拈出"沉博絕麗"[16] 四字，以概括義山詩的藝術風格。這些評語雖推許備至，然在今天的讀者看來，尚嫌過於抽象空泛。一部《玉谿生詩》，風格獨特，變化多樣，是需要我們去細細領會的。

　　工於比興，妙於象徵。這是義山詩最主要的藝術特色。比興，是中國古典詩歌自《詩經》以來傳統的創作手法。漢儒鄭眾曰："比者，比方於物也；興者，託事於物。"詩人"寂然凝慮，思接千載，悄焉動容，視通萬里"。[17] 運其神思，讓美妙的聯想和幻想的翅膀，翱翔今古，搏擊天地。這裏聯想和幻想又是和現實生活緊密地結合在一起的，詩人借用現實生活中的具體事物去表現自己所賦予的特殊意義。如劉勰《文心雕龍·物色》所謂"詩人感物，聯類不窮"。義山善於寓象徵於比興之中，用他那活躍而敏感的心靈，向茫茫的大千世界探索，與宇宙萬物融為一體，因而創造出要眇朦朧的詩境，變幻無端的意象。奇輝異彩，麗情幽思，那廣博深微的超妙的藝術境界，使讀者目眩神迷，感受到強烈的詩美。詩中的具體事物也都披上了詩人心靈的精光而照臨萬世了：

　　　五更疏欲斷，一樹碧無情。

　　　　　　　　　　　　　　　　——《蟬》

　　這是尋常的詠物詩嗎？除了把夜蟬哀鳴欲絕的特徵表現出來，我們是否還想像到一個深縹凄清的詩境？通過"碧無情"三字，詩人把自己幻覺般的特殊感受，巧妙地轉移給讀者了。

莊生曉夢迷蝴蝶，望帝春心託杜鵑。

滄海月明珠有淚，藍田日暖玉生煙。

——《錦瑟》

為什麼這會成千古傳誦的名句？這亙古的悲哀，似乎是無法言詮的情意，詩人用象徵的手法闡示出來。"當其夢時，有樂有悲；及其既覺，豈足追惟！"（韓愈《祭柳子厚文》）這是有人類以來的斯芬克斯（Sphinx）之謎啊。在這要眇的詩境中所蘊含著的美，是像明珠暖玉那樣使人撫玩無斁的。在詩歌的風格美中何嘗沒有詩人的人格美呢！

詩人以眼前所見的景物，吟詠性情，給客觀事物塗上主觀感情色彩——

鶯啼如有淚，為濕最高花。

——《天涯》

巧囀豈能無本意？良辰未必有佳期。

——《流鶯》

一切都過去了，春天，愛情，隨著大江日夜不捨地流去了，連同我的追悔、我的深情！詩人想像到變成一隻黃鶯，用它的悲淚灑在最末一朵小花上，去傷悼永遠逝去的芳春。唐詩中這種象徵的藝術手法，發展到李義山，已到登峰造極的地步，後來者已難乎為繼了。

義山詩中用比興象徵的手法所構成神秘曲折的意境，如"山沓水匝，樹雜雲合"，千變萬化，"文已盡而意有餘"，[18] 事微而情至，這是很不容易理解的。過去有些文藝批評家由於義山詩的寄託隱微，旨意難明，而妄加比附，把詩本來是較抽象的感情勉強牽合到具體的事實上，這麼一來，詩似乎是解通了，而詩味也全失了。王士禎曾感嘆"一篇《錦瑟》解人難"，其實，不求甚解也不見得比強作解人更差些。願本書的讀者不以"強作解人"反譏於我。

善於運典，這是義山詩藝術上第二大特色。借古代的事來表現現實生活，這是文人創作的重要手段，連歷史上素稱"老嫗俱解"的白居易詩中也大量用典。李善在阮籍的《詠懷詩》注中談到這個問題：古人"身仕亂朝，常恐罹謗遇禍，因茲發詠，故每有憂生之嗟，雖志在刺譏，而文多隱避，百代之下，難以情測"，而義山正是處在閹人暴橫，黨禍蔓延的時候，"阨塞當塗，沈淪記室，其身危，則顯言不可而曲言之"。[19] 所以只能組織故實，以"好對切事"來表現現實內容。另一方面，有些詩涉及愛情的問題，於己於人，都有不便明言之處，借典故出之，可給具體的情事披上一層輕紗，使之更神秘、更美。從藝術角度看，詩歌的語言力求精煉，恰當運用典故，通過暗示喚起讀者的聯想，就可省掉許多不必要的敘述和說明，使詩歌的內涵更豐富多彩。義山是飽讀詩書的人，他有深厚廣博的古文化知識，經史羅於胸中，真的叫古人在他的筆底奔命不暇：

此日六軍同駐馬，當時七夕笑牽牛。

——《馬嵬》

王璽不緣歸日角，錦帆應是到天涯。

——《隋宮》

徒令上將揮神筆，終見降王走傳車。

——《籌筆驛》

鎔裁古事，如何的精切不移！詩意沉著簡練，唱嘆有情。典故是文人詩歌的血液，只要能正確運用，就可使發揮作用，給詩歌添加新的生命力。"以俗為雅"、"以故為新"、"死典活用"、"正典反用"，這些在宋代江西詩派所提倡的詩法，義山詩中早就純熟地用上了。如宋人所指出的："文人用故事，有直用其事者，有反其意而用之者。王元之《謫守黃岡謝表》云：'宣室鬼神之問，豈望生還。'此直用賈誼之事。李義山詩：'可憐夜半虛前席，不問蒼生問鬼神。'雖說賈誼，然反其意而用之矣。非識學素高，超越尋常拘攣之見，不規規然蹈襲前人陳跡者，何以臻此。"[20] 用典，也要不踐前人的舊行跡，才能開拓更寬廣的創作道路，試看義山的《任弘農尉獻州刺史乞假歸京》詩：

> 黃昏封印點刑徒，愧負荊山入座隅。
>
> 卻羨卞和雙刖足，一生無復沒階趨。

詩人因“活獄”而觸怒上級，憤而離職。末兩句用卞和抱璞獻王而慘遭酷刑的典故，借助類比和聯想，使不便明確說出的意思找到恰當的表達形式，這樣能使詩意更濃郁，情調更深厚，豐富了詩歌的構思和表現力。

當然，義山集中也有一些用典過於深僻的。宋代的《蔡寬夫詩話》就曾批評其“語工而意不及，自是其短”。徒有“典麗精工”的表面形式而失去詩歌的內在美，這種情況在義山的摹仿者西崑派詩人的作品中尤其嚴重。

清詞麗句，字字錘鍊。這是義山詩藝術的第三特色。義山是極富於藝術感的詩人，對美有獨特的會心之處。他既有“綺靡華艷”[21]的詞采穠重的詩歌，也有穆如清風的白描之作。他能細緻入微地摹寫事物，把自然界中最有詩意的都融進詩中：

> 日日春光鬥日光，山城斜路杏花香。
>
> 幾時心緒渾無事，得及遊絲百尺長？

——《日日》

春光的爛漫，人在春時撩亂的情思，無名的悵惘，輕輕著筆，即勾勒出來。又如：

> 日射紗窗風撼扉，香羅拭手春事違。
>
> 迴廊四合掩寂寞，碧鸚鵡對紅薔薇。

——《日射》

這是何等的鮮艷優美。在和煦的春日中，閨中人卻是這樣的寂寞幽怨。

義山許多詩都兼有"清"和"麗"的特點，字字錘鍊而又不著痕跡，聲情和諧，自然流美。讀到本書所選的作品時，我們當會感受到的。

由於有了上述的三大特點，義山詩在藝術上就形成了含蓄婉曲、情韻深長的風格。這最集中體現在他的《無題》詩上。《無題》，是作者最著意創寫的詩體，在文學史上有很大的影響。這些詩大都使用比興、象徵的手法，寄託遙深，有優美朦朧的意境，構思細密，鎔裁典故，詞語典麗精工，韻律和諧流美。它是集中最晶瑩的明珠，可以說是義山詩藝術最高成就的代表作。

一個作家獨特的藝術風格，是在對前人多種多樣的藝術風格揣摩、學習的基礎上，兼收並蓄、融匯貫通才能形成的。義山很善於向古人和時人學習，吸取他們的長處，接受多方面的影響。屈原，是作者追慕的一位偉大詩人，《楚辭》中"上下而求索"的精神和"雖九死其猶未悔"的意志，對義山的為人和創作思想有很大的影響，那種"美人香草"的寄託手法，更是義山所著意仿效的。義山對六朝文體曾下過功夫，集中有些詩就直書"效徐陵體"、"效江南曲"的，對徐陵、庾信等"采色濃而澹語鮮"[22]的作品的摹擬，也造成義山詩中"婉麗雄勝"[23]的特色。歷來的批評家都很愛談義山的"學杜"。王安石說："唐人知學老杜而得其藩籬者，惟義山一人而已。"並舉出"雪嶺未歸天外使，松州猶駐殿前軍"、"永憶江湖歸白髮，欲迴天地入扁舟"、"池光不受月，暮氣欲沉山"、"江海三年客，乾坤百戰場"等詩句，以為"雖老杜無以過也"。我們細看集中長篇《行次西郊作一百韻》，就可知它脫胎於杜甫的《北征》，並吸取了漢魏詩中質直古樸的特色。韓愈詩變化多端的佈局結構和僻字晦句的使用，無疑對義山也有過影響。至於仿效李賀風格的詩，集中更隨處可見。可惜的是，義山如此善學古人，而後來學義山者卻只顧摹搨其字面，專以堆砌故實詞藻為能事，"只見其皮膚，其高情遠意，皆不識也"。[24] 在一個天才出現之後，常會有這種"大合唱"，[25] 這是值得我們深思的。

四

　　自明末清初以來，義山詩的評注家紛起，各申己見，異說紛紜。如清代的朱鶴齡、陸崑曾、程夢星、馮浩、屈復以及近人張采田，都對義山詩下過一番功夫，尤以馮浩的《玉谿生詩箋注》和張采田的《玉谿生年譜會箋》最為詳備，鈎沉索隱，考訂生平，編成年譜，在詩文下逐篇注明了編年的依據，並作細緻的箋釋。他們的工作是有意義的，對我們讀通深曲隱晦的義山詩有一定的幫助。可惜的是，過去的箋注家過分聽信了義山"楚雨含情皆有託"的聲言，弄得頭腦緊張，終日疑神疑鬼，想在每一篇含情的詩中都找出作者的"寄託"來。《舊唐書·文苑傳》中有一段話：

> 令狐綯作相，商隱屢啟陳情，綯不之省。弘正鎮徐州，又從為掌書記。府罷入朝，復以文章干綯，乃補太學博士。

於是，令狐綯便成了義山詩箋注者的夢魘了。以張采田《玉谿生年譜會箋》為例，作者認為義山詩集中有五分之一的詩篇是與令狐有關的，箋釋中滿是"寓意令狐"、"希望令狐"、"與令狐重修舊好也"、"向子直（令狐綯之字）告哀"等語。更有甚者，張氏竟把一些寫男女關係的詩比附為義山與令狐的關係，如《無題》（含情春晼晚），《會箋》云："紀往見令狐，亦匆匆一面，不容陳情之慨。首句含情已久。次句暫見而未能交歡⋯⋯五六含羞抱媿之態。結言失意而歸。" 在這些箋注家筆下，義山簡直成了無恥之徒了。他們本意極力維護義山，而效果卻適得其反：封建士大夫及孤臣孽子對義山詩的箋注所起的惡劣影響，於今未絕。如近年出版的《玉谿生年譜會箋》的前言中，就強調了張氏在鉤稽考索的過程中，所用的"細案行年、曲探心跡"和"知人論世"的原則；並稱讚其解《謁山》詩的"山"字，謂"山"即義山，詩是暗記令狐來謁之事，"是本編的精彩處"。汪辟疆先生的《玉谿詩箋舉例》更發展了張氏之說，把《會箋》中所不敢指實的詩都想盡辦法拉到令狐身上了。

為要還義山詩的本來面目，先要撥開迷霧，當然，以選注者的淺學，是不能完全做到這點的，願海內外李商隱詩歌的愛好者有以教我。

義山詩現存約六百首，本書選注了一百三十一首。不無遺珠之憾，但歷來傳誦的名篇已大率在焉。按詩歌的體裁編排，以義山所擅長的七律置首，先饗讀者。書末附錄《李商隱年譜簡編》中列有本書所選的編年詩目。

注釋

1　李商隱：《祭裴氏姊文》

2　李商隱：《上河南盧尚書狀》

3　《新唐書》卷二百二十五

4　李商隱：《樊南乙集序》

5　馮浩：《玉谿生詩集箋注》卷二

6　魏慶之：《詩人玉屑》卷七引《藝苑雌黃》

7　沈德潛：《說詩晬語》

8　鍾嶸：《詩品》

9　屈原：《離騷》

10　屈原：《九章·惜誦》

11　李商隱：《病中聞河東公樂營置酒口占寄上》

12　李商隱：《屬疾》

13　范溫：《潛溪詩眼》

14　葛立方：《韻語陽秋》

15　葉燮：《原詩》

16　朱鶴齡：《箋注李義山詩集序》

17　劉勰：《文心雕龍·神思》

18　鍾嶸：《詩品》

19　朱鶴齡：《箋注李義山詩集序》

20　嚴有翼：《藝苑雌黃》

21　朱彝尊：《靜志居詩話》

22　馮浩：《李義山詩箋注》:《齊梁晴雲》箋

23　葉夢得：《石林詩話》

24　范溫：《潛溪詩眼》

25　泰納：《藝術哲學》卷一

錦瑟

這是一首千古傳誦的名作。元遺山《論詩絕句》云：「望帝春心託杜鵑，佳人錦瑟怨華年。詩家總愛西崑好，獨恨無人作鄭箋。」舉出此作，深慨義山詩的難懂。明清以來，義山詩評注家蠭起，許多學者費盡精神，去探求此詩的深義，但始終都沒有一種被公認是準確的解釋。朱彝尊云：「此悼亡詩也。意亡者喜彈此，故睹物思人，因而托物起興也。」何焯云：「此篇乃自傷之詞，騷人所謂美人遲暮也。」宋人甚至說這是寫「適、怨、清、和」的詠瑟詩。其實，義山在詩中早說得很清楚：「一絃一柱思華年」，已點出這是作者晚年時回首一生遭遇之作。它包含著深刻廣闊的內容。不可能、也不必要逐字逐句去尋繹它具體的意義。身世的感愴，理想的幻滅，愛情生活的悲劇，漫長的人生道路中無窮的遺恨，都一併寫入詩中，它顫動著每一個讀者的心絃。人們從不同的角度去理解它，都得到自己感受最深的東西，都自認為真正了解詩歌中的奧義。義山這首詩是千古之謎，我們還是讓這個公案拖下去吧，再拖一千年，也不可能有定讞。但在詩中還是有一條明晰的主線，就是愛情的悲劇，這條主線可以衍生出許多副線。本詩就是用傳統的比興、象徵手法去構成繁富的藝術意境，讓讀者用自己豐富的聯想去更深刻地理解它吧。

"錦瑟"，截取詩中頭兩字作標題，意與無題詩同。

> 錦瑟無端五十絃，一絃一柱思華年。[1]
> 莊生曉夢迷蝴蝶，望帝春心託杜鵑。[2]
> 滄海月明珠有淚，藍田日暖玉生煙。[3]
> 此情可待成追憶？只是當時已惘然。[4]

注釋

1　"錦瑟"二句：綺麗的寶瑟啊，你為什麼沒來由地有著五十條絃線？每一條絃都擱在絃柱上，這使我追懷起逝去的華年來了。這裏寫詩人看到錦瑟，憶起自己的身世。用"托物起興"的手法。**錦瑟**：瑟，古代的一種絃樂器。器身繪上美麗的花紋，故稱。**無端**：無緣無故；沒來由。**五十絃**：《漢書·郊祀記》："泰帝使素女鼓五十絃瑟。悲，帝禁不止，故破其瑟為二十五絃。"義山這時年近五十，故撫瑟絃而聯想起自己無端虛度的歲月。**柱**：樂器上擱絃的小木柱。**思**（sì 肆）：懷想，追念。**華年**：青年時代美好的日子。屈復云："是以錦瑟起興，非專賦錦瑟也。"

2　　"莊生"二句：像古代的莊周，在清晨時作了一場迷離的短夢，變成蹁躚的蝴蝶；像蜀國的望帝，把那美好而哀怨的心事，都寄託在杜鵑鳥的悲鳴之中。上句總寫一生，像一場虛幻的夢。無論在夢中，夢醒，同樣地迷惘、歷亂，弄不清人生的真實意義。作者《十字水期韋潘侍御不至》："顧我有懷同大夢。"與此意略同。下句寫惟有把淒涼哀怨之情，借杜鵑鳥的鳴聲——詩人那美麗而動人的悲歌——表達出來。**莊生**：即莊周。中國戰國時代傑出的哲學家。《莊子・齊物論》云："昔者，莊周夢為胡蝶，栩栩然胡蝶也；自喻適志與，不知周也。俄然覺，則蘧蘧然周也。不知周之夢為胡蝶與？胡蝶之夢為周與？"這相對主義和懷疑主義的認識論，以至使他把生活中的真實和夢中的幻境混同起來。**曉夢**：清晨時的夢。短暫而清晰，醒來時還留在記憶中，歷歷如在目前。**望帝**：周末西蜀的國君。據《蜀王本紀》載："望帝使鼈靈治水，與其妻通，慚愧。且以德薄不及鼈靈，乃委國授之。望帝去時，子規方鳴。"《說文解字》載："望帝婬其相妻，慙，亡去，為子巂鳥。故蜀人聞子巂鳥啼，皆起曰：是望帝也。"子巂，即子規，杜鵑鳥。**春心**：指芳春時微妙的心事。一種惝恍迷亂，難以捉摸的情緒。《楚辭・招魂》："目極千里兮傷春心。"古人常以表示戀愛相思之意。"曉夢"、"春心"，其中有難言的隱痛，也許是指青年時代的某次戀愛，這夢幻般的經歷，在詩人的心裏留下了永久不癒的創傷。

這是幻影，還是夢境？

歌聲已經杳逝，我在昏睡還是清醒？

—— 濟慈《夜鶯歌》

（John Keats: *Ode To A Nightingale*）

詩人已與杜鵑鳥融而為一，望帝那富於詩意的傳說，又給詩歌籠罩上一層神秘的色彩，使讀者撫玩無斁，即之已杳。

3　**"滄海"二句：**大海，茫茫無際，明月照在蒼碧的水中，那鮫人的悲淚，化成千萬顆明珠。藍田山上的美玉，沉埋在泥土裏，天晴日暖，生出縷縷的輕煙，升騰空際。兩句意思深微隱曲。大概寫失戀後的悲哀。事過境遷，而內心深處的痛楚卻有增無減，以麗景渲染出凄迷哀怨的氣氛。據《博物志》載："南海外有鮫人，水居如魚，不廢績織，其眼泣則能出珠。"《禮記》云："蚌蛤龜珠，與月盛虛。"《文選》李善注云："月滿則珠全，月虧則珠闕。"本詩中糅合了這些典故，以明珠比喻自己失戀痛苦中長流不斷的清淚。月明，以暗示淚珠大滴而圓瑩。**藍田：**山名，即玉山，在今陝西省藍田縣。出產美玉。古人常以玉象徵美好的人和事物。《詩·召南·野有死麕》："白茅純束，有女如玉。"**玉生煙：**暗喻美好的往事如煙霧般消散無痕。前人謂美玉蘊於石中，影射美人黃土，故定此詩為悼亡之作，雖亦可通，然仍以作泛指為宜。年青時的熱望和追求，一生的努力、奮鬥，只餘得縹緲迷離而又刻骨鏤心的懷思。正如司空圖《與極浦談詩書》引戴叔倫語云："詩家之景，如藍田日暖，良玉生煙，可望而不可置於眉睫之前也。"這正是義山詩所特具的飄忽、朦朧之美。從大海到高山，從月夜到晴朝，那牽繫人心的相思，無處不在，無時不有，真是"哀艷淒斷、感人心脾"的好句，我們不必勉強把它附會到具體的人事上。張采田《玉谿生年譜會箋》云："滄海、藍田二句，則謂衛公（指李德裕）毅魄久已與珠海同枯，令狐（指令狐綯）相業方且如玉田不冷。"此説一出，和者紛紛，義山詩遭此輩差排，可謂一大厄。

4　"此情"二句：這樣淒愴欲絕的情懷啊，怎等到追憶舊事時才會產生？即使在身歷其境的時候，都已經使我心裏像失卻什麼東西似的了。兩句言外之意，到今天痛定思痛，其難堪之情更可想而知。收處淡而更摰，具見作者功力深厚。**可待**：豈待。**惘**（wǎng 網）**然**：失意的樣子。

重過聖女祠

　　同情、愛慕，一次又一次的追求，結果是失望、離居、終身難忘的痛苦，都在這首小詩中深折婉曲地表現出來。通過寫一位淪謫人間的聖女，她那去來無定的行蹤，風雨飄零的身世，與一生困厄失意的詩人之間的神秘的關係。這無限掩抑低徊之情，給讀者留下了不盡的悵惘。聖女祠：前人注引《水經注》："武都秦岡山懸崖之側、列壁之上有神像，若圖指狀婦人之容，其形上赤下白，世名之曰'聖女神'。"祠在陳倉（今陝西寶雞市東）附近。實際上可能是指女道士居住的道觀。

　　白石岩扉碧蘚滋，上清淪謫得歸遲。[1]
　　一春夢雨常飄瓦，盡日靈風不滿旗。[2]
　　萼綠華來無定所，杜蘭香去未移時。[3]
　　玉郎會此通仙籍，憶向天階問紫芝。[4]

注釋

1　"白石"二句：在聖女所居的祠中，白石砌成的門戶邊，已經長滿了碧綠的苔蘚。啊，她從上清宮中被貶謫到人間，遲遲未能回到天上。**白石岩扉**（fēi 非）：聖女祠建於懸崖邊，以白石為門。**上清**：《太真經》注："上清蕊珠宮，大道玉宸君居之。"**淪謫**：貶降。首句點出"重過"，景物皆非。次句點出"淪謫"，是全詩的關鍵。說明聖女與作者相似的身世，這是兩人愛情的基礎。

2 **"一春"二句**：整個春天，夢幻般飄忽的細雨，經常飄到屋瓦上。但是，終日的靈風，卻輕柔得不能把神旗高高吹起。兩句渲染祠堂神秘的氣氛，寫出聖女在人間愛情上的離奇遇合。**夢雨**：宋玉《高唐賦》載：楚懷王在夢中見一女子，自稱巫山神女，"旦為朝雲，暮為行雨，朝朝暮暮，陽臺之下"。又，據王若虛《滹南詩話》引蕭閒語云："蓋雨之至細若有若無者，謂之夢。"**靈風**：神靈來去時的神風。兩句寫聖女祠的景色，暗示聖女去來時縹緲的行蹤，以表現她纏綿悱惻的愛情，含不盡之意。錢泳謂這兩句："作縹緲幽冥之語，而氣息自沉，故非鬼派。"

3 **"萼綠華"二句**：萼綠華到來時，是沒有固定的住所的；杜蘭香升天而去，也是在不久之前的事。**萼綠華**：道書《真誥》："萼綠華者，自云是南山人，女子，年可二十許，上下青衣，顏色絕整。以晉穆帝昇平三年十一月夜降於羊權家，自此往來，一月之中，輒六過其家。"**杜蘭香**：據《墉城仙錄》載，有漁父在湘江邊，收養了一個女嬰，十餘年後，"忽有青童自空下集其家，攜女去，臨升天謂漁父曰：'我仙女也，有過謫人間，今去矣。'"何焯説："以比當時之得意者。"疑非。
萼綠華與杜蘭香，都是指聖女。這裏故意點出兩個仙女
的名字，實中有虛。"來無定所""去未移時"詩人暗示
重過聖女祠，已找不到從前在此所遭遇到的女郎，非常
的失望與惆悵。

4　"玉郎"二句：也許有天上的玉郎在祠中跟聖女相會，
　　讓她重登仙籍；回想起自己也曾在天路的臺階畔向她
　　問取過紫芝呢！玉郎：掌管天府神仙典冊的仙官。《雲
　　笈七籤》："玉郎開紫陽玉笈雲錦之囊，出《九天生神玉
　　章》。"仙籍：神仙的花名簿。詩人用以自況，古時大
　　官貴族的名字記在宮門的簿籍中，表示取得進入宮中的
　　資格，謂之"通籍"。紫芝：傳說中的仙草，服之可以
　　成仙。末兩句照應題目，追述當日自己曾與聖女交往的
　　情況。

　　近人有謂聖女是指女道士，或直謂宋華陽姊妹，
義山曾同她們有過一段戀愛糾紛云云。因證據不足，
現姑存疑以待考。

潭州

　　人們習慣認為，登山臨水之作，往往就是弔古以傷今。這首詩也被古今的評注家挖空心思去找它的"美"、"刺"。或曰"思武宗"、"刺宣宗"，或曰以蘭"指白敏中、令狐綯"。好端端的一首詩變成射覆的謎語。其實，詩人作詩時的構思並沒有批評家想像得那麼複雜。清人王鳴盛說此詩"弔古顯然，傷今則無明文"，頗能體會作者的本意。今與古，時間是推移了，但空間還是變化不大的，江山景物，也許與古時相差不遠，古人許多已成過去的舊事，還足以作為今天的借鑒。詩人在大中二年（848）春夏之間，離桂州北歸，五月至潭州（今湖南長沙市），在湖南觀察使李回處作幕僚，此詩是這年夏天在潭州時作。

潭州官舍暮樓空，今古無端入望中。[1]
湘淚淺深滋竹色，楚歌重疊怨蘭叢。[2]
陶公戰艦空灘雨，賈傳承塵破廟風。[3]
目斷故園人不至，松醪一醉與誰同？[4]

注釋

1. **"潭州" 二句**：在潭州官舍中，黃昏時候，獨自登上空寂的層樓。舉目四望，今古的情事，不由得都進入自己的眼中來。詩意是看到潭州城外的景物，聯想起古今以來在這兒發生過的事情來。**無端**：無緣無故；不由自主地。

2. **"湘淚" 二句**：湘妃的悲淚滴在竹子上，染上了淺深斑駁的啼痕；屈原的《楚辭》，反覆地歌唱，在蘭草叢中充滿著哀怨之情。上句憑弔舜和湘妃。相傳舜南巡，死在蒼梧，他的兩位妃子娥皇和女英追舜到南方，在湘江邊慟哭，"以淚揮竹，竹盡斑"。下句憑弔屈原。屈原作《離騷》、《九歌》，多次歌詠到 "蘭"。如 "沅有芷兮澧有蘭，思公子兮未敢言"，"紉秋蘭以為佩"，"結幽蘭而延佇"。又如 "蘭芷變而不芳兮，荃蕙化而為茅"，"余以蘭為可恃兮，羌無實而容長"。蘭，寄託了屈原極其複雜矛盾的心情，信賴、期待、懷疑、痛苦、失望和悲憤，在本詩中以一 "怨" 字歸納起來。兩句微情幽意，渲染出哀感纏綿的氣氛。與其説是 "傷今"，不如説是 "傷己"。

3. **"陶公" 二句**：陶侃當年的戰艦，如今何在？只見江畔一片空灘，在迷濛的細雨裏；賈誼在長沙的祠廟，荒涼冷落，風吹在殘破的天花板上。**陶公**：陶侃，廬江潯陽（今江西九江）人，字士行，是東晉著名的將領。曾任江夏太守，大力建造戰艦，訓練水軍。多次擊敗叛變的軍閥，功封長沙郡公。**賈傅**：賈誼，西漢著名的政論家，文學家。年青時就受到漢文帝的賞識，召為博士，不久遷太中大夫，後被大臣排擠，貶為長沙王太傅。**承塵**：承接塵土的天花板。《西京雜記》云：賈誼在長沙，鵬鳥（即貓頭鷹）集其承塵，俗以鵬鳥至人家，主人死。誼作《鵬鳥賦》。**破廟**：賈誼廟在長沙縣南六十里，即賈誼舊宅。這兩句憑弔在長沙有名的兩位歷史人物——陶侃和賈誼，可能有所暗示。賈誼當是作者自況。可參看《賈生》詩注。

4　**"目斷"二句**：天涯極目，望不到故鄉，我的朋友也沒有到來，想借酒消愁，但與誰人共釂呢？**松醪**（láo 勞）：用松樹中含有松香的部分釀製的醇酒。兩句嘆息無人了解自己的心意，表現了詩人對家國身世的孤憤之情。屈復《玉谿生詩意》云："自傷流滯於此。"

贈劉司戶

唐敬宗寶曆二年（826）十二月，宦官劉克明等殺害了敬宗，立絳王李悟為帝。樞密使王守澄等殺死劉克明，立江王李涵，改名昂，是為文宗。宦官氣焰依然十分囂張，國家政權很不穩定。一些清醒的知識分子起來大聲疾呼，強烈要求宦官交出權力，希望政府部門重新任用有作為的人管理政事。劉蕡就在唐文宗大和二年（828），參加賢良方正直言極諫科的考試。他在對策中猛烈抨擊宦官專政，提出很多建設性的措施，因而遭到宦官的忌恨，被考官黜退。劉蕡就在令狐楚、牛僧孺等幕府中工作多年，終被宦官誣陷，被貶為柳州司戶。義山此次與劉蕡相會的時間已不易考定，此詩是別時所贈，表現作者對劉蕡的敬慕。

江風吹浪動雲根，重碇危檣白日昏。[1]
已斷燕鴻初起勢，更驚騷客後歸魂。[2]
漢廷急詔誰先入？楚路高歌自欲翻！[3]
萬里相逢歡復泣，鳳巢西隔九重門。[4]

注釋

1. **"江風"二句**：江上的寒風，捲起驚浪，兩岸懸崖的石壁都被撼動了。船隻收帆繫碇，露出高高的桅桿，日暗天昏。兩句寫江上氣候突變，以喻甘露之變後險惡的政治環境。陸崑曾《李義山詩解》："只十四字，而當日北司專恣，威柄凌夷，已一齊寫出。"**雲根**：張協《雜詩》："雲根臨八極"，注："雲根，石也，雲觸石而生，故曰雲根。"**重碇**：沉重的繫船石。**危檣**：即高檣。檣，桅桿。指船隻。**白日昏**：古人常以白日象徵皇帝。昏，暗示喪權失勢、受制於人。

2. **"已斷"二句**：從北方燕地來的鴻雁，剛要作勢飛起，就已被阻斷；貶謫到南方的騷客那未歸的精魂，也被驚擾了。**燕（yān煙）鴻**：燕，指河北北部地區。劉蕡是幽燕慷慨之士，故以燕鴻為喻。**騷客**：屈原被貶到湖南，憂憤而作《離騷》，故稱。此以喻劉蕡。上句指劉蕡初到長安，懷著遠大的志向，正要奮發高蹈，卻遭到宦官的壓制。下句指劉蕡被誣陷貶斥，久而不歸。

3. **"漢廷"二句**：誰能接到漢家朝廷的急詔，先被徵回呢？只好效法接輿，在楚地的大路上，放意高歌。**漢廷急詔**，據《漢書・賈誼傳》載：賈誼被謫做長沙王太傅，後來漢文帝思念他，下詔書拜賈誼為梁懷王太傅，召返長安。這裏指劉蕡雖如賈誼之謫，但卻沒有被召回。**楚路高歌**：據《論語・微子》載：楚國的高士接輿，佯狂避世，孔子到楚時，"接輿歌而過孔子曰：'鳳兮鳳兮，何德之衰？'"**翻**：飛貌。指歌聲高翔。詩意謂劉蕡像接輿那樣，用詩歌來抒發自己的憤激。

4 "萬里"二句：我在萬里之外與您相逢，既喜且悲。鳳
凰居住的地方，在西邊遠隔著皇帝的九重門啊。**鳳巢：**
據《帝王世紀》載："黃帝時，鳳凰止帝東園，或巢於
阿閣。" **九重門：**《楚辭·九辯》："君之門以九重。"
詩意謂賢德的人被貶斥在萬里之外，無法與皇帝接近，
更無法訴說自己的沉冤。

南朝

　　義山很重視南朝興廢的歷史教訓，集中有好幾首詩專詠代君主的荒淫殘暴，以至國亡身殞的事實。東晉、宋、齊、陳等各朝都有一些這樣的昏君，他們悖虐無道，縱慾拒諫，覆轍相仍，至死不悟。清人趙翼《廿二史劄記》卷十一《宋齊多荒主》條，列舉宋少帝義符、宋廢帝子業、山陰公主、宋後廢帝昱、齊廢帝鬱林王、陳後主叔寶等人“童昏狂暴，接踵繼出”。“創業者不永年，繼體者必敗德。是以一朝甫興，不轉盼而輒覆滅。”這並不是因“劫運之中，天方長亂”，而是在於他們都是暴發戶的“二世祖”。不知稼穡的艱難，不顧百姓的死活，不惜為了一己之慾而給國家和人民帶來深重的災難。陳後主，字叔寶。他即位後，就荒於酒色，不恤政事。史載後主：左右嬖佞，珥貂者五十人，婦人美麗從者千餘人。君臣酣飲，從夕達旦，以此為常。盛修宮室，無時休止。稅江稅市，征取百端，刑罰酷濫，牢獄常滿。這樣一個混帳傢伙怎得不亡國？義山此詩上半段概述宋齊君主的奢侈淫靡，下半段專詠陳朝之事，結構錯綜新穎。以冷嘲作結，耐人尋味。

玄武湖中玉漏催，雞鳴埭口繡襦迴。[1]
誰言瓊樹朝朝見，不及金蓮步步來？[2]
敵國軍營漂木柹，前朝神廟鎖煙煤。[3]
滿宮學士皆顏色，江令當年只費才。[4]

注釋

1　"玄武湖"二句：在玄武湖中，鐘漏聲催，時光易逝；雞
　　鳴埭口，穿著錦繡衣裳的宮女又到來了。**玄武湖**：在今
　　南京市玄武門外，是著名的遊覽場所。宋文帝元嘉年間
　　建成。**雞鳴埭**（dài 逮）：玄武湖北岸的堤壩名。上有雞
　　鳴寺。據說齊武帝常清早遊琅邪城，行到這裏才天亮雞
　　鳴。故稱。**繡襦**：女子的錦繡上衣。**迴**：來往。首兩句
　　點題概述宋齊兩代之事。寫出君主夜以繼日地荒淫作樂。

2　"誰言"二句：誰說陳後主那"瓊樹朝朝見"的張貴妃，
　　不及得齊廢帝"金蓮步步來"的潘貴妃啊！**瓊樹朝朝
　　見**：陳後主曾作《玉樹後庭花》以讚美寵妃張麗華、
　　孔貴嬪的容色。有句云："璧月夜夜滿，瓊樹朝朝新。"
　　金蓮步步來：據《南史·東昏侯本紀》載：齊廢帝蕭寶
　　卷以金為蓮花帖地，令潘妃在上行走，云："此步步生
　　蓮華也。"兩句意謂陳後主的荒淫奢侈比之齊廢帝更甚。

3　"敵國"二句：從北方敵國的軍營中漂來造戰船削下的
　　木片，陳朝祖先的宗廟也被煙灰塵土撲滿了。**敵國**：
　　彼此敵對的國家，或地位力量相等的國家。《南史·陳
　　本紀》載：隋文帝聞陳宣帝死，"遣使赴弔，修敵國之

禮。書稱姓名頓首"。詩中指陳的對手隋。**木杮**（fèi 肺）：從木頭上削下的碎片。上句典出《南史·陳本紀》：隋文帝在開皇七年（587）"命大作戰船，人請密之，隋文帝曰：'吾將顯行天誅，何密之有？使投杮於江，若彼能改，吾又何求？'"**前朝**：上代。指陳後主的祖宗。下句典出《資治通鑒·陳紀》：禎明元年（587），太市令章華上書向後主進諫，稱美陳高祖、世祖、高宗的功業，並説："陛下即位，於今五年，不思先帝之艱難，不知天命之可畏，溺於嬖寵，惑於酒色；祠七廟而不出，拜三妃而臨軒。"又云："今疆土日蹙，隋軍壓境，陛下若不改絃易轍，臣見麋鹿復遊於姑蘇矣。"兩句意謂陳後主對北方的強敵壓境時毫無戒備，又不祭太廟，行將亡國絕嗣。可參看《南史·陳後主本紀》："後主愈驕，不虞外難，荒於酒色，不恤政事。"

4　**"滿宮"二句**：滿宮的"學士"都容色艷麗，江總等狎客也枉費盡自己的文才了。**學士**：陳後主宮中"婦人美貌麗服巧態以從者千餘人"，其中有文學才能者被封為"女學士"。**江令**：指江總。在陳後主朝宮僕射尚書令，不管政事，常陪後主宴樂後宮中，與孔範等十人號曰"狎客"。**只費才**：空費才。《南史·陳後主本紀》載：陳後主宴樂時，"先令八婦人襞采箋，制五言詩，十客一時繼和，遲者則罰酒。君臣酣飲，從夕達旦，以此為常"。兩句兼寫陳末的君臣。指出女學士的"顏色"和"狎客"的"才"，適足以助後主的荒淫，促其亡國而已。與作者《陳後宮》詩："從臣皆半醉，天子正無愁。"意略相似。

哭劉蕡

這一首悼詩，沉鬱悲憤，情文相生，是義山集中風骨道上的名作。詩人與劉蕡間深厚的交誼是建築在共同的政治理想之上的，義山在詩中痛斥最高統治者的昏庸和殘忍。對被迫害致死的劉蕡表示由衷的敬仰。

> 上帝深宮閉九閽，巫咸不下問銜冤。[1]
> 廣陵別後春濤隔，湓浦書來秋雨翻。[2]
> 只有安仁能作誄，何曾宋玉解招魂？[3]
> 平生風義兼師友，不敢同君哭寢門。[4]

注釋

1　"上帝"二句：那昏聵無能的上帝，安居在深宮之中，緊閉著九重天門；神巫巫咸也沒有降臨人間，去調查了解下民含冤負屈的情兄。這裏把矛頭直指至高無上的皇帝，"居於深宮之中，長於婦人之手"。只顧自己享樂，不理人間疾苦，被太監抓在手心裏的中唐以後的皇帝，哪一個不是這樣！九閽（hūn 昏）：九門。傳說天帝所居之處有九門。《楚辭‧九辯》："君之門以九重。"巫咸：

古代傳説中的神巫。屈原《離騷》："巫咸將夕降兮，懷椒糈而要之。"

2 **"廣陵"二句：**自從去年在黃陵別後，江湖上浩渺的春波，把我們阻隔著，等到從溢浦傳來您不幸去世的消息，已是秋雨淒零的時節了。這裏先寫生離，再寫死別。逐層加深，表現詩人極度的悲痛。情景交融，聲淚俱下。黃陵：各本原作"廣陵"。何焯云："廣陵疑黃陵。"《哭劉司戶蕡》詩中有"去年相送地，春雪滿黃陵"之句。黃陵山，在今湖南湘陰縣，靠近湘江入洞庭湖之處。

3 **"只有"二句：**我只能像潘安仁那樣作誄文來表示哀悼；即使是宋玉，又哪裏真正懂得招魂之術啊！安仁：西晉文人潘岳的字。《晉書·潘岳傳》載："岳詞藻絕麗，尤善為哀誄之文。"誄（lěi 耒）：古時用以表彰死者德行並致哀悼的文辭，後來成為哀祭文體之一。陸機《文賦》："誄纏綿而淒愴。"招魂：《楚辭》中有《招魂》篇，或謂是屈原招懷王之魂，或謂是屈原自招。王逸注謂是宋玉"憐哀屈原忠而斥棄……魂魄散佚"而作。詩中是説無法使劉蕡復生，使人悲思不已。

4 **"平生"二句：**説到我們生平的情誼，您兼是我的老師和朋友，所以我不敢自居於您的同列，而哭弔在寢門之外。**風義：**情誼；道義。**同君：**與您等同起來。**寢門：**內室的門。據《禮記·檀弓》載：死者是師，則應於內寢哭弔，死者是友，則應哭於寢門之外。作者敬劉蕡如師，故不敢哭寢門。末句感情非常深摯，也可以從側面看到詩人的風骨氣節。

荊門西下

　　本詩寫作年代，各家說法不一。馮浩補注云：“此篇久未能定，今揣其必為遇險後至荊門之作。”定為大中三年（849）春，義山由蜀入京時作。張采田駁之：“荊門詩而謂之‘西下’，明指下蜀而言。”“自巴閬歸，故曰西下。”定為大中二年之作。近人岑仲勉先生《玉谿生年譜會箋平質》認為“此詩乃隨（鄭）亞赴桂途次所作”。並引陳寅恪先生語：“巴蜀遊蹤之說，實則別無典據。”今從岑說，繫於宣宗大中元年初夏。時年義山三十五歲。宣宗即位後，務反會昌之政。二月，宰相白敏中使其黨羽李咸控告李德裕，德裕因此以太子少保分司東都。李黨人多被斥逐。給事中鄭亞外調為桂州刺史，桂管防禦觀察使，辟義山為幕掌書記。義山眼看到這場正在展開的驚心動魄的政治鬥爭，剛正之士受到排斥打擊，阿諛諂媚的小人卻扶搖直上，心裏很有感觸，在赴桂途中寫了這首詩。荊門：在荊州西六十里南岸有荊門山。西下：岑仲勉云：“舟發荊州向東而下，以東向為西下，古人自有此種語法。”

一夕南風一葉危，荊雲迴望夏雲時。[1]
人生豈得輕離別？天意何曾忌嶮巇？[2]
骨肉書題安絕徼，蕙蘭蹊徑失佳期。[3]
洞庭湖闊蛟龍惡，卻羨楊朱泣路歧。[4]

注釋

1　**"一夕"二句**：颳了一夜的大南風，江波上一葉扁舟，
更覺行程的危險。向西迴望荊州上空的白雲，那已是初
夏時節的晴雲了。兩句寫初發荊門所見。以風波喻政途
的險惡。鄭亞除桂管在二月，抵任在五月，過荊門時大
約是四月，所以詩中點出夏雲。

2　**"人生"二句**：人生中，哪能夠輕易就離別了啊！但老
天爺的主意，怎讓你避開險惡的環境呢！離別，不是人
所希望的，但又不得不離別。這只有歸之於不可違抗的
"天意"。天意，也就是最高統治者的意願，肆無忌憚，
獨斷專行，不管別人的死活。詩中說"何曾忌"，在自
我解嘲中含著深深的憤激。詩人把批判的矛頭指向了當
時的皇帝。嶮巇（xiǎn xī 險希）：艱險崎嶇。

3　**"骨肉"二句**：我寄給家人的信中，寫道："我已經安心
到遙遠的邊塞外。"可惜故鄉長滿蕙蘭的徑路，卻辜負
了美好的期約了。兩句"語曲意深，餘味惘然"。到"絕
徼"之外，本是不得已的事，但偏在信中要說"安"。
不直接寫眷戀故園，卻說可惜失誤了佳期。詩人用心之

苦可見。**書題**：書信。**絕徼**（jiào 叫）：極遠的邊境。詩中指桂州。唐時廣西是"蠻荒"之地。**蹊**（xí 奚）：小路。

4　　**"洞庭"二句**：再往東行，就是遼闊的洞庭湖了，那兒波浪洶湧、蛟龍獰惡。這時，我倒羨慕那在歧路悲傷哭泣的楊朱了。紀昀評："太盡便乏餘味。"其實紀老先生並沒有讀懂這詩。張采田說："詩中全是失路之感，久讀方領其妙，看似說破，實則未說破也。此善於用筆所致。"此解近是，但仍欠深透。楊朱泣歧路，前途雖是茫茫未卜，還可以去選擇自己願意走的路，而擺在詩人面前的都是明明白白的"嶮巇"的途程。在這情況下，怎能不羨楊朱呢。末句強自排釋，跌深一層，有無窮餘味。**蛟龍**：指江河湖海中的兇猛的水獸。杜甫《夢李白》詩："水深波浪闊，無使蛟龍得。"**楊朱**：戰國時楊朱學派的創始人。《淮南子·說林訓》："楊子見逵路（歧路）而哭之，為其可以南，可以北。"

杜工部蜀中離席

　　這首詩著意摹擬杜甫詩歌的風格，而又能有作者自己獨特的面目。前人說，義山善學杜甫，就是指他善於吸取杜甫的長處，得杜之神，而遺其皮毛。不像明代的復古主義的詩人那樣，只顧搯搰杜甫詩的字面，把“百年”、“萬里”、“大漠”、“雄關”排湊起來，勉強成篇，優孟衣冠，毫無新意思。杜甫在四川成都嚴武的幕中時，曾加檢校工部員外郎的官銜，故稱“杜工部”。大中五年（851）冬，作者奉命到西川推獄，至成都。次年，事畢，返回梓州。本詩在臨行時餞別的宴席上作。詩中寫離席上的情景，抒發了詩人對國家大事的感慨。幾年來，蜀中多事，除了跟吐蕃和党項之間的民族糾紛外，還爆發了巴南的蓬州、果州的貧民起義，起義者以雞山為根據地，進迫東、西川及山南西道。唐宣宗大為震驚。《資治通鑒》載：“上怒甚。崔鉉曰：‘此皆陛下赤子，迫於饑寒，盜弄兵於谿谷間。不足辱大軍，但遣一使者可平矣。’”宣宗派劉潼到果州誘降後，出其不意，發兵撲滅了這次暴動。詩人目睹這些事件，深深感到國家需要一個安定的局面，使勞民得以休養生息。

人生何處不離群？世路干戈惜暫分。[1]
雪嶺未歸天外使，松州猶駐殿前軍。[2]
座中醉客延醒客，江上晴雲雜雨雲。[3]
美酒成都堪送老，當壚仍是卓文君。[4]

注釋

1　"人生"二句：人生中，無論在哪裏，怎有不跟朋友離
　　別的事呢？但在世路艱難、干戈動亂的時代，即使是短
　　暫的分離也會令人難受啊！這裏純用杜詩之法，以反詰
　　句開頭，非常警策。"何處不"三字，曲折頓挫。作者
　　《離亭賦得折楊柳》詩："人世死前唯有別"之語，同樣
　　是沉痛入骨。紀昀說："起二句大開大闔，極龍跳虎臥
　　之觀。"甚是。

2　"雪嶺"二句：在川西遙遠的雪山之外，朝廷派出的使
　　者還未歸來，而松州一帶仍駐紮著皇帝的殿前軍。頷聯
　　緊接"世路干戈"之意。雪嶺：即雪山，主峰在康定。
　　綿亙出川西，稱為"大雪山脈"。是唐帝國和吐蕃的分
　　界，也是當時的少數民族黨項聚居之地，經常發生兵事
　　糾紛。大中三年（849），吐蕃宰相論恐熱以秦、原、
　　安樂三州及石門等七關歸唐。三州士民千餘人至京師闕
　　下朝見唐宣宗。大中五年，白敏中充招討黨項行營都
　　統、制置使，奏稱"黨項悉平"。所以朝廷屢派使者處
　　理邊事。松州：今四川阿壩藏族自治州松潘縣，因有甘

松山，故名。唐太宗時置松州都督府，駐兵守護邊境。

殿前軍：指神策軍，本是皇帝宮廷中的禁衛軍，但外地將領為了多得糧餉，往往奏請所部軍隊直屬中央管轄，稱為"神策行營"。這兩句敘事簡潔，感慨深刻，頗具"史筆"。王安石非常稱賞它。

3　**"座中"二句**：在離席座中，醉了的客人在延請著還是清醒的客人。在江上，明朗的晴雲夾雜著陰暗的雨雲。兩句敘事寫景，寓有深意。"醉客"，指那些渾渾噩噩的庸人，毫無遠見，醉生夢死。"醒客"，作者自況。義山有極其清醒的現實感。他關心國事、有抱負、有遠見。他看到"晴雲雜雨雲"的變幻不定的政治和軍事氣候，心中充滿著疑慮。"眾人皆醉我獨醒"，徒然獨醒，又有什麼用呢！

4　**"美酒"二句**：成都市上，本來有美酒可以送老，何況更有卓文君這樣的美女在壚前賣酒呢！從"醉客"意推深一層，聯想到當壚賣酒的卓文君。語含深諷。好吧，既然有美酒，又有美女，你們就醉吧，醉吧，甘心老於他鄉，不再管什麼國家的前途、人民的疾苦了。這是"醒客"因"醉客"而發的感慨。**卓文君**：漢代蜀中富商卓王孫之女，年青寡居。司馬相如以琴聲訴說對她的愛情，文君夜奔相如，後被卓王孫發覺，把兩人逐出家門。夫妻倆就在成都市上開設酒店，卓文君當壚賣酒，司馬相如滌器。《唐語林·企羨》載："蜀之士子，莫不沾酒，慕相如滌器之風。"近人據此以為作者"嚮往成都生活情調之美"。非是。

何焯云：“詩至此，一切起、承、轉、合之法，何足繩之？然‘離席’起、‘蜀中’結，仍是一絲不走也。”這正是大家手筆。寓有法於無法之中。結構既嚴緊而又有變化，從心所欲而又不離規矩。吳喬謂此詩如杜甫“童稺情親”篇，“只須前半首，詩意已完，後四句以興足之。去後四句，於義不缺；然不可以其無意而竟去之者”。並批評王安石“止讚‘雪嶺未歸’一聯，是見其煉句，而未見其煉局也”。甚是。

隋宮

隋煬帝——楊廣，也算是"千古一帝"吧，這個荒唐透頂的風流皇帝！他好大喜功，初即位六年間，就徵集了數十萬名民工，興修了大運河通濟渠。接著在東都洛陽大興土木，修建宮殿和西苑。從西苑中可以乘船直達江都。自大業元年至十二年（605-616）三次南遊江都。並修築長城，開闢馳道，還擴充軍備，發動入侵高麗的戰爭，使成千上萬百姓和士兵死亡，農業生產受到嚴重的破壞。結果群雄並起，覆滅了隋朝，楊廣也被禁軍將領宇文化及等縊殺。這首詩通過寫隋宮的變遷，揭示了隋煬帝的窮奢極侈，自取覆亡的歷史教訓。這是可足為百世之鑒的。詩意含有深刻的諷刺　情調慷慨蒼涼，是義山詩中高作。

紫泉宮殿鎖煙霞，欲取蕪城作帝家。[1]
玉璽不緣歸日角，錦帆應是到天涯。[2]
於今腐草無螢火，終古垂楊有暮鴉。[3]
地下若逢陳後主，豈宜重問後庭花。[4]

注釋

1　**"紫泉"二句：**長安城紫泉南邊的宮殿，深鎖在朝煙暮霞之中，而皇帝卻想用過去的蕪城揚州作為帝都。這裏寫隋煬帝好遊佚，厭倦了長安宮中的生活，要到江南佳麗之地揚州享樂。**紫泉：**即紫淵。水名，在長安北。司馬相如《上林賦》寫長安"丹水更其南，紫淵徑其北"。因避唐高祖李淵名諱而改為"紫泉"。如陶淵明亦改作"泉明"。**蕪城：**即廣陵（今江蘇揚州市）。鮑照有名作《蕪城賦》寫廣陵故城經兵燹後殘破荒蕪的景狀。後人遂把蕪城作為廣陵的別名，隋時稱作"江都"。煬帝在這兒大建宮室。《隋書》載："大業元年，發民十萬，開邗溝入江，自長安至江都，置離宮四十餘所。"

2　**"玉璽"二句：**如果不是隋朝的玉璽落到了有"日角龍庭"的天子相的李淵手中，那麼煬帝掛上華麗錦帆的龍舟恐怕會遊遍天涯海角了。隋煬帝多次遊揚州，《隋書·煬帝紀》："大業元年八月，上御龍舟幸江都。"大業十二年（616），第三次南遊。次年，李淵、李世民在太原起兵，不久隋朝覆亡。**玉璽**（xǐ徙）：玉印。《獨斷》云："秦以前，民皆以金玉為印，龍虎紐，唯其所好。然則秦以來，天子獨以印稱璽，又獨以玉，群臣莫敢用也。"玉璽歸於別人，象徵國家政權更變。**不緣：**不因；如果不是。**日角：**指人的額骨突出飽滿如日的樣子。古人迷信骨相之術，認為人的一生貴賤，存乎骨相。封建統治者常吹噓自己有"帝王之相"，以欺騙人民。《東漢觀記》謂漢光武帝劉秀微時，即有"日角龍

028

準"之相。《舊唐書·唐儉傳》載：李淵起兵前，唐儉說他"日角龍庭"必能取天下。詩中以"日角"指李淵。**錦帆**：指龍舟。其帆以錦緞製成，船長二百尺，高四十五尺，有樓四層。據《開河記》載："帝自洛陽遷駕大梁，詔江淮諸州造大船五百隻，龍舟既成，泛江沿淮而下，時舳艫相繼，自大梁至淮口，聯綿不絕，錦帆過處，香聞百里。"兩句意謂，如果隋朝未覆亡，楊廣還會到更遠的地方遊幸。當時已開了八百餘里的江南河，從鎮江通杭州，準備渡浙江遊會稽。兩句用"不緣"、"應是"，作轉折之詞，把詩意開拓，最善用筆。故何焯云："著'玉璽'一聯，直説出狂王抵死不悟，方見江都之禍非出於偶然不幸，後半諷刺更覺有力。"

3　　"**於今**"二句：到如今，隋宮已成一片廢墟，雖有腐草，但已無螢火熠耀了。而在久遠的歲月中，運河兩岸的垂楊樹上還是有暮鴉哀號。兩句筆力極重，境界極大，蒼茫感慨，是義山得意之筆，不要把它作普通的寫景句看，這是一幅隋朝的興廢圖。**腐草**：古時傳説，螢火蟲是在腐草中化生的。《禮記·月令》："腐草為螢。"**螢火**：螢火蟲。據《隋書》載："大業末，天下已盜起，帝於景華宮徵求螢火數斛，夜出遊山，放之，光徧岩山谷。"《廣陵志》載：揚州舊城七八里有煬帝放螢苑。上句，有人解釋説，螢火蟲被搜盡，連腐草也不生螢了。這只是皮相之言。何焯説："興在象外"，就是指在物象的描述之外有更深的內在意義，形象地把隋朝的滅亡表現出來。"無螢火"三字，在描述隋宮廢址的荒涼之餘，更含微妙的諷刺，這很值得我們用心領會。**終古**：長久；永遠。**垂楊**：《隋書》載："煬帝自板渚引河作御道，植以楊柳，名曰：'隋堤'，一千三百里。"這有名的隋堤柳，是千古詩人歌詠不絕的，現在，只剩下老鴉在黃昏時候發出啞啞可厭的啼聲，似在訴說著亡國的悲涼。當年那錦帆照水，鼓吹喧天的熱鬧繁華，如今安在？"垂楊"與"腐草"、"螢火"與"暮鴉"，用"無"、"有"兩字貫串起來，對比鮮明，語含深慨。馮班說："腹連慷慨，專以巧句為義山，非知義山者也。"

4　**"地下"二句**：如果在九泉之下遇到陳後主，那就不該再去觀賞《玉樹後庭花》的歌舞了吧？**陳後主**：名叔寶，陳朝末代皇帝，也是歷史上著名的淫奢之主。他大建宮室，日與妃嬪、狎客遊宴，製作艷詞。禎明三年（589）隋兵南下，攻入建康。被俘病死。**後庭花**：即《玉樹後庭花》。是陳後主創作的舞曲。據《隋遺錄》載：煬帝曾在江都吳公宅雞臺中夢見陳後主："後主舞女數十，中一人迥美，帝屢目之。後主曰即麗華也……因請麗華舞《玉樹後庭花》，麗華徐起，終一曲。後主問帝曰：龍舟之遊樂乎？始謂殿下（楊廣為太子時之稱）致治在堯舜之上，今日復此逸遊，大抵人生各圖快樂，曩時何見罪之深耶？"歷史，是如此驚人地重演，隋煬帝終於也落到陳後主同樣的亡國殞身的下場。末兩句語意冷峭，諷刺入骨。正如張采田所說："含蓄不盡，愈覺味美於回，律詩寓比興之意，玉谿慣法也。"

清人金武祥《粟香隨筆》謂"李義山極不似杜（甫），而善學杜者無過義山"。如此詩可謂善學杜而不似杜的了。

二月二日

　　大中七年（853），義山在四川梓州（今四川三臺縣），東川節度使柳仲郢幕中，鬱鬱終日，無以為歡。二月二日是蜀中的踏青節，詩人隨俗出遊，看到春滿天涯的美景，更觸動了失意淪落之感。這一首詩以鬆快的筆調寫苦悶的心情，另具一格，很是成功。詩的風神迫肖杜甫在成都時寫的七律，而輕倩流美似還過之。

> 二月二日江上行，東風日暖聞吹笙。[1]
> 花鬚柳眼各無賴，紫蝶黃蜂俱有情。[2]
> 萬里憶歸元亮井，三年從事亞夫營。[3]
> 新灘莫悟游人意，更作風簷夜雨聲。[4]

注釋

1　"二月"二句：二月二日的踏青節，在涪江畔漫步徐行，東風駘蕩，春日融和，聽到遠處陣陣笙聲。首句用拗律：仄仄仄仄平仄平，不覺其詰屈聱牙，反而有特殊的音樂美。次句"聞吹笙"三平調，音節亦甚佳。溫庭筠《旅泊新津卻寄一二知己》詩："併起別離恨，似聞歌吹喧。」與此意近。

2　「花鬚」二句：花開了，露出纖美的嫩蕊，初生的柳葉，細長如少女的眼睛，都像在挑逗遊人的春思。紫蝶黃蜂，在嬌花細柳之間穿來穿去，真是情意深長啊。**花鬚**：花的雄蕊，細長如鬚。**柳眼**：柳葉的嫩芽初展之狀。**無賴**：本意為放恣，撒潑。引伸為花柳爛漫，惱人情思。杜甫《奉陪鄭駙馬韋曲》詩：「韋曲花無賴，家家惱殺人。」兩句極寫春色之美，以反襯內心的傷感，收到特別的藝術效果，這就如前人所謂「兩路相形，夾寫出憶歸精神，合通首反覆咀詠之，其情味自出」。

3　「萬里」二句：我客居在萬里之外的異鄉，經常想望著能像陶潛那樣回到自己的鄉井。匆匆又過了三年，現在還在柳幕中任職。**元亮**：東晉大詩人陶潛的字。陶詩《歸田園居》：「井竈有遺處，桑竹殘朽株。」古人常以「井」代表故鄉。**三年**：作者在大中五年（851）被柳仲郢辟為節度書記。到梓州至今三年。**從事**：指任柳仲郢的幕僚。**亞夫營**：漢文帝時，大將周亞夫在長安附近的細柳地方駐紮軍隊，防禦匈奴，軍營中，紀律嚴明，很受漢文帝的稱賞。人稱為「細柳營」或「柳營」。這裏以柳營的柳字暗寓幕主柳仲郢的姓。兩句寫三年客宦川東，萬里思歸故鄉。

4　「新灘」二句：春江上的新灘，不了解遊人的心意，流水之聲像半夜裏簷間的風雨，引動客子的愁懷。這裏「莫悟」兩字，神味甚足，本來勉力出遊，目的是為了排遣客中的寂寞愁情，而灘聲卻故作風雨之聲，更增人

033

愁緒。把"銷愁愁更愁"的責任全推給灘聲。世界上無一事物，不帶上詩人主觀的感情色彩了。何焯云：此詩"神似老杜處在作用，不在氣調。同一江上行也，耳目所接，萬物皆春，不免引動歸思，及憶歸不得，則江上灘聲，頓有淒淒風雨之意。筆墨至此，字字化工"。末兩句意味頗似作者《宿駱氏亭寄懷崔雍崔袞》詩："秋陰不散霜飛晚，留得枯荷聽雨聲。"

籌筆驛

　　這是義山詠史詩的代表作。後世愛舉出此詩，以證明義山詩如何“神似老杜”。實在義山的七律，卓然大家，在藝術手法某方面上甚至比杜甫還突出。評論家從鍾嶸開始，常愛說當代的作者從某家出，寫舊體詩詞的人，也常自稱：“學某家某家。”這實在是不好的風氣。詩文的大家是要自吐胸臆的，怎能處處作計隨人呢！這首詩是在大中九年（835）冬柳仲郢調長安，作者隨仲郢返京途中所作。詩中緬懷三國時蜀漢的名相諸葛亮，感嘆他空有雄才大略而功業不成，無法挽救蜀漢的敗亡，寄寓著詩人對當前現實深刻的感慨。全詩把敘事、議論、寫景、抒情巧妙地融合在一起，唱嘆有情，是詩人晚年時藝術已臻最高之境的作品，值得我們再三諷誦。籌筆驛：在唐時利州綿谷縣。故址在今四川廣元市與陝西陽平關之間。今名朝天驛。相傳是諸葛亮出師伐魏時，常駐軍籌劃於此。杜牧亦有詩詠之：“永安宮受詔，籌筆驛沉思，畫地乾坤在，濡毫勝負知。”

猿鳥猶疑畏簡書，風雲常為護儲胥。[1]
徒令上將揮神筆，終見降王走傳車。[2]

管樂有才終不忝，關張無命欲何如？³

他年錦里經祠廟，梁父吟成恨有餘。⁴

注釋

1. "猿鳥"二句：籌筆驛附近的猿猴飛鳥，好像仍然畏懼諸葛亮當年森嚴的軍書命令。這裏風雲屯聚，像是永久地在保護著他的軍營壁壘。"猿"，《影宋本》、《嘉靖本》、《汲古閣本》俱作"魚"，《朱鶴齡注本》作"猿"，詞意較佳，今從朱本。**簡書**：指軍中的文書命令。《詩·小雅·出車》："王事多難，不遑啟居。豈不懷歸，畏此簡書。"毛傳曰："簡書，戒命也。"**儲胥**（chú xū 廚需）：藩籬木柵之類，作守衛拒障之用。《漢書·揚雄傳》："扡熊羆，拖豪豬，木雍槍纍，以為儲胥。"顏師古注引蘇林曰："木擁柵其外，又以竹槍纍為外儲也。"兩句寫作者見到籌筆驛中諸葛亮故壘時的感受。用"猿鳥"和"風雲"表現自己肅然起敬的心情。極力推崇諸葛亮，亦使讀者"凜然復見孔明風烈"。

2. "徒令"二句：這位大將空自揮動神筆，籌劃軍事，結果不免見到投降了的後主被驛車解送洛陽。**徒令**（líng 鈴）：空使、枉教。**上將**：指諸葛亮。**揮神筆**：指籌劃軍事，揮筆為文。此用以表現諸葛亮的才智。**降王**：指蜀漢後主劉禪。魏景元四年（263）司馬昭派鍾會、鄧艾伐蜀。鄧艾至城北，後主輿櫬自縛詣軍壘門外投降。**傳車**（zhuàn jū 賺居）：傳，即傳舍、驛站。走傳車，指劉禪乘傳車入魏。《三國志‧蜀志‧後主傳》載：蜀亡後第二年，"後主舉家東遷至洛陽"。兩句慨嘆諸葛亮費盡心力，終不能使蜀漢免於覆亡。"見"字是泛寫，蜀亡時諸葛亮已死。

3　**"管樂"二句**：諸葛亮真不愧是像管仲、樂毅那樣有才能的政治、軍事家。但名將關羽、張飛早死，那又有什麼辦法啊。**管樂**：管仲和樂毅。管仲，是春秋時齊國著名的政治家，輔佐齊桓公以成霸業。樂毅，是戰國時著名的軍事家。曾為燕昭王大破齊軍。諸葛亮年青時有大志，在南陽隱居時，每自比於管仲、樂毅。**不忝**（tiǎn舔）：不辱；無愧。**關**：關羽，字雲長。蜀漢"五虎將"之一。鎮守荊州，被孫吳偷襲，兵敗被殺。**張**：張飛，字益德，蜀漢"五虎將"之一。在劉備伐吳時被部將暗殺。這裏寫諸葛亮儘管有傑出的才能，但在伐魏時，關、張已死，蜀中已無大將，功業不成，實在是無可奈何之事。

4　**"他年"二句**：當年，我曾親到成都錦里，憑弔武侯祠廟，吟哦罷諸葛亮的《梁父吟》詩，心中起了無窮的悵恨。**他年**：在舊體詩詞中有過去和未來兩種意義。本詩中指昔年。義山在大中五年（851）冬曾到成都，瞻仰了武侯祠，作《武侯廟古柏》以寄意，中有"玉壘經綸遠，金刀歷數終。誰將《出師表》，一為問昭融"之句。與本詩意近。**錦里**：在成都市南，諸葛亮的祠廟在此。**梁父吟**：古樂曲名。《三國志‧蜀志‧諸葛亮傳》稱："亮躬耕隴畝，好為《梁父吟》。"本是指諸葛亮好彈這首古琴曲。但後人把樂府古辭《梁父吟》（"步出齊城門"）一詩附會為諸葛亮所作。義山亦沿此誤。《梁父吟》寫齊國三名勇士被相國晏嬰設計害死之事。義山此時，正畏朝中小人的讒言暗害，所以對《梁父吟》詩有很深的感觸。

本詩的結構甚佳，大開大闔，跌宕有致。一、二句讚詞，筆力極重。三、四句忽然一轉，寫諸葛亮的失敗，筆勢宕開。五、六句，用"不忝"與"何如"兜轉，唱嘆有情。末兩句以遠意作收。全詩抑揚頓挫，如紀昀所謂"離奇用筆"、"橫絕乃穩絕也"。薛雪《一瓢詩話》云："籌筆驛'筆'字，不可實作筆墨之筆字用。唐人如杜樊川之'揮毫勝負知'，李玉谿之'徒令上將揮神筆'，皆實作筆墨之筆用矣。小李杜尚欠主張，況他人乎？"按：籌筆猶言籌劃，筆字作動詞用。然不必如薛氏之拘泥。

即日

　　春天，又是一個春天。在失意的詩人眼中，一切美好的事物，只令人徒增悵惘而已，何況這美好的事物還不久長呢！義山在大中二年（848）正月自南郡歸桂州，曾短期代理昭平郡（昭州，今廣西平樂縣）守。二月，李回貶湖南觀察使。鄭亞貶循州長史，義山在春末離桂北歸。這首七律，在淺語中寓深意，在輕倩中有渾重，唱嘆有情，是集中的佳作。

　　一歲林花即日休，江間亭下悵淹留。[1]
　　重吟細把真無奈，已落猶開未放愁。[2]
　　山色正來銜小苑，春陰只欲傍高樓。[3]
　　金鞍忽散銀壺漏，更醉誰家白玉鈎？[4]

注釋

1　"一歲"二句：這一年中美麗的林花，竟在這一天完了。我在江邊、在亭子下，無限惆悵地徘徊不去。兩句前人謂用杜甫"一片飛花減卻春"之意，義山詩似更洗練。"一歲"與"即日"從時間上對比，益覺得花飛春去的可惜。淹（yān 腌）留：遲留。

2 "重吟"二句：我一遍又一遍吟哦著，小心地拿著花枝細看，真的是無可奈何；花兒大都零落了，但有一些還在開著，心裏的愁情總是沒法解脫啊。這兩句"淡中藏美麗，虛處著工夫"，不要隨便看過。西崑派的徒子徒孫只顧搨攬義山華麗的詞藻，不懂得"淡中"、"虛處"更見真實本領。宋代詩人梅堯臣、黃庭堅、陳師道喜學這一體。"重吟細把"表現詩人眷戀之意，下加"真無奈"三字，低徊掩抑，婉曲有味。"已落猶開"四字中兩重曲折。"未放愁"，把詩人那"刻意傷春"的感情深切地寫出來了。

3 "山色"二句：遠處濃翠的山色正接在小苑的上邊，春日的低壓的陰雲只挨在高樓附近。春暮，山上草木茂盛，翠色顯得更深，特別是黃昏時候，遠山彷彿移到近處來了。"銜"字是句中的詩眼，把靜景寫活。"春陰"句，更是意在言外。杜甫《登樓》詩："花近高樓傷客心。"何況是花將落盡、春陰濃壓的"即日"啊！兩句用白描手法，紳以章騰。可見義山並非只工於藻繪雕鏤的。

4 "金鞍"二句：遊人匆匆歸去，鞍馬散盡，夜晚的銀壺漏聲相促，他們又將要沉醉在哪家的珠簾玉鈎之內啊！收處忽用"金鞍"、"銀壺"、"白玉鈎"三個華詞，與上面六句的淡語成鮮明對照。這些不更事的貴公子，夜以繼日地尋歡作樂。春殘花謝，他們是毫無感觸的。這裏詩意宕開，餘韻更長。何焯説："落句言風光忽過，不醉無以遣懷，然使我更醉誰家乎？無聊之甚也。"誤解了詩意，索然無味。**金鞍**：金飾的馬鞍。指豪富的遊客。**銀壺**：亦即"銅壺"，古代計時的儀器。壺中盛水，以滴漏計時。古詩詞中常用"銅壺滴漏"表示夜晚的時刻。**白玉鈎**：用白玉製的簾鈎。

無題二首 (選一)

　　落寞的詩人，在這美麗的春夜，參加了一次令人沉醉的宴會，遇到了一位屬意的姑娘。目成眉語，兩心相許。但好事難成，聚散匆匆，所留下的只是迷惘的追思。詩中把酒暖燈紅的盛會與走馬應官的生涯兩相映襯，表現了詩人強烈的艷羨與失意的複雜心情。本詩頷聯 "身無彩鳳雙飛翼，心有靈犀一點通"，數百年來，萬口流傳，可見它的藝術魅力了。

　　昨夜星辰昨夜風，畫樓西畔桂堂東。[1]
　　身無彩鳳雙飛翼，心有靈犀一點通。[2]
　　隔座送鈎春酒暖，分曹射覆蠟燈紅。[3]
　　嗟余聽鼓應官去，走馬蘭臺類斷蓬。[4]

注釋

1　"昨夜" 二句：依然是昨夜的星星，昨夜的好風，那是在畫樓的西畔，桂堂的東頭。兩句點出時間和見到意中人的地點。重疊 "昨夜" 以增追慕之情。"星辰" 與 "風"，暗示在室外。兩個華麗的堂舍之間的通道上，偶然瞥見，便生情意。**桂堂**：用桂木構成的堂舍。詩中可能指女子的香閨。

2　　**"身無"** 二句：儘管我的身上，沒有彩鳳那飛翔的雙翼，但我跟她的心，是像靈犀一樣相通的。這裏寫兩人身份不同，無法親近，但彼此欣悦，心心相印。**彩鳳**：身上有彩色羽毛的鳳凰。**靈犀**：即 "通犀"。《漢書·西域傳》："通犀翠羽之珍。" 注："通犀，謂中央色白，通兩頭。"

3　　**"隔座"** 二句：宴會時，她在我的鄰座，一起作藏鈎的遊戲，彼此罰喝著暖融融的春酒。我們分作兩邊，在紅通通的蠟燭光下，猜謎射覆，興高采烈。**送鈎**：又稱 "藏鈎"，古代的一種遊戲。分成兩隊，每隊數人。把酒鈎藏在其中一人手中，令對方猜，如不中，則罰喝酒。**射覆**：古代遊戲。猜度預為隱藏的物件是什麼。後世行酒令用字句隱寓事物，令人猜度，也稱 "射覆"。兩句著力渲染宴會中歡樂的氣氛。

4　　**"嗟余"** 二句：可嘆啊，我聽到更鼓之聲，便要去官府中應卯。走馬到蘭臺，來去匆匆，此身像斷蓬飄轉。**蘭臺**：漢代保存秘書圖籍的宮觀。此用以指秘書省。時義山守母喪期已滿，入京重官秘書省正字。職位不高，然是所謂清要之職。**類**：類似，好像。末兩句慨嘆屈居下位，身不由己。

無題四首 (其一、其二)

　　兩首七律，自成一組，寫的是詩人與一位幽居寂寞的女郎隱曲的愛情。她像夢境般飄忽無定，令人無法追尋，所留下的是終生難忘的悵恨。女子這一方卻被幽鎖在深閨重簾之內，空自千萬遠相思，也無從與愛人會合。兩相乖隔，無限淒涼，在這描述對愛情的探索、追求和失望的詩篇中，千秋萬世的人們聽到了這不幸的詩人心底悲憤的呼聲——戀愛自由！我們不是也可以把這理解為他在政治生活上執著的要求嗎？原作《無題四首》，兩首七律，一首五律，一首七古。後兩首的內容和格調與此不同，疑非聯章之作。

一

來是空言去絕蹤，月斜樓上五更鐘。[1]
夢為遠別啼難喚，書被催成墨未濃。[2]
蠟照半籠金翡翠，麝熏微度繡芙蓉。[3]
劉郎已恨蓬山遠，更隔蓬山一萬重。[4]

注釋

1 **"來是"二句：** 她说要到來相會，其實是句空話，自從
她去了以後，再也不見她的蹤影了。我在樓上等待著，
等待著，直到殘月西斜，五更鐘響。兩句寫詩人在等待
情人赴約時焦慮和惆悵的心情。這兩句或解作"記子直
來謁，匆匆竟去"。或解作寫夢境的虛幻和夢醒後的悵
惘。都未能探明本意。

2 **"夢為"二句：** 朦朧睡去，在夢中也由於遠別而悲啼，
無法自止。夢醒後，馬上拿起筆來寫信，心情急切，連
墨也顧不得磨濃了。兩句與《碧瓦》詩"夢到飛魂急，
書成即席遙"意近。"啼難喚"三字幽咽淒涼。辛棄疾
的名句："羅帳燈昏，哽咽夢中語。"當從此化出。"墨
未濃"，三字越無理，越能表現詩人強烈的相思之情。
因平日常傷春傷別，自然形諸夢寐，夢也悲啼。情人失
約後，匆匆寫信，再約幽期。

3 **"蠟照"二句：** 夜闌時的燭光，照亮半邊繡有金翡翠鳥
的簾帷。蘭麝芳香，細細地透過繡著芙蓉花的被褥。**蠟
照：** 蠟燭的光。**半籠：** 即"半罩"，因帷帳低垂，燭光
只能照亮其半部分。**金翡翠：** 溫庭筠《菩薩蠻》詞："畫
羅金翡翠，香燭銷成淚。"此指以金線在簾帷上繡的翡
翠、鴛鴦等成雙成對的鳥兒圖案。**麝熏：** 古代富家常以
沉香、麝香等高級香料薰蒸衣物被褥。兩句特意寫出富
麗華美的環境，以襯托索居孤寂。半暗的燭光，依微的
香氣，都是搖人情思的，再加上翡翠、芙蓉等帶有愛情
象徵意義的事物，更令人不能自持了。

4 **"劉郎"二句：**我像古代的劉郎，本來已在怨恨蓬山仙
境的遙遠，現在那堪更遠隔著千萬重蓬山呢！**劉郎：**指
東漢時的劉晨。據《神仙記》載：在漢永平年間，剡
縣人劉晨、阮肇同入天台山採藥，遇二女子，邀至家，
留半年，其地氣候草木常如春時。及還家，子孫已歷七
世。重尋仙境，已不可復至了。**蓬山：**即蓬萊山。《漢
書·郊祀志》："使人入海求蓬萊、方丈、瀛洲，此三神
山者，其傳在勃海中。"後用以泛指想像中的仙境。本
詩中指女子所居之地。末兩句寫所追慕的人杳邈難求，
用重筆寫戀詞，重複"蓬山"二字，以表現詩人的失望
之情。

二

颯颯東風細雨來，芙蓉塘外有輕雷。[1]
金蟾齧鎖燒香入，玉虎牽絲汲井迴。[2]
賈氏窺簾韓掾少，宓妃留枕魏王才。[3]
春心莫共花爭發，一寸相思一寸灰。[4]

注釋

1 **"颯颯"二句：**颯颯的東風，飄來迷濛的細雨，在芙蓉
塘外，響起陣陣的輕雷。兩句寫春天時撩人愁緒的淒迷

之景。如《楚辭·九歌》："東風飄兮神靈雨"，司馬相如《長門賦》："雷殷殷而響起兮，聲象君之車音"，都是用風、雨、雷等自然景物來烘托女子懷念和等待情人的心情。**芙蓉塘**：荷塘。古詩中常用以表示情人相會的地點。起兩句紀昀稱之為"妙有遠神，可以意喻"。

2 **"金蟾"二句**：儘管是重門深鎖，她燒香的時候還是要啟門而入的呀。在井旁的玉虎轆轤上，牽著長長的繩子，她已汲水歸來。**金蟾**（chán 蟬）：金蛤蟆，古時在鎖頭上的裝飾。**齧**（niè 聶）：咬。**玉虎**：用玉石作裝飾的井上轆轤，如虎狀。或謂是井欄之飾。**絲**：指井索。兩句寫女子所居的環境。她孤獨地生活著，"燒香"和"汲井"，就代表了她全部的生活，這已是非常可悲的了。此詩句意思隱晦。各家多有異說，不一一錄出。

3 **"賈氏"二句**：賈家的少女在門簾後窺望，是傾慕韓壽的年少英俊；甄妃深情地自薦枕席，是愛重曹植的文學才華。**賈氏**：西晉初大臣賈充的次女。《世說新語》載：賈氏在門簾後窺見韓壽，兩相傾悅私通。女以皇帝賜賈充的西域異香贈壽。被賈充發覺，遂以女嫁給韓壽。**韓掾**（yuàn 願）：掾，由長官自行辟舉的掾屬，分曹治事，通稱"掾史"。韓壽曾為賈充掾屬。**宓**（fú 伏）**妃**：古代傳說，伏羲氏之女名宓妃，溺於洛水，是為洛神。詩中指曹丕的皇后甄氏。據《文選·洛神賦》李善注云：魏東阿王曹植曾求甄氏為妃，曹操卻把她嫁給曹丕。後甄氏被讒死，曹丕把她的遺物玉縷金帶枕送給曹植。曹植經濟水，夢見甄后對他說："我本託心君王（指

曹植），其心不遂，此枕是我嫁時物，前與五官中郎將
（指曹丕），今與君王，遂用薦枕席，歡情交集。"曹植
感其事，悲喜不自勝，遂作《感甄賦》，後曹植見之，
改為《洛神賦》。兩句巧妙地銜接頷聯。由"燒香"引
入賈氏之香，由"牽絲"引入曹植之思。（"絲"與"思"
諧音）意謂女子追求愛情的幸福是正常的，合理的。這
裏用賈氏和宓妃終能如願以反襯詩中主人公的無望，引
出末兩句。

4　"春心"二句：情人的春心啊，不要跟春花一起爭榮競
發，要知道，有一寸的相思，就會銷成一寸的灰燼！
春心：同"春情"。懷春之情。指男女相愛戀的情感。
收處語奇筆重，觸目傷心。春景是這樣的美好，東風細
雨，鳥啼花發，本足以撩起相思之情。但結果是一次又
一次地追求，一回又一回地失望。如同心字香銷，寸寸
成灰。末句"灰"字照應"燒香"句。針線細密，連環
不斷。

王十二兄與畏之員外相訪見招小飲，時余以悼亡日近，不去，因寄。

　　義山在二十六歲時，八涇原節度使王茂元幕中，茂元愛重他的才華，把女兒許嫁給他。義山因此招致令狐綯等人的排擠壓抑，十多年來，鬱鬱不得志。王氏隨著他東西羈宦，備嘗酸苦。詩人對妻子的愛情是很深摯的。這一首詩寫於大中五年（851）秋天，距王氏去世後不久。詩歌以表面平淡的語言來表現內心的沉痛，非常感人。王十二：王茂元之子，義山的妻兄。畏之：即韓瞻，與義山為連襟。時王、韓過訪義山，招請他去小飲，義山因妻死尚未久，心情悲痛，不去赴約，寫了這詩寄給王、韓兩人。

謝傅門庭舊末行，今朝歌管屬檀郎。[1]
更無人處簾垂地，欲拂塵時簟竟牀。[2]
嵇氏幼男猶可憫，左家嬌女豈能忘？[3]
秋霖腹疾俱難遣，萬里西風夜正長。[4]

注釋

1　　“謝傅”二句：我曾依恃在謝太傅的門下，忝居於諸婿行列之末；但如今，聽歌賞曲，宴飲之樂，只能屬於檀郎的了。**謝傅**：東晉大臣謝安，死後追贈太傅，此指王茂元。謝安的侄女謝道韞，嫁給王凝之，很不滿意，認為王凝之比不上她的伯叔和兄弟，說：「一門叔父則有阿大中郎，群從兄弟則有封、胡、遏、末。不意天壤之中乃有王郎。」詩中義山以王凝之自比，是自謙之詞。**檀郎**：晉詩人潘岳，小字檀奴，風姿很美。人稱為「檀郎」。唐人常把女婿稱作「檀郎」。詩中指韓瞻。兩句分點王十二與韓畏之。表明三人關係。

2　**「更無」二句**：在寢室的門前，只有長長的簾子低垂到地，裏邊再也沒有人了。我想輕輕拂去竹席上的灰塵，啊，卻看見它鋪滿了整張臥牀！這兩句須細細體味。朱彝尊說：「平平寫景，淒斷欲絕。」室內的一些日常生活中平凡的事物，正是最能引起聯想，觸動人的愁懷的。「簾垂地」三字，意謂人去房空，重簾不捲。描繪出極其寂寥淒冷的情景。使上面「更無人處」四字，更能表現山詩人內心的悲痛。「簟竟牀」三字，字字是淚，昔日牀前的人何在？只有撲滿灰塵的長簟！一個「塵」字，概括了自妻子死後的全部生活！這是義山詩最高之境，並不是專恃華辭藻飾可以達到的。試比較潘岳有名的《悼亡詩》：「展轉眄枕席，長簟竟牀空。牀空委清塵，室虛來悲風。」總覺得潘詩寫得過重過實，語意俱盡。

3　**「嵇氏」二句**：餘下嵇家最小的兒子，已是令人哀憫；想到左家那位嬌女，更是無法忘懷。**嵇氏幼男**：謂嵇紹，嵇康之子，十歲時喪母。詩中指自己的兒子袞師。

左家嬌女：左思《嬌女詩》：“吾家有嬌女，皎皎頗白皙。”詩中指妻王氏。或謂指詩人的女兒。兩句憫念孤苦的小兒子，更憶念亡妻。

4　**“秋霖”二句**：秋天連綿的陰雨和我內心的隱痛都是無法驅遣的，何況現在又是萬里西風的時節，茫茫長夜，就更難度過了。**腹疾**：心腹之疾。指精神上的創傷、隱痛。末句無限悲涼，包含著個人身世的傷感，表現了外界黑暗、險惡的環境對詩人的打擊和摧殘。從此是孤獨的長夜，誰與自己一起度過啊。我們想起了《詩經》的名篇《唐風·葛生》：“角枕粲兮，錦衾爛兮。予美亡此，誰與獨旦？”

無題

　　本詩內容隱晦曲折。古今以來，謬託義山知己的
解者甚多，或謂"此亦感遇之作"，或謂悲慨"光陰
難駐，我生行休"。或謂如作者在《行次西郊作一百
韻》所說的"九重黯已隔，涕泗空沾脣"那樣的感嘆。
張采田甚至說"此篇陳情不省，留別令狐所作"。這
類型的無題詩是否真如義山所謂"楚雨含情皆有託"，
是很值得懷疑的。年久代遠，信史難徵，我們還是按
詩句字面的意思，把它作為是寫離別相思的愛情詩。
詩中所寫的難堪的離恨，終生不渝的追憶以及重見無
期的哀傷，都非常真切感人，特別是"春蠶到死絲方
盡，蠟炬成灰淚始乾"兩句，以生新的形象語言來表
達詩人海枯石爛而矢志不變的愛情，感動著千秋萬代
的讀者。

　　相見時難別亦難，東風無力百花殘。[1]
　　春蠶到死絲方盡，蠟炬成灰淚始乾。[2]
　　曉鏡但愁雲鬢改，夜吟應覺月光寒。[3]
　　蓬山此去無多路，青鳥殷勤為探看。[4]

注釋

1 **"相見"** 二句：我們最初的相會，本已很不容易，如今行將離別，就更覺難分難捨了。何況正當是春風無力，百花凋殘的暮春時節啊！前人常謂"別易會難"，本詩更跌深一層，由"會難"引出："別亦難"之意。相見之難，是指機會難得；離別之難，是指別情難堪。次句點出時節，以"無力"、"殘"等字眼襯托觸景傷懷之情。

2 **"春蠶"** 二句：我悠長的思念——像春蠶所吐的繭絲——除非到死才完結。我無窮的離恨——像蠟炬溢下的燭淚——除非變作灰才乾掉。兩句比喻深切。不用典故，妙造自然，不愧為千古名句。上句以"絲"和"思"諧音。指相思之情，如絲之長，如繭之縛，生死不渝。下句以蠟淚喻人的離恨，亦以比別淚。惘惘情懷，無可消釋，只有死亡，才能把徹骨的相思抹掉。

3 **"曉鏡"** 二句：清晨看鏡，只恐她美麗的雲鬢變衰，青春易逝；夜晚吟詩，應感到如水的月光淒冷，對影無聊。**雲鬢**：指青年女子濃密的鬢髮。兩句從對面著筆，"但愁"與"應覺"都是作者設想之詞。別後，愛人也一樣的悲傷，徹夜無眠，以至姿容愁瘁。詩人無限深情地希望她能好好保重自己，以期來日。

4 **"蓬山"** 二句：蓬萊仙山離開這兒大概沒有多遠吧，希望有青鳥為我們頻頻傳書，互致別後相思之意。**蓬山**：古代傳說中的海上三仙山之一。詩中指所思慕的女子之居處。**青鳥**：神話中傳遞消息的仙鳥。《山海經‧大荒西經》：西有王母之山"有三青鳥，赤首黑目"。注曰：

"皆西王母所使也。" **探看**："看"字唸平聲，指探望。張相云："看，嘗試之辭，如云試試看。"兩句是在別後失望之餘的希冀之辭。

碧城三首（選一）

這是義山集中尤其難解的詩。有人據第三首中的"武皇內傳分明在，莫道人間總未知"等語，便謂這些詩"很有寄託"。以我的鈍根去參究，始終弄不出它的"微言大義"來，只好把它們歸入純粹的戀愛詩。戀愛的對象可能是義山在玉陽山學道時認識的女道友——宋真人姊妹。集中《聖女祠》三首，是寫他和女道士戀愛的失敗，《燕臺》四首，馮浩也認為是："有所戀於女冠"而作。《月夜重寄宋華陽姊妹》詩，更表現了年青的詩人對這三朵不結實的花的傾慕之情："偷桃竊藥事難兼，十二城中鎖彩蟾。應共三英同夜賞，玉樓仍是水晶簾。"這"十二城"也就是本詩中的"碧城十二"。

碧城十二曲闌干，[1] 犀辟塵埃玉辟寒。[2]
閬苑有書多附鶴，女牀無樹不棲鸞。[3]
星沉海底當窗見，雨過河源隔座看。[4]
若是曉珠明又定，一生長對水精盤。[5]

注釋

1 **"碧城"** 句：她住在天上的碧城中，曲曲欄杆圍繞著她的居處。**碧城**：朱鶴齡引道源注：《太平御覽》："元始天尊居紫雲之閣，碧霞為城。" **"十二"**，不定數詞，言其多也。

2 **"犀辟"** 句：用犀角來辟除塵埃，用暖玉來驅除寒冷。**犀辟塵埃**：《述異記》："卻塵犀，海獸也，然其角辟塵。致之於座，塵埃不入。" **玉辟寒**：據說玉質溫潤，能卻寒。兩句寫所戀者所處高寒，清淨無塵。已暗示其女道士的身份。馮浩注："入道為辟塵，尋歡為辟寒也。"

3 **"閬苑"** 二句：閬苑仙界中，書信多靠鶴來傳遞；女牀仙山上，每棵樹都有鸞鳳在棲息。**閬**（láng 郎）**苑**：傳說中的神仙居處。朱氏引道源注："仙家以鶴傳書，白雲傳信。" **女牀**：《山海經》："女牀之山有鳥焉，其狀如翟，五采文，名曰鸞鳥。" 兩句寫傳書密約幽期。

4 **"星沉"** 二句：在這兒，當著窗戶可以看到星星沉沒在海底，隔著座位可以望見雨雲掠過河源。兩句前人謂 "尤隱晦難解"，實在別無奧義，只不過寫仙女所居之上界能高瞻遠矚而已。**"星沉"** 句寫極望之遠，空闊無垠；**"雨過"** 句寫俯眺黃河源頭，猶如座上。馮浩云："以寓遁入此中，恣其夜合明離之跡也。" 甚是。

5 **"若是"** 二句：假如那清晨的明珠——太陽，老是明亮而不動的話，那麼我就甘願一生一世長對著水精盤似的月亮了。**曉珠**：《唐詩鼓吹》注："曉珠，謂日也。" **水精盤**：即 "水晶盤"。王昌齡《甘泉歌》詩："昨夜雲生拜初月，萬年甘露水晶盤。”此用以喻月。兩句意謂日不如夜。假如太陽永遠不落，那就願意長夜不明，以永歡會。

牡丹

　　牡丹，這國色天香，正需要這麼一首美麗的詩來歌詠它。義山是善於用典的老手，全詩八句，用了八事，"一氣湧出，不見斁積之跡"，這是最不容易做到的。北宋初西崑派的先生，寫起詩來就翻書，抄襲典故，堆疊而無味，形成一種非常惡劣的文風。試翻開當時鼎鼎有名的《西崑酬唱集》，看看楊億、錢惟演輩精工仿製的贋品，就可以知道寫詩不光是一宗純技巧的工藝了。

　　錦帷初卷衛夫人，繡被猶堆越鄂君。[1]
　　垂手亂翻雕玉佩，折腰爭舞鬱金裙。[2]
　　石家蠟燭何曾剪？荀令香爐可待熏？[3]
　　我是夢中傳彩筆，欲書花葉寄朝雲。[4]

注釋

1　"錦帷"二句：織錦的簾帷剛捲起，露出端嚴美麗的衛夫人；絲繡的被褥，還堆擁著秀美英俊的越鄂君。衛夫人：指春秋時衛靈公夫人南子。據《典略》載："孔子反，衛夫人南子使人謂之曰：'四方君子之來者，必見寡小君。'不得已見之。夫人在錦帷中,孔子北面稽首。夫人自帷中再拜,環珮之聲璆然。《論語》:"子見南子,子路不説,夫子矢之曰:'予所否者,天厭之,天厭之。'"連孔子都不得不對學生發誓保無邪念,可見南子之美了。**越鄂君**:春秋時楚王的母弟,貌美。《説苑》:"鄂君乘青翰之舟,張翠羽之蓋,越人擁楫而歌曰:'山有木兮木有枝,心悦君兮君不知',於是鄂君揄袂而擁之,舉繡被而覆之。"馬位《西窗隨筆》云:"越鄂君,'越'字誤用……非越之鄂君也。"兩句分別用美女、美男來比喻牡丹花。何焯云:"非牡丹不足以當之,起聯生氣湧出。"羅隱詠牡丹詩:"若教解語應傾國,任是無情也動人。"以虛筆寫之,而義山卻從實處著想,索性寫牡丹的"解語"和有情。因牡丹的盛開而聯想起南子和鄂君,以這些美麗的與故來表現綠葉扶持著的嬌艷的牡丹花,喚起我們的想像。

2　**"垂手"二句**:像在垂手而舞,雕玉的佩飾零亂地上下翻動;像在折腰而舞,許多鬱金裙了在关妙地迴旋。**垂手**:舞名。古有大垂手、小垂手之舞。**折腰**:《西京雜記》:"戚夫人能作翹袖折腰之舞。"**鬱金裙**:鬱金,香草名。用以飾裙。宋之問詩:"鏤金羅袖鬱金裙。"兩句以舞姿形容牡丹花葉被風吹動時的美態。"折腰"原作"招腰",今從朱鶴齡本改。

3　**"石家"二句**:它像石崇家的蠟燭,一樣光輝照人,哪須把燭花剪掉?它遍體異香,何必像荀令君那樣要用爐香薰染?**石家蠟燭**:據《世説新語》載:西晉時的官僚石崇，極其豪奢，用蠟燭代薪。**剪**：剪燭。用小鉸剪把蠟燭燃燒時結的燭花剪掉。**荀令**：《襄陽記》載："荀令君至人家坐幕，三日香氣不歇。"**可待**：豈待。上句形容牡丹花紅艷奪目，如蠟燭高燒。下句寫牡丹自有它獨特的香氣。按：牡丹花，人常惜其無香，詩中説它有香，可謂真得牡丹之神了。"何曾"、"可待"兩詞反詰，更有力。中間四句極寫牡丹的姿態香色。我們想像到那濃妝艷抹的跳舞姑娘，腰肢婀娜，輕盈地旋舞著——那是牡丹在和煦的春風中枝葉搖曳的情景。那是灼人的火焰，是熱情，是光明。那是永不消散的芳馨！有人稱讚李山甫的《牡丹》詩："數苞仙艷火中出，一片異香天上來。"試與義山此詩相比，其藝術效果之差別何啻天壤！

4　　"我是"二句：我是詩人江淹，在夢中得到彩筆傳授，想把詩句題在牡丹的花葉上，遙寄給朝雲。上句典出《南史》："江淹嘗夢一丈夫自稱郭璞，謂淹曰：'吾有筆在卿處多年，可見還。'淹乃探懷中得五色筆，以授之。"據説江淹的才華洋溢，全仗這支彩筆。**朝雲**：用巫山神女事，見《重過聖女祠》詩注。此用朝雲以比自己傾慕的女子。言下之意謂只有朝雲能與牡丹媲美，才配讀牡丹詩。兩句自負才華，想是義山得意時之作。姚培謙云："如此絕代容華，豈塵世中人所能賞識！我今對此，不啻神女之在高唐。幸有夢中彩筆，頗解生花。借花瓣作飛箋，或不至嫌我唐突云爾。"近人根據"石家"兩句，説這些牡丹是從花房中剛薰出來的。第一句已吐露這是初開的牡丹，末兩句説明牡丹的盛開是借助於人工的力量。這是生物學家和園藝學家很高興讀到的材料。但對於我們欣賞詩歌來説，就未免"無癮"了。

按：首句"錦帷"，各本皆作"錦幬"。據《典略》及《史記·孔子世家》，皆謂南子於帷中答拜。兹據《文苑英華》校改。

馬嵬二首（選一）

　　馬嵬坡上發生的悲劇，絕不是偶然的。唐代以還，一千年來的騷人墨客，總喜歡拿這事件做文章，但能指出問題的實質的，還是不太多。唐玄宗迷戀女色，這是他個人生活之事，有幾多位皇帝不是這樣？連漢高祖、唐太宗這樣的英主也不能避免。最重要的是他的政治作風問題，唐玄宗晚年荒懈朝政，自以為是，昏庸拒諫，信任奸臣，災難臨於眉睫而不知，結果弄到全國大亂，兵禍連結多年，城郭丘墟，生民塗炭。義山此詩，深刻辛辣，語含嘲諷，指出馬嵬之變，完全是玄宗咎由自取，對最高統治者無情地鞭韃。前人有責其"太傷輕薄"者，不知這正是本詩的思想特色，無庸封建皇帝的辯護士饒舌。

　　海外徒聞更九州，¹ 他生未卜此生休。²
　　空聞虎旅傳宵柝，無復雞人報曉籌。³
　　此日六軍同駐馬，當時七夕笑牽牛。⁴
　　如何四紀為天子，不及盧家有莫愁？⁵

注釋

1　**“海外”句**：空自聽到在大海之外，像赤縣神州這樣大的地區還有九處。**更**：再，還有。**九州**：原注云：“鄒衍云：九州之外復有九州。”戰國時的陰陽五行家齊人鄒衍創立“大九州”的學說。認為中國九州（兗、冀、青、徐、豫、荊、揚、雍、梁）總名“赤縣神州”，中國之外，像赤縣神州這樣大的地方還有九個，外邊有小海環繞，九州合稱為“一州”，如這樣大的州尚有九個，外邊有大瀛海環繞。詩中以“海外九州”指神仙之境。陳鴻《長恨歌傳》和白居易《長恨歌》曾載唐玄宗命臨邛道士到處尋覓楊貴妃的魂魄，終於在海外蓬萊仙山找到了她。楊貴妃命帶回金釵鈿盒為信物，堅訂來生重為婚姻之約。這句詩意謂，神仙的傳說畢竟是虛幻難憑，不能給孤獨的皇帝帶來慰藉，反而徒增了痛苦的思念。

2　**“他生”句**：來生是怎麼樣，還未能卜知，但他們今生的愛情顯然是完結了。據陳鴻《長恨歌傳》云，唐玄宗與楊貴妃曾有“世世為夫婦”的盟誓。蜀方士在仙山找到楊貴妃時，她還以此事告訴方士，作為憑信。這句很有意思，詩人的現實感是很強的，他不信有什麼未來的天國，只管“今生”。此生休，就一切都完了。今生再也沒有相見之期，死後的追思卻是徒然的，“此恨綿綿無絕期”，又有何意義呢？范溫《詩眼》評此二句云：“語既親切高雅，故不用愁怨墮淚等字，而聞者為之深悲。”

3　**"空聞"二句**：空自聽到途中隨行軍士在夜晚敲擊著報
　　警的金柝，再也沒有皇宮裏的"雞人"報曉的更籌聲
　　了。**虎旅**：指隨玄宗逃蜀的禁衛軍，由陳玄禮指揮。楊
　　貴妃之死，就是由於這些禁軍的嘩變所致。**宵柝**（tuò
　　拓）：晚上巡邏時打更報警的梆子。柝，即金柝，軍中
　　用的銅器，又稱"刁斗"。**雞人**：宮中掌管報時的衛
　　士。古代皇宮中不得畜雞，由"雞人"敲擊五籌報曉。
　　《周禮》："雞人夜嘑旦以嘂百官。"兩句暗示玄宗逃難
　　至馬嵬坡，楊妃被殺之事。故虎旅雞人，皆增感愴。
　　上四句用"徒聞"、"未卜"、"空聞"、"無復"等詞語，
　　使句意跌宕轉折，含有深刻的諷刺意味。稍有不足者，
　　"徒聞"與"空聞"詞意重複，是作者一時未審所致。

4　**"此日"二句**：這一天，隨行的禁軍一齊停下馬來，不
　　肯出發西行；但當年的七夕，玄宗和楊貴妃卻在譏笑牽
　　牛織女的一年一度之期。**此日**：指天寶十五年（756）
　　六月十四日。玄宗夜宿馬嵬坡，楊貴妃被殺之日。**六
　　軍**：《周禮》載天子有六軍。後來詩人以泛指皇帝的軍
　　隊。玄宗當時只有左、右龍武，左、右羽林，合共四
　　軍。**駐馬**：駐馬不前。《舊唐書·肅宗紀》："楊國忠諷
　　玄宗幸蜀，丁酉至馬嵬頓，六軍不進。大將軍陳玄禮請
　　誅楊氏。於是誅國忠，賜貴妃自盡。"**當時七夕**：指天
　　寶十年七月七日之夜。**笑牽牛**：玄宗與貴妃相約世為夫
　　婦，以為可永遠相守，因而瞧不起牽牛的別長會短了。
　　兩句用鮮明強烈的對照，嘲諷玄宗荒淫腐化，招致大
　　禍，到頭來，卻把無辜的婦女作為犧牲。對玄宗事後還

執迷不悟，妄想招魂之事，亦深致不滿。

5 "如何"二句：為什麼他當皇帝將近四紀，到頭來還不能保住妃子，真不及民間的夫婦，能長相廝守了。**四紀**：歲星（木星）十二年行天一周，稱為"一紀"。玄宗在位四十五年（712-756），將近四紀。詩中舉其成數。**莫愁**：傳說中古代洛陽女子名。南朝樂府歌辭《河東之水歌》："莫愁十三能織綺，十四採桑南陌頭，十五嫁為盧家婦，十六生兒字阿侯。"詩中以尊貴的帝妃與普通的民婦作對比，甚有諷意。"莫愁"與"長恨"恰成巧對。

本詩在題材處理上能別出機杼，用意新穎深刻，結構上也很有特色。首句先用逆入法，倒敘玄宗派方士尋魂之舉，再追寫馬嵬之事，指出禍因，所謂"逆挽之法，如此用筆便生動"。以反詰作收，意更警策。紀昀云："歸愚（沈德潛）謂虎雞馬牛連用及末一句擬人不倫為詩病，皆是。謂起無原委則不然。此本第二首，前首已有原委，蓋選本限於分體，惟摘此首八七律，歸愚偶未考本集耳。"紀氏之言，無謂甚矣。虎、馬、雞、牛，用事渾然無跡，何病之有？所謂"擬人不倫"，更屬荒謬，為何帝妃就不能與常人比擬？沈德潛御用文人，為維護封建帝主的尊嚴，故作此論耳。黃子雲《野鴻詩的》亦詆"何擬人之不倫乃爾"。至於"原委"，紀氏之辯亦可不必。本詩起句意思超忽變化，力避平直，正是詩人匠心獨運之處。豈慣論"溫柔敦厚"之詩教的沈氏所能理解者。此詩應與白居易的《長恨歌》參看。"海外"句猶白詩之"忽聞海上有仙山，山在虛無縹緲間"。"空間"句猶白詩之"行官見月傷心色，夜雨聞鈴腸斷聲"。"此日"句猶白詩之"六軍不發無奈何，宛轉蛾眉眼前死"。"當時"句猶白詩之"七月七日長生殿，夜半無人私語時"。於此可悟律詩與古詩不同的作法。

富平少侯

唐王朝上層統治集團門第之見非常嚴重。義山出身寒門,政治上受到壓抑,眼見貴家子弟,無才無德,只憑世襲特權,就青雲直上,詩人心中非常憤懣不平。這首詩揭露當時的上層貴族不恤國事、沉緬聲色,過著腐朽的生活。語氣尖刻冷峭。富平少侯:漢代張安世封富平侯,其子張放幼年時襲爵,故稱“少侯”。詩中借以比年少的貴公子。

七國三邊未到憂,十三身襲富平侯。[1]
不收金彈拋林外,卻惜銀牀在井頭。[2]
綵樹轉燈珠錯落,繡檀迴枕玉雕鎪。[3]
當關不報侵晨客,新得佳人字莫愁。[4]

注釋

1　“七國”二句:這位公子,沒有平治過七國之亂,也沒有到過三邊抗敵,不知道什麼是憂國之情。十三歲時,就承襲了富平侯的爵位了。七國:漢景帝時,吳、楚、趙、膠東、膠西、濟南、淄川等七個諸侯國發動叛亂。後被周亞夫等人剿平。詩中以喻唐代的藩鎮割據勢力。

三邊：戰國時，秦、趙、燕三國與匈奴鄰接的邊境，常發生戰事。此借指當時的吐蕃、党項等，常對中原地區侵擾。**未到**：不懂得。

2　**"不收"二句**：他們用金彈子在樹林外彈鳥，也不撿回來，怎會可惜用銀子來作井頭的轆轤架呢？**金彈**：《西京雜記》載：漢武帝的嬖臣韓嫣好彈，常以金為彈丸，一日失十數，每出，兒童隨之拾取彈丸。長安人語曰："苦饑寒，逐金丸。"此指貴公子的豪奢放縱。**卻惜**：張相《詩詞曲語辭匯釋》："卻惜，豈惜也。描寫豪侈，與上句語意一貫。"**銀牀**：井上轆轤架。樂府《淮南王篇》："後園鑿井銀作牀，金瓶素綆汲寒漿。"以銀為之，以示豪富。

3　**"綵樹"二句**：在華美的燈柱上，繁燈環繞，如同明珠交相輝耀。用檀香木料細細雕鏤，作成迴環中空的枕頭，像玉雕般精美。**綵樹**：指燈樹，燈柱。《開元遺事》："韓國夫人上元夜然百枝燈樹，高八十餘尺，豎之高山，百里皆見。"**錯落**：形容點點燈光，參差文錯。**雕鏤**（sōu 颼）：刻鏤。兩句寫貴公子的豪華奢侈的生活享受。

4　**"當關"二句**：守門人不肯給清早到來的客人傳達，因為公子新得了個美人名叫莫愁。**關**：門關。**莫愁**：古代女子名。洛陽人，後嫁為盧家婦。此借其名"莫愁"，以諷刺少侯的"未到憂"。在這"莫愁"之中，實已含著更大的憂愁，那就是在國家急切需要人才之際，這些本來應有所作為的青年卻成了飽食終日、無所用心的寄生蟲！

野菊

　　一叢搖曳的野菊，惹動了詩人多少的情思！詩中的野菊就是詩人心上的形象，他把自己的感情全部注入事物中，與之融為一體。詩人也彷彿變做野菊一樣，微香冉冉，細淚涓涓了。至於前人所謂此篇為令狐而作，"追思其父，深怨其子"，雖或有之，亦不必句句考證，過於坐實，以影響我們欣賞詩歌的藝術美。

　　苦竹園南椒塢邊，微香冉冉淚涓涓。[1]
　　已悲節物同寒雁，忍委芳心與暮蟬？[2]
　　細路獨來當此夕，清尊相伴省他年。[3]
　　紫雲新苑移花處，不取霜栽近御筵。[4]

注釋

1　"苦竹"二句：在苦竹園南，椒塢的旁邊，長著一叢美麗的野菊花，它的香氣輕微而清遠，花上的秋露像涓涓的淚水。塢（wù 勿）：四面高而中間凹下的地方。**冉冉**（rǎn 染）：慢慢地。詩中形容花香的擴散。兩句寫野菊生長的地方和形態。

2 "已悲"二句：我早已悲傷秋節的景物，如同寒雁一樣將過時被棄，又怎忍把一寸芳心寄託在暮蟬的哀吟中呢？節物：指每一時節特具的事物。如春之桃、夏之荷、秋之菊、冬之梅，皆可稱節物。菊花"過時而不采，將隨秋草萎"。芳心：指柔情，惜花之情。兩句暗喻自己的棄置寂寞的生涯。雖已如寒雁之羈泊無依，終不效寒蟬之怨抑淒咽。故何焯云："言棄置而心不灰。"頗得深旨。

3 "細路"二句：在幽僻的小路上，我獨來尋菊，以度這個夜晚，回憶起當年，與朋友一起飲酒賞花的日子。上句寫今日的孤寂，下句寫昔日的清歡。據說令狐楚最愛菊，義山的《樊南文集補編》有《上楚啟》云："菊亭雪夜，盃觴曲賜其盡歡。""清尊"句或指此事。

4 "紫雲"二句：在宮中新建的紫雲苑裏，移來了許多花木，但卻沒有取道傲霜的菊花，使它能靠近御筵。這兩句寄託較明顯。借野菊之不入御苑，以喻自己不能通朝籍。亦有埋怨令狐綯不肯援手之意。何焯云："湘蘅以此篇與《九日》詩同旨，細讀之，近是。第二即'霜天'句意。第六即'與山翁把酒巵'也。結處即'不學漢臣栽苜蓿'意。當與《九日》詩參看。"

過伊僕射舊宅

　　李德裕在大中元年（847）冬，貶為潮州司馬，次年九月，再貶為崖州司戶參軍。四年冬，終於死在蠻煙瘴雨的海南。本詩借過伊慎的舊宅，以寄懷德裕，表現了對這位在政治上有建樹的歷史人物深切的同情。張采田盛讚本詩"結體森密，吐韻鏗鏘，設采鮮艷，是玉谿神到奇境"。詩中寫景四句，融情入景，非常感人。伊僕射：指伊慎，兗州人，善騎射，大曆間以軍功封南充郡王。歷官檢校尚書右僕射兼右衛上將軍，唐憲宗元和六年（811）卒。李德裕曾拜太尉封衛國公，與伊慎身份亦相類。

　　朱邸方酬力戰功，華筵俄嘆逝波窮。[1]

　　迴廊簷斷燕飛去，小閣塵凝人語空。[2]

　　幽淚欲乾殘菊露，餘香猶入敗荷風。[3]

　　何能更涉瀧江去？獨立寒流弔楚宮！[4]

注釋

1　"朱邸"二句：這座門上塗朱色的官邸，正為著酬勞他力戰的功勳。但盛筵未終，曾幾何時，又嘆息逝水的一去不回了。邸（dǐ 底）：古時朝覲京師的人在京城的住所。舊亦泛指高級官員辦事或居住之處所。此指伊僕射舊宅。**力戰功**：暗指李德裕收復幽燕，平定回鶻，討伐昭義軍節度使劉稹，使當時不服從朝廷的藩鎮先後歸順等軍事上的功績。《資治通鑒》載：李德裕「號令既簡，將帥得以施其謀略，故所向有功」。**華筵**：盛宴。指富貴繁華的生活。**俄**：不久，旋即。**逝波**：流水。《論語・子罕》：「子在川上曰：逝者如斯夫，不舍晝夜。」比喻過去了的歲月或人事。詩中指李德裕功業方隆，旋遭貶逐，含恨而死。

2　**「迴廊」二句**：迴廊上的前簷毀斷，巢中燕子早已飛去。小閣中也撲滿了灰塵，無人居住，影寂聲沉。「燕飛去」，活用劉禹錫《烏衣巷》詩：「舊時王謝堂前燕，飛入尋常百姓家。」兩句寫舊宅的荒涼冷落的景象。

3　**「幽淚」二句**：殘菊上的露水將乾，恰似我懷人的悲淚；微風吹拂著塘中的敗荷，還送來了舊日的餘香。兩句表面上是寫秋末蕭瑟之景，細味之，亦有寄意。特別是「餘香」句，用筆曲折，令人彷彿想見李衛公的遺風餘烈。**幽淚**：李賀《昌谷》詩：「光露泣幽淚。」

4　**「何能」二句**：哪能夠更渡過瀧江南去？只好獨立在荒寒的江畔，憑弔楚國的遺臣。**瀧**（shuāng 雙）**江**：《一統志》云：「在韶州府樂昌縣。」即現在北江的上游武水。末二句正見弔李衛公本意。李被貶崖州（今廣東省海南島海口市）。詩人不能南遊以訪遺蹤，惟有臨流憑弔而已。

重有感

　　這是繼兩首五言排律《有感》的議述甘露之變的詩，故題為《重有感》。前詩中，作者對事變的悲慘結局表示了極大的憤慨，但沒有提出善後的辦法。在這首七律中，大膽地提出自己的意見，主張各地的武裝力量進兵京城，剷除宦官，為朝廷分憂。開成元年（836）一月，昭義節度使劉從諫上表，要求弄清楚王涯等人的"罪名"。三月，復上表暴揚仇士良等罪惡，朝野人心大快，宦官的氣焰有所收斂。本詩敘述簡練，用典精切，議論深刻，愛憎分明，表示了青年詩人的強烈的正義感。

> 玉帳牙旗得上游，安危須共主君憂。[1]
> 竇融表已來關右，陶侃軍宜次石頭。[2]
> 豈有蛟龍愁失水？更無鷹隼與高秋！[3]
> 晝號夜哭兼幽顯，早晚星關雪涕收。[4]

注釋

1　"玉帳"二句：主帥所駐紮的帳幕和軍前的大旗，都處於上游的有利形勢。在國家的危急關頭；理應與皇帝共

憂患。**玉帳**：出征時主帥居住的營帳。**牙旗**：將軍的旌
旗。張衡《東京賦》："戈矛若林，牙旗繽紛。"薛綜注：
"牙旗者，將軍之旌……竿上以象牙飾之。"後世或刻
木為牙，置牙竿首，懸旗於上。**上游**：指地理軍事上的
優越形勢。時劉從諫的昭義鎮管轄澤潞一帶，鄰近京城
長安，形勢十分有利。

2   **"竇融"二句**：竇融請求出兵的表疏已從關右奏上，陶
侃的軍隊就應該進逼石頭城了。**竇融**：東漢初扶風人，
在西漢末曾割據據河西，後歸光武帝劉秀，任涼州牧，
得知劉秀要討伐軍閥隗囂，即整兵秣馬上疏光武帝，問
出師伐囂的日期。詩中以比劉從諫。劉從諫在昭義上表
云："謹當修飭封疆，訓練士卒，內為陛下心腹，外為
陛下藩垣，如奸臣難制，誓以死清君側。"**陶侃**（kǎn
砍）：東晉廬江人，字士行。出身寒微，勵志勤力，累
升至郡守，加征西大將軍。晉成帝咸和二年（327），
蘇峻與祖約起兵叛晉，京都建康危急，陶侃時任荊州刺
史，與溫嶠、庾亮等會師石頭城（故城在今南京石頭山
後）下，誅殺蘇峻。**次**：進駐。詩意希望劉從諫能劾法
陶侃，進軍長安，用武力平定朝廷內亂。

3   **"豈有"二句**：哪會有蛟龍為失水而憂愁的道理？難道
就沒有剛猛的鷹隼高翥秋空嗎？**蛟龍**：指皇帝。**失水**：
以喻文宗受宦官所制，失去權力和自由。《舊唐書・仇
士良傳》載：文宗謂周墀曰："赧、獻（指周赧王、漢
獻帝）受制彊臣，今朕受制家奴，自以不及遠矣！"因
泣下。墀伏地流涕。後不復朝，至大漸云。**鷹隼**（sǔn

筍）：鷹和隼都是悍鷙的禽鳥，爪嘴鋒利強健，善於搏擊鳥獸。古人常以喻武將。《詩·大雅·大明》：「維師尚父，時維鷹揚。」《左傳·文公十八年》：「見無禮於其君者，誅之，如鷹鸇之逐鳥雀也。」**與**：猶「舉」。飛揚。「高秋」，秋氣肅殺，為用兵的時節。上句對皇帝重新取得權力表示了堅強的信念。下句激勵劉從諫等武臣能起來撲滅奸人。詩中用「豈有」、「更無」兩虛詞，有肯定和反激之意。對那些只保自己，坐觀成敗的地方勢力集團表示不滿。

4　**「晝號」二句**：朝廷上下，晝夜一片號哭之聲，神人共憤，看來被宦官盤據的宮禁即將收復，舉國化悲為喜。**號**（háo 豪）：大聲哭。**幽顯**：陰間的鬼神和陽間的人。**早晚**：何時，多久。**星關**：猶言「天門」，指帝居之處。**雪涕**：揩乾淚水。兩句盼望平亂之兵能迅速到來，解民倒懸，重振朝綱。《舊唐書·劉從諫傳》：「是時中官頗橫，天子不能制，朝臣日憂陷族，賴從諫論列而鄭覃、李石方能粗秉朝政。」施補華《峴傭說詩》謂：「義山七律，得於少陵者深。故穠麗之中，時帶沉鬱。如《重有感》、《籌筆驛》等篇，氣足神完，直登其堂，入其室矣。飛卿（溫庭筠）華而不實，牧之（杜牧）俊而不雄，皆非此公敵手。」對義山推許備至，未為過譽也。

春雨

　　春雨，如情似夢的春雨啊，迷離飄忽，引動了詩人對所愛者深切的懷思。春雨，把兩人隔絕，水遙山遠，此時相望，何上天涯！短夢無憑，錦書難寄，這相思之情，怎一個"愁"字了得？詩歌創造出這情景交融的境界，把詩人寥落善感的心情細緻地表現出來，有很強的藝術感染力。

　　悵臥新春白袷衣，白門寥落意多違。¹

　　紅樓隔雨相望冷，珠箔飄燈獨自歸。²

　　遠路應悲春晼晚，殘宵猶得夢依稀。³

　　玉璫緘札何由達？萬里雲羅一雁飛。⁴

注釋

1　"悵臥"二句：我滿懷惆悵地和衣臥著——那素潔的白夾衣裳——在這微雨飄蕭的新春之夕。金陵白門之地，早已寥落無人。一切的事情都與我的素願相違！白袷（jiá 夾）：白色的夾衣服。白門：地名。古來所指不一，或謂在金陵。南朝樂府有《楊叛兒》曲："暫出白門前，楊柳可藏烏。歡（指男方）作沉水香，儂（我）

作博山爐。"後常以代男女幽會之地。兩句寫別離後的
苦悶和懷想。意謂重到舊時歡會之地，不見伊人，惟有
獨歸悵臥。

2　**"紅樓"二句：**隔著迷濛的春雨，遙望她住過的紅樓。
啊，早已人去樓空，倍覺淒涼冷落。飄灑的細雨映照著
提燈的光，恰似珠簾輕颺，伴隨著我獨自歸來。兩句
補充白門寥落之意。儘管知道其人已去，但還是禁不住
去重尋舊地，細認遊蹤。紅樓瑣戶，深院長街，哪一處
不勾起了悠長的思念？這裏純用白描手法，摒去陳詞故
典。以"紅樓"、"珠箔"等華美的詞眼來反襯離人的心
情，更能表現"寥落"、"多違"之意。**望（wáng 亡）：**
唸平聲。**珠箔（bó 薄）：**用珠串編成的簾子。義山常以
簾帷喻雨。如《細雨》："帷飄白玉堂，簟卷碧牙牀。"
《燕臺》："前閣雨簾愁不卷。"

3　**"遠路"二句：**她在遠去的途中，也會同悲這芳春的日
暮；我輾轉無寐，直到宵殘，才幸得在迷離的短夢裏與
她重見。**晼晚：**日落時暮色蒼茫的情狀。宋玉《楚辭‧
九辯》："白日晼晚其將入兮。"**猶得：**詩中有僥倖而得
之意。**依稀：**模糊；彷彿。兩句回應"悵臥"句，結構
嚴謹。

4　**"玉璫"二句：**我把玉璫和書信一齊寄去，但能到達她
那兒麼？看，萬里長空中，陰雲遍佈，如張網羅，只見
一隻孤獨的雁在飛翔！**玉璫：**女子的耳飾，懸有小玉
塊。古時男女間常以之為定情的信物。**緘（jiān 監）札：**
書信。因書信須緘日紮束，故稱。古人每以禮物附信同

寄，稱為"侑緘"。義山《夜思》詩："寄恨一尺素，含情雙玉璫。"雁：喻送信的人。末兩句跌深一層，借春雨重雲展開聯想。遠訊難憑，更突出寥落的本意。

楚宮

大中二年（848）夏，義山自桂州返長安，途經湖南長沙等地。此詩是弔屈原之作。辭意悲涼慷慨。屈原抱恨懷沙，沉江自盡，而迷魂不返，哀動千秋。詩中抒寫了對這位偉大的愛國詩人的崇敬之情。何焯、馮浩等謂此詩蓋傷於王涯棄骨於渭水之事，而託言屈子沉瀾，困於腥臊。或謂為大中初年被貶逐的李黨而發。而張采田云：“此詩專弔三閭（屈原曾為三閭大夫），似無寓意，疑五月五日《荊楚記》所見而賦之者。”以張說較切本詩的內容。作者構思時，恐亦有對當時現實的感受，故詩中亦融進詩人的悲憤之情，然不必過於坐實之。此詩在藝術手法上，吸取了《楚辭》的詞彙和情思，與內容相　致

湘波如淚色漻漻，楚厲迷魂逐恨遙。[1]
楓樹夜猿愁自斷，女蘿山鬼語相邀。[2]
空歸腐敗猶難復，更困腥臊豈易招。[3]
但使故鄉三戶在，綵絲誰惜懼長蛟。[4]

注釋

1 **"湘波"二句**：湘江的波浪如同流不盡的悲淚，水色清深。楚國屈原迷惘無依的魂魄，抱恨含冤，隨波遠逝。**瀏瀏**（liáo 聊）：《説文解字》："瀏，清深也。"**厲**：指屈原的無歸的冤魄。《左傳‧昭公七年》："鬼有所歸，乃不為厲。"兩句寫屈原忠而見疑，滿腔幽憤，投汨羅江自盡，身雖死而恨長留。

2 **"楓樹"二句**：冤魄看到江上的青楓，聽到夜猿的悲喚，都觸動情懷而哀怨欲絕。只有那圍著女蘿腰帶的山鬼，跟他作伴，好語相邀。**楓樹**：《楚辭‧招魂》："湛湛江水兮上有楓，目極千里兮傷春心，魂兮歸來哀江南。"**夜猿**：《九歌‧山鬼》："雷填填兮雨冥冥，猿啾啾兮狖夜鳴。"**女蘿山鬼**：《九歌‧山鬼》："若有人兮山之阿，被薜荔兮帶女蘿，既含睇兮又宜笑，子慕予兮善窈窕。"**女蘿**：即松蘿，一種攀緣植物。**山鬼**：楚國傳說中的山林女神。這兩句用《楚辭》意，寫屈原的魂魄飄泊無依，至今遺恨。

3 **"空歸"二句**：人死後，歸於九泉之下，屍體腐敗，魂已難招；何況屈原葬身於腥臊的水族腹中，哪能容易把他的迷魂招返？**空**：徒然，無用。**復**：《禮記‧喪大記》："復有林麓則虞人設階……中屋履危，北面三號，卷衣投於前。"陳澔集説："復，始死升屋招魂也。"**腥臊**（xīng sāo 星騷）：指動物臭惡的氣味。《呂氏春秋‧本味》："夫三群之蟲，水居者腥，肉獲者臊，草食者羶。"詩中專指水族動物。如魚、蝦等。**招**：指招魂。王逸《楚辭章句》曰：“宋玉哀憐屈原忠而見棄，愁懣山澤，魂魄放佚，厥命將落，故作《招魂》。”兩句慨嘆屈原之死。“猶難復”與“豈易招”，意略相同，這“合掌”的對偶句，是義山的敗筆，不可為法。

4　**“但使”二句：**只要他的故鄉中還有三戶人家，他們總不惜用綵線纏繞祭品，以便蛟龍畏懼。三戶：《史記·項羽本紀》載：楚南公云：“楚雖三戶，亡秦必楚。”詩意謂楚人尚在，將永念屈原。**“綵絲”句：**據《續齊諧記》載：屈原在五月五日投汨羅江而死，楚人每至此日，以竹筒貯米投水祭之。漢時，有人白日忽見一人，自稱“三閭大夫”，曰：“常年所遺，並為蛟龍所竊，今若有惠，可以楝樹葉塞其上，以五色絲縛之，此二物蛟龍所憚。”末兩句寫出人民對自己的詩人深切懷念之情。

安定城樓

　　這是義山最重要的詩作之一。開成二年（837），作者登進士第。是年冬，幕主令狐楚去世，涇原節度使王茂元辟義山為幕僚，愛其才，以女嫁之，自此遭到牛黨的忌恨。婚後，應博學宏詞科考試，落選。客遊涇州（今甘肅涇川縣），寄居在岳父王茂元幕中，鬱鬱不得志。這首詩是登涇州城樓所作，感懷身世，憂憤國事。詩的內容雖是失意自慰之語，寫來仍高昂慷慨，表現了青年詩人開闊的胸襟。《蔡寬夫詩話》載：王安石晚年喜吟此詩，謂"永憶江湖歸白髮，欲迴天地入扁舟"之句，"雖老杜無以過"，"唐人知學老杜而得其藩籬者，惟義山一人而已"。

　　迢遞高城百尺樓，綠楊枝外盡汀洲。[1]
　　賈生年少虛垂涕，[2]王粲春來更遠遊。[3]
　　永憶江湖歸白髮，欲迴天地入扁舟。[4]
　　不知腐鼠成滋味，猜意鵷雛竟未休。[5]

注釋

1　"迢遞"二句：高峻綿長的城牆上，有百尺高的城樓。

登樓眺望，隔著枝條婀娜的綠楊林子，是一片浮現在水中的沙洲。**迢遞**：高遠之狀。**百尺樓**：指涇州城樓。唐時涇州又稱安定郡。**汀**（tīng 廳）：水邊的平地。此指涇州東的美女湫。兩句寫登樓所見，境界闊大。

2 **"賈生"句**：年青的賈生，憂念國事，痛哭流淚，也是白費的。**賈生**：指賈誼。《漢書·賈誼傳》："於是，天子議以誼任公卿之位，絳、灌、東陽侯、馮敬之屬盡害之，曰：'雒陽之人，年少初學，專欲擅權，紛亂諸事。'於是天子後亦疏之。"**虛**：徒然、枉自。**垂涕**：流淚。漢文帝六年（前 174）賈誼上《陳政事疏》云："臣竊惟今之事勢，可為痛哭者一，可為流涕者二，可為長太息者六。"這裏作者以賈生自比。憂念時局，悄然流淚，也無補於事。時義山二十六歲，正是奮發有為的時候，卻遭到挫折。應試不中，猶如賈誼上書痛陳國事、終不被漢文帝錄用。

3 **"王粲"句**：王粲在春日登樓作賦，嘆息依人籬下，為客遠遊。**王粲**·子仲宣，東漢末年的詩人。時北方大亂，王粲十七歲時從長安流浪到荊州，投靠荊州刺史劉表。他曾在春日登湖北當陽城樓，作了有名的《登樓賦》。這裏亦以王粲自況。義山落第後寓居王茂元幕中，有如王粲失意遠遊。實在是很不得已的。《登樓賦》有句云："雖信美而非吾土兮，曾何足以少留！"

4 **"永憶"二句**：我時常憶念著江湖上自由自在的生活，想等到白髮年老後再歸隱。我希望能幹一番迴天轉地的大事業，才乘一葉扁舟而遠去。兩句表露詩人的抱負。

義山不是個貪圖功名富貴的人，他也欣賞那種無拘無束的放浪形骸的生活，但希望能對國家作出貢獻，實現自己的理想後，才遂自己的初衷歸隱江湖。王安石欣賞這兩句詩，恐怕亦是道出了他一生的心事吧。"扁舟"句暗用范蠡事。范蠡輔佐越王勾踐覆滅吳國後，便放棄官爵，乘扁舟泛於五湖（太湖）之上。

5 "不知"二句：真料不到，腐臭的死老鼠會成為美味，那些貓頭鷹竟然還對鳳凰猜忌不休呢！這裏用《莊子·秋水》的典故："惠子相梁，莊子往見之。或謂惠子曰：'莊子來，欲代子相。'於是惠子恐，搜於國中，三日三夜。莊子往見之，曰：'南方有鳥，其名為鵷鶵，子知之乎？夫鵷鶵發於南海，而飛於北海，非梧桐不止，非練實不食，非醴泉不飲。於是鴟得腐鼠，鵷鶵過之，仰而視之曰：'嚇！'今子欲以子之梁國而嚇我耶？"莊子把自己比作鵷鶵，把惠子比作鴟，把梁國的相位比作腐鼠。義山借此寓言以諷刺那些對自己猜忌排擠、打擊陷害的朋黨勢力，表明自己有尚高的志向，是不屑於計較個人的功名利祿的。作者抱著"欲迴天地"的大志，赴博學宏詞科考試，卻被人誣以"詭薄無行"的罪名，把名字從已錄取的名單中抹去。詩人憤慨已極，不能不用冷嘲來給那些小爬蟲以反擊了。**猜意**：猜疑。**鵷鶵**（yuān chú 冤鋤）：鳳凰一類的神鳥。**鴟**（chī 癡）：貓頭鷹一類的鳥。古人認為是不祥之鳥。詩中以鵷鶵自比，以貓頭鷹比那些勢利的小人。

本詩在藝術形式上也很完美，結構嚴謹。首兩句寫登樓所見，即景感懷；三、四句以兩位年少有才的古人自比，抒寫對國事的憂憤；五、六句表現自己的抱負；末兩句表示了深刻的感慨。全詩境界闊大，意味深長，語言精煉，風骨健舉，是唐詩中的一顆燦爛的明珠。值得我們認真地鑒賞。

淚

　　這是一首很有獨特的藝術風格的詩作。它為詠物詩開了個法門，以後的效尤者便紛來沓至，正如劉攽的《中山詩話》中所記的一則很有趣味的故事：一群"詩人"在看戲，有演員扮演一人，衣服敗敝，垂頭喪氣地出場。另一演員問他為什麼會弄成這個樣兒，回答說，他就是李義山，被西崑派的館職諸公攝擯至此！《西崑酬唱集》中就有錢惟演等人摹擬的《淚》詩，這些達官貴人哪會有義山的真情實感？怎擠得出半滴真淚來！只好東抄西襲，堆砌古典，把一部《初學記》都翻破了，也湊不出半句好詩來。這是不能怪義山"始作俑"的。

永巷長年怨綺羅，離情終日思風波。[1]
湘江竹上痕無限，峴首碑前灑幾多？[2]
人去紫臺秋入塞，兵殘楚帳夜聞歌。[3]
朝來灞水橋邊問，未抵青袍送玉珂！[4]

注釋

1　"永巷"二句：失寵的宮妃，在永巷中，長年累月地等待著，滿懷幽怨，淚濕羅衣；家中的少婦，終日含情默默，掛念著風波江上的離人。**永巷**：漢代幽禁妃嬪和宮女的處所。上句寫宮女怨君之淚，下句寫閨人思夫之淚。何焯云：「首言深宮望幸，次言羈客離家。」

2　**「相江」二句**：在湘江邊的竹子上，有無數斑駁的啼痕；峴首山的碑前，灑下了多少懷思之淚！上句用舜妃娥皇女英哭舜之事。參看《潭州》詩：「湘淚淺深滋竹色」注。下句用羊祜「墮淚碑」事。據《晉書・羊祜傳》載：羊祜鎮襄陽，死後，當地百姓在峴山祜平生遊憩之地為之建碑立廟。百姓感懷羊祜的惠愛，望其碑者，莫不流涕。兩句一寫親人傷逝之淚，一寫百姓懷德之淚。

3　**「人去」二句**：王昭君離開了紫臺，在蕭瑟的秋日出到塞外，懷念故國，淒然而泣；楚霸王兵敗後，在軍營中夜聞楚歌，灑下英雄之淚。**紫臺**：即紫宮。江淹《恨賦》：「明妃去時，仰天太息。紫臺稍遠，關山無極。」明妃，即王昭君。西漢人，名嬙，元帝時被選入宮。竟寧元年（前 33），匈奴呼韓邪單于入朝求和親，她自請嫁匈奴。杜甫《詠懷古跡》詩云：「一去紫臺連朔漠，獨留青塚向黃昏。」下句用項羽聞歌之事，《漢書・項羽傳》載：楚漢戰爭到最後決戰時，劉邦與韓信、彭越等合兵，把項羽圍困在垓下（今安徽省靈璧南），項羽糧盡援絕，「夜聞漢軍皆楚歌，乃驚起，飲帳中，悲歌慷慨，泣數行下」。以為漢軍已得楚地，突圍至烏江邊，自刎而死。兩句一寫絕域懷鄉之淚，一寫英雄末路之淚。

4 "朝來"二句：在清晨時，我來到灞水的橋邊試看一下，才知道，上邊説的一切，都不及寒士去送別貴人的可悲啊。**灞水**：水名，流經長安東面，過灞橋北流入渭河。唐代長安人常在灞橋邊送別。**青袍**：古時讀書人常穿的一種袍子。此以指貧寒之士。**玉珂**（kē 柯）：用貝製的馬勒上的裝飾物。此以指騎著駿馬的達官貴人。末兩句點出全詩主題，作者把身世之感融進詩中，表現地位低微的讀書人的精神痛苦。義山是個卑官，經常要送迎貴客，如在柳幕時就被差往渝州界首迎送過境的節度使杜悰。此外對令狐綯低聲下氣，懇切陳情，還是被冷遇、被排斥。這種強烈的屈辱感，好比牙齒被打折了，還得和血吞在肚裏，不能作聲。那是一個還有點骨氣的讀書人所無法忍受的。前六句是正面詠淚，用了六個有關淚的傷心典故，以襯托出末句。末句所寫的卻是流不出的淚，那是滴在心靈的創口上的苦澀的淚啊。屈復云："深宮之怨，離別之思，湘江峴首生死之傷，明妃出塞之恨，項王亡亡之病，以上數者皆不及朝來灞橋青袍寒士送玉珂貴人窮途飲恨之甚也。"

流鶯

我們想起了英國詩人濟慈的《夜鶯歌》，那哀囀飲絕的精靈，像滿懷幽怨的詩人那樣，到處飄泊，一生一世也找不到棲身之地。我們也想起了雪萊的《雲雀歌》，歡樂的鳥兒像金梭般穿過花間，歌頌著春天和生命。義山此詩合二者為一手，既纏綿悱惻，又流美輕快。語言明白通暢，不用典故，自以情致動人。

流鶯漂蕩復參差，渡陌臨流不自持。[1]
巧囀豈能無本意？良辰未必有佳期。[2]
風朝露夜陰晴裏，萬戶千門開閉時。[3]
曾苦傷春不忍聽，鳳城何處有花枝？[4]

注釋

1　"流鶯"二句：流鶯啊，您到處漂蕩，上下翱翔，越過小路，飛近河邊，您究竟要飛向何方？您無法知道自己的去向！兩句寫流鶯的漂蕩無依，暗寓作者的羈泊不遇。義山詩中常以飛鳥喻人。如《杜司勳》詩："短翼差池不及群。"**參差**（cī 疵）：長短不齊。此寫流鶯飛翔之狀。

2 **"巧囀"二句**：流鶯美妙地啼囀，怎能沒有它的本意呢？但即使是碰到良辰，也未必能有好的期遇。兩句寫作者雖宛轉訴情，卻總無人理解。頗似《蟬》詩「五更疏欲斷，一樹碧無情」之意，但寫得較為率露。

3 **"風朝"二句**：無論是在颸風的清晨，降露的夜晚，在陰天中，在晴日裏，無論是在城中的千門萬戶打開或是關閉的時候，它都在鳴囀著。兩句一意寫出流鶯無時無地在哀囀悲啼，更突出詩人那種無所遇合的感慨。

4 **"曾苦"二句**：我曾被傷春之情所苦惱，現在更不忍聽它那巧囀哀鳴了，在這長安城中，哪裏有可讓它暫歇的花枝呢？兩句點出主題，頗有「斯人獨憔悴」之感。初唐詩人李義府詩：「上林多少樹，不借一枝棲。」丘為《對雨聞鶯》詩：「羨爾能將戶客意，何如棲得上林枝。」與此同意。馮浩云：「頷聯入神，通體淒惋，點點杜鵑血淚矣，亦客中所賦。」**鳳城**：秦國的都城咸陽，古稱「丹鳳城」。此指唐朝的都城長安。

七月二十九日崇讓宅讌作

　　唐武宗會昌元年（841），詩人年未三十，辭弘農
尉後，失意而歸，坎壈無聊，暫住岳父的家中。本詩
是作者在洛陽崇讓坊河陽節度使王茂元宅中作。詩中
寫景形象細緻，詩人的主觀感情和客觀的物象融為一
氣，韻味深長。

　　露如微霰下前池，風過迴塘萬竹悲。[1]
　　浮世本來多聚散，紅蕖何事亦離披？[2]
　　悠揚歸夢唯燈見，濩落生涯獨酒知。[3]
　　豈到白頭長只爾？嵩陽松雪有心期。[4]

注釋

1　　"露如"二句：初秋的涼露，像細微的霰雨灑下前池，
　　　蕭瑟的西風吹過，迴塘之外，萬竹生悲。霰（xiàn 線）：
　　　自雲中降下的白色不透明的小冰珠。此用以形容秋露。
　　　"風"字，舊作"月"，宋姚寬《西谿叢語》作"風"。
　　　何焯云："二十九日安得有月耶？"今依姚説改。兩句
　　　用風露秋聲來烘托詩人濩落無依的心情。風調頗似謝莊
　　　的《月賦》："涼夜自淒，風篁成韻。"

2 **"浮世"二句**：無定的人生，本來是經常有悲歡離合的，但池上的紅荷，為什麼也紛披散落呢？**浮世**：即"浮生"。意謂世事無定，生命短促，因稱人生為浮生。李白《春夜宴從弟桃花園序》："浮生若夢，為歡幾何。"詩中強調浮世聚散，實在是為個人的遇合無成聊以自解。**蕖**：即"扶蕖"的簡稱。**紅蕖**：紅荷。**離披**：分散貌，常以形容草木之零落。《楚辭·九辯》："白露既下百草兮，奄離披此梧楸。"兩句對法生動，"浮世"對"紅蕖"，"本來"對"何事"，擺脫呆板的"雲"對"雨"，"雪"對"風"的格式，開了宋代江西詩派的法門。紅荷零落，本無預人事，而詩中卻與浮生離合扯到一起來，給客觀物象塗上了詩人主觀的色彩。正如前人所謂"情深於言，義山所獨"。

3 **"悠揚"二句**：我遙遠的歸夢，只有孤燈才能見證；我空虛無聊的生活，也只有清酒最為了解。**悠揚**：長遠。**濩（huò 獲）落**：同"瓠落"、"廓落"。空虛貌。杜甫《自京赴奉先縣詠懷》詩："居然成濩落，白首甘契闊。"本詩後四句從杜詩中化出。"歸夢"，歸家之夢，指憶妻之情。時義山妻王氏留在長安。"生涯"，指當時寄人籬下無所作為的生活。張采田《會箋》曰："義山湖湘失意歸，妻黨必有見誚者。""惟燈見"，謂只有孤燈相伴，聊度長宵。"獨酒知"，謂惟有終日借酒遣愁。兩句極寫作者落寞的心情。燈、酒二字，亦點"宅讌"之題。

4 **"豈到"二句**：難道我到白頭之日還是個樣兒？你們看，嵩山之南的古松積雪之中，正有著我的夙願！只

爾：只是這樣。**嵩**：中嶽嵩山，在河南登封縣南，是古時的高士隱居之地。**松雪**：以象徵隱士的氣節和品格。結尾表示詩人高尚之志和晚年歸隱的心願，正所謂宛轉達情，妙於頓挫。

無題二首

這是兩首美麗的情詩，宛轉纏綿，既含蓄，又深摯。東方式的戀愛，總是欲說又休，未歌先咽的，這正適宜用義山所擅長的"包藏細密，意境朦朧"的藝術風格去表現出來。詩歌詞藻密麗、新穎，特具詩味，令人撫玩無已，獲得美的感受。

一

鳳尾香羅薄幾重？碧文圓頂夜深縫。[1]
扇裁月魄羞難掩，車走雷音語未通。[2]
曾是寂寥金燼暗，斷無消息石榴紅。[3]
斑騅只繫垂楊岸，何處西南任好風？[4]

注釋

1 "鳳尾"二句：那織有彩鳳花紋的芳香的綺羅，薄薄的，究竟有多少層啊？有碧綠花紋的圓帳頂，她縫製到夜深時候。兩句是詩人想像之詞。他所思憶的女子，在幽房密院中，深夜縫製羅帳，她也許在準備新婚的嫁妝吧！「薄幾重」，是作者的設問。古時的羅帳有單帳、複帳。

2　**「扇裁」二句**：她用那圓月般的扇子，正嬌羞地半遮臉面，匆匆驅車走過，輪聲轆轆，始終未通一語。**月魄**：本指月亮中沒有被太陽光照到的昏暗部分。此以指圓月之形。傳東漢班婕妤《怨歌行》：「裁為合歡扇，團團似明月。」**羞難掩**：含羞半掩，未把臉兒全都遮住。意謂露出眼睛來偷窺。**雷音**：形容雷車。司馬相如《長門賦》：「雷殷殷而響起兮，聲像君之車音。」兩句寫初次相遇時的情景。前人多謂下句寫男子驅車而過，細審詩意，似指女方為宜。古樂府《蘇小小歌》：「妾乘油壁車，郎乘青驄馬。何處結同心？西陵松柏下。」亦是女子乘車，男子乘馬。

3　**「曾是」二句**：已經不知多少次寂寞地守著夜闌黯淡的殘燈，但她還是音訊全無，又到了石榴花開的時候了。**金燼**：指銅燈盞上的殘燼。上句寫自己在寂寥的不眠之夜無望的相思。下句寫時間流逝，別後無法重逢。

4　**「斑騅」二句**：我的馬兒只繫在垂楊岸上，幾時能有西南方吹來的好風，把她送到我這兒來呀！**斑騅**：黑白色相間的馬。樂府《神絃歌·明下童曲》有句云：「陸郎乘斑騅。」故詩中用指情人所乘之馬。**西南風**：用曹植《七哀》詩意：「君若清路塵，妾若濁水泥，浮沉各異勢，會合何時諧？願為西南風，長逝入君懷。君懷良不開，賤妾當何依？」兩句表示渴望女子能到來相會。

二

重幃深下莫愁堂，臥後秋宵細細長。[1]
神女生涯原是夢，小姑居處本無郎。[2]
風波不信菱枝弱，月露誰教桂葉香。[3]
直道相思了無益，未妨惆悵是清狂。[4]

注釋

1　"重幃"二句：層層的帷幕深垂在莫愁的堂中，她獨臥閨中，更感到靜夜難熬地漫長。莫愁：古女子名，可參看《富平少侯》詩注。此用以指自己所戀思的女子。兩句寫女子深鎖閨中，自傷身世，長夜無眠。"細細"二字下得極佳，把慢慢地推移的時間和蠶食著心靈的痛苦都表現出來了。

2　"神女"二句：那像巫山神女般的生涯，本來就是一場夢幻，而小姑也是孤寂地生活著，沒有情郎相伴。神女：即巫山神女。參見《重過聖女祠》等詩注。楚王曾在夢中與她相會歡好。小姑：原注"古詩有'小姑無郎'之句"。見南朝樂府《清溪小姑曲》："開門白水，側近橋樑。小姑所居，獨處無郎。"相傳小姑是漢朝秣陵尉蔣子文第三妹，吳國孫權曾為蔣子文在鍾山立廟。小姑也被奉祀為神。居處（chǔ 杵）：居住。這裏指生活。上句回憶舊日愛情的遇合有如一夢。下句寫女子如今尚幽居獨處，終身無託。

3 "風波"二句：真不信那柔弱的菱枝，能經受得江上風波的摧折；在月照露滋中，誰使桂葉還是悠颺地飄香？上句寫女子不幸的遭遇。"不信"，不忍信。下句寫女子依然能保持自己美好的品質。兩句表現了詩人對自己所愛者的同情和讚賞。詩意極其沉痛、深摯。屈復云："桂葉香，喻所思之遺世獨立也。猶言誰令汝遺世獨立，我安得不相思乎？"

4 "直道"二句：即使説相思是全無益處的，我也甘心情願，不妨終身惆悵，如醉如癡。清狂：似狂而非狂。詩中指癡情、心神迷亂的狀態。兩句寫出詩人對愛情的執著專注，可與柳永《鳳棲梧》詞對比來看："衣帶漸寬終不悔，為伊消得人憔悴。"

昨日

這是首清新流麗的戀詩。詩中表現了詩人獲得愛情時欣喜的心情。純用白描手法,情調輕快,沒有義山詩中所習見的隱晦曲折,藝術感染力很強。

昨日紫姑神去也,今朝青鳥使來賒。[1]

未容言語還分散,少得團圓足怨嗟。[2]

二八月輪蟾影破,十三絃柱雁行斜。[3]

平明鐘後更何事,笑倚牆邊梅樹花。[4]

注釋

1 "昨日"二句:昨天,紫姑神才離去,今朝,她又派青鳥傳信到來!**紫姑神**:又稱"子姑神"、"坑三姑娘"。中國古代神話中的廁神,也就是司生育的女神。據《顯異錄》載:紫姑,本姓何,名媚,字麗卿,山東萊陽人。曾為人妾,正月十五夜,被大婦殺死於廁間,上帝命為廁神。舊俗每於正月十五元宵之夕,在廁中祀之,並迎以扶乩問吉凶之事。本詩作於正月十六日,以紫姑神指詩人所愛的女子。**青鳥**:相傳是西王母的使者。參看《漢宮詞》:"青雀西飛竟未迴"注。**賒**(shē 奢):

語氣助詞。張相《詩詞曲語辭匯釋》云："此 '賒'字驟難索解，細案之，此為七律，對仗工整，'賒'字對 '也'字，係以助辭對助辭，可無疑義。""來賒猶云來思或來兮。"

2　**"未容"二句**：昨日匆匆一見，未通言語，就分散了，只是稍得相聚，反更令人惆悵嘆息。少：稍。兩句是願望未能滿足時怨嘆之詞。頗似宋人的"見了又還休，爭如不相見"。

3　**"二八"二句**：正月十六夜的圓月中的蟾影，已經有些缺陷了；箏柱像雁行般斜列著，只有十三條絃線。**蟾**（chán 蟬）：蟾蜍。傳說月中有蟾蜍。蟾影破，指月亮有點兒不夠圓了。**十三絃**：十三，單數。以絃柱的數目不能成雙以喻人的離別。晏幾道《菩薩蠻·哀箏一弄湘江曲》詞："纖指十三絃，細將幽恨傳。"

4　**"平明"二句**：天蒙蒙亮，鐘聲響過，她有什麼事兒呢？定然是微笑著倚在牆邊的梅花樹旁。兩句是詩人想像之詞。詩詞中常以美人和梅花相比併，如賀鑄《浣溪紗·樓角初消一縷霞》詞："玉人和月摘梅花。"屈復云："笑倚梅花，望其來也，與 '去'字相映。"

井絡

馮浩引田蘭芳評此詩曰："足襯奸雄之魄，而冷其覬覦之心。"作者在詩中嚴正地警告那些封建割據勢力集團，表明自己維護國家統一，反對分裂的正義立場。大中五年（851）秋，義山赴東川節度使柳仲郢幕，途經劍閣一帶，看到巴蜀險要的山川形勢，引起古今興亡之感。詩歌風格峻健，音節瀏亮，是義山中年時老成之作。

井絡天彭一掌中，漫誇天設劍為峰。[1]
陣圖東聚煙江石，邊柝西懸雪嶺松。[2]
堪歎故君成杜宇，可能先主是真龍。[3]
將來為報姦雄輩，莫向金牛訪舊蹤！[4]

注釋

1　"井絡"二句：在巴蜀之地，磅礴的岷山，高峻的天彭，只不過是在指掌之中，人們還誇耀那天設之險劍門，真是奇峰如劍。井絡：井，井宿。絡，包絡。古代將天空的星宿分為十二星次，配屬於各國，稱為"分野"。井絡即指井宿的分野。《三國志·蜀志·秦宓傳》

注引《河圖括地象》云："岷山之精，上為井絡，帝以會昌，神以建福。"故井絡可泛指全蜀，亦可特指岷山。**天彭**：山名。《水經注》："天彭山兩峰相對，其形如闕，謂之天彭門，亦曰天彭闕。"在今四川灌縣。**劍為峰**：指劍州劍門天險，有大小劍山，峰巒如劍。《元和郡縣志》："其山峭壁千丈，下瞰絕峒，作飛閣以通行旅。"首句寫全蜀的形勢。次句寫蜀地門戶的險要。

2　**"陣圖"二句**：當年諸葛亮在東川聚石佈成的八陣圖，遺跡還在煙波浩渺的江畔；邊境軍中的更柝聲，還迴蕩在雪嶺的松林中。**陣圖**：據《晉書》載，在蜀漢時，"諸葛亮造八陣圖於魚復平沙上，縈石為八行，相去二丈"。魚復，今四川奉節縣。**煙江石**：宋本作"燕江口"。今從馮氏校改。**柝**（tuò 拓）：刁斗；梆子。軍中報警用。**雪嶺**：即雪山。參看《杜工部蜀中離席》詩注。兩句分寫川東、川西的形勢。

3　**"堪嘆"二句**：真可嘆啊，蜀國的故君望帝也終不免變成杜鵑鳥，難道蜀先主劉備就能成為統一天下的真命天子了麼？**杜宇**：周代的蜀國的君主，號曰望帝，後失國身死，魂化杜鵑。參看《錦瑟》詩注。**可能**：豈能。**先主**：蜀漢王朝的建立者劉備。**真龍**：封建時代以龍作為皇帝的象徵。《三國志·吳志·周瑜傳》："瑜上疏曰：（劉備）必非久屈為人用者……恐蛟龍得雲雨，終非池中物也。"兩句意謂，即使如望帝與先主，曾在蜀地建立王朝，仍不可保，何況那些竊據一時的跳梁小丑呢。

4　**"將來"二句**：拿這來告訴那些奸雄，你們不要到金牛道上去重尋舊路吧！**將來**：拿來，用來。**姦雄**：指奸惡者的頭目。以權謀術數欺世盜名的野心家。王符《潛夫論·交際》："此潔士所以獨隱翳，而姦雄所以黨（常）飛揚也。"詩中指當時的藩鎮割據勢力。金牛道：亦稱石牛道。自現在陝西勉縣（原名沔縣）經定軍山過寧強入黃壩驛、朝天驛，到劍門關一段路，是自秦入蜀的重要通道。

寫意

這是一曲漂泊者的哀歌。我們的詩人已歷盡了世路的風波，半生中，仕宦的失意、生活的困厄，使得他已"倦於清淚和微笑"。置身於茫茫的塵海之中，哪一條才是自己該走的"人間路"！詩人悲憤地低吟道：

燕雁迢迢隔上林，高秋望斷正長吟。[1]
人間路有潼江險，天外山惟玉壘深。[2]
日向花間留返照，雲從城上結層陰。[3]
三年已制思鄉淚，更入新年恐不禁！[4]

注釋

1　"燕雁"二句：燕地的鴻雁，迢迢千里，遠隔著上林。在這高爽的秋天，天涯望斷，正在曼聲悲吟。燕：今河北省北部和內蒙古自治區一帶。上林：漢代的宮苑名。據《漢書·蘇武列傳》載：蘇武被拘匈奴，思歸不得。常惠教漢使者對匈奴單于說："天子射上林中得雁，足有繫帛書，言武等在某澤中。"此詩借用"燕雁"和"上林"的字面，以表示自己遠隔京師。

2 "人間"二句：人間的道路上，有潼江的險阻，天外的青山，只有玉壘山最是幽深。**潼江**：河名。源出四川省梓潼縣北，經鹽亭流入涪江。義山時在梓州（四川三臺縣），距潼江很近。**玉壘**：山名。在成都附近。兩句寫作者在東川的感受。馮浩曰："亦暗寓人心險於山川也。"這正是詩題《寫意》之"意"。

3 "日向"二句：落日，在花間留下黯淡的斜照；暮雲，在城頭上積結著重重的秋陰。兩句寫出詩人"遲暮之感"、"羈愁之痛"。用自然景物來表現內心的憂鬱感傷。"留返照"三字，很耐人尋味，頗有惘惘不甘之意。

4 "三年"二句：三年來，我已盡力按抑著自己，不讓思鄉之淚流下。如果再進入新的年頭，還是這樣的話，我恐怕再也壓不住了。**三年**：指義山到東川的三年。大中七年（853）十一月，編定《樊南乙集》，自序云："三年已來，喪失家道，平居忽忽不樂。"可與參看。前六句層層寫來，一路逼出本意。如馮浩所云："黯然神傷，情味獨絕。"

隨師東

　　唐睿宗景雲年間，設節度使之職，安史亂後，方鎮勢力益強，節度使職位竟成世襲。唐憲宗時藩鎮發展到四十多個，"天下盡裂於方鎮"。元和年間裴度、李愬曾一度平定淮西等鎮，河朔諸鎮也表示願意服從中央。憲宗服方士金丹暴卒，以後的穆宗、敬宗都是荒嬉無度的昏君，各地方鎮故態復萌，互相攻戰，反抗朝廷。河北之鎮再度恢復割據。敬宗寶曆二年（826）三月，橫海鎮節度使李全略死，其子同捷未經朝廷任命，擅領留後事，朝廷不敢問。文宗大和元年（827）五月，以李同捷為兗海節度使，同捷抗命不從。八月，命諸道兵進討，沿途騷擾，兵勢糾結，江淮地區遭到很大破壞。直到大和三年（829）四月，唐軍才攻佔滄州，斬李同捷。這一年義山十七歲。十一月，令狐楚為天平軍節度使（駐鄆州，即今山東鄆城縣），聘義山入幕為巡官。年青的詩人在隨軍東赴鄆途中，目睹喪亂之後，"骸骨蔽地，城空野曠，戶口什無三四"的悲慘景況，很有感觸，因作此詩。詩中全用賦體，直接寫出作者所見，而感時傷事之情，溢於言外。

東征日調萬黃金，幾竭中原買鬥心。[1]
軍令未聞誅馬謖，捷書惟是報孫歆。[2]
但須鷙鳥巢阿閣，豈假鴟鴉在泮林。[3]
可惜前朝玄菟郡，積骸成莽陣雲深。[4]

注釋

1 "東征"二句：朝廷東討李同捷，每日耗費了許多金
　 錢。幾乎竭盡了中原的財富，來收買將士的鬥志。**東
　 征**：橫海鎮治滄州（今河北滄市東南），在長安之東。
　 故曰"東征"。次句寫朝廷唯以厚賂收買軍心，說明
　 已喪失威望，政令不行。《資治通鑒·文宗大和二年》
　 載："時河南、北諸軍討同捷，久未成功，每有小勝，
　 則虛張首虜以邀厚賞，朝廷竭力奉之，饋運不給。"

2 "軍令"二句：在軍中從未聽說過要誅殺像馬謖那樣違
　 反軍令的人，將領只曉得像王濬在捷書中謊報斬孫歆那
　 樣誇功邀賞。**馬謖**（sù 肅）：字幼常，三國時蜀國的將
　 領，自負才能，好論軍事，為諸葛亮所器重。建興六年
　 （228）諸葛亮攻魏出祁山，他被任為前鋒，剛愎自用，
　 不聽別人意見，因違反軍令節制，在街亭被魏將張郃大
　 破。下獄死。或謂諸葛亮按軍法斬之。**孫歆**（xīn 鑫）：
　 三國後期吳國的都督。晉伐吳時，大將王濬受命進兵，
　 克武昌，順流而下，直取吳都建業。義山原注："平吳
　 之役，（王濬）上言得歆首。吳平，歆尚在。"《晉書》

載："杜預伐吳，軍入樂御，至都督孫歆帳下，生將歆
詣預。王濬先得歆頭，而預生送歆。"上句寫軍中賞罰
不明，紀律頹壞。下句寫諸將虛報戰績，浮誇成風。

3　"但須"二句：只要有鳳凰在阿閣上建巢，就不讓貓頭
鷹在泮林中竊據了。但須：只要。鸑鷟（yuè zhúo 岳
濁）：鳳凰的別稱。《國語·周語上》："周之興也，鸑鷟
鳴於岐山。"此以喻賢人君子，或謂指元和年間的宰
相裴度。阿（ē 婀）閣：四面有棟，有檐霤的樓閣。金
鶚《求古錄禮説》卷三謂：屋之四隅曲而翻起者為阿，
檐宇屈曲謂之阿閣。古制四阿重屋，是王者所居。故此
詩中以指朝廷。鴟鴞（chī xiāo 癡嚻）：貓頭鷹一類的
鳥。此指奸臣叛將。泮（pàn 畔）：亦作"頖"即"泮
宮"，西周諸侯的學宮。泮林：泮宮旁的樹林。《詩·魯
頌·泮水》："翩彼飛鴞，集於泮林，食我桑黮，懷我好
音。"本以飛鴞比淮夷（在淮河一帶的部族）。集泮林，
表示歸化。義山詩中只取其字面上的意思。兩句意謂，
只要賢人當朝，就不會讓藩鎮割據繼續下去。也就是從
側面揭露朝廷用非人，宰相不得力，姑息養奸，以至造
成分裂局面。詩中追懷故相裴度。張采田《玉谿生年譜
會箋》云："五句馮氏謂暗指裴度，極有見。唐自憲宗
用晉公（即裴度）討平淮、鄆，河北駸駸稟命。宰相崔
植、杜元穎不知兵……豈非廟堂用人之咎哉？"

4　"可惜"二句：真令人嘆息啊，在漢朝曾為玄菟郡的地
方，現在滿目瘡痍，死者的骸骨堆積在草叢裏，戰雲低
壓著天邊。玄菟（tù 兔）：古郡名，漢代屬幽州，即今

河北中部臨渤海地區。詩中指滄州一帶。**陣雲**：濃厚的雲層。此指肅殺的戰雲。兩句寫滄州戰後的荒涼殘破的景象。末句景中寓情，感慨無限。

前人多謂此詩詠隋煬帝東侵高麗之事，未能探明本意。

正月崇讓宅

　　這是義山悼亡詩中感情最哀傷之作。詩人鍾情於
王氏，屢見於詩。如"更無人處簾垂地，欲拂塵時簟
竟牀"。如"歸來已不見，錦瑟長於人"。如"愁到
天地翻，相看不相識"。等都是一往情深的佳句。張
采田謂"讀之增忼儷之重，潘黃門（指潘岳）後絕唱
也"。並編次於大中十一年（857）正月。時距王氏之
亡已五年多了。

　　密鎖重關掩綠苔，廊深閣迥此徘徊。[1]
　　先知風起月含暈，尚自露寒花未開。[2]
　　蝙拂簾旌終展轉，鼠翻窗網小驚猜。[3]
　　背燈獨共餘香語，不覺猶歌起夜來。[4]

注釋

1　　"密鎖"二句：崇讓坊的宅中，重門深鎖，園子裏長滿
　　　了青苔。遊廊幽深，小閣遠隔，自個兒就在這裏寂寞地
　　　徘徊。兩句寫崇讓宅的荒涼冷落之狀，"鎖"、"關"，
　　　說明房子在妻死後已廢置。"綠苔"暗示園中沒有人經
　　　行，以至長滿苔蘚。"深"、"迥"兩字帶有詩人的主觀

感情色彩。

2 　"先知"二句：看到月亮含暈迷濛，就預先知道明朝風起。現在仍是夜露清寒，春花還未開放。**月含暈**：《廣韻》："暈，日月旁氣，月暈則多風。"兩句純用白描，景真情真。月和花，本是詩人所經常歌詠的，但在作者眼中，卻成了觸惹愁腸的景物了。屈復曰："風露花月，不堪愁對。"以上四句寫在室外的所見所感。

3 　"蝙拂"二句：蝙蝠不時地飛過，拂著簾旌，老在輾轉不定；鼠子也竄出來翻動窗網，令人有點兒吃驚疑惑。**簾旌**：即"簾箔"。指布簾，像面旗子似的，故稱。**窗網**：朱注引程大昌曰："網戶刻為連文，遞相屬，其形如網。後世遂有直織絲網張之簷窗以護鳥雀者。"兩句寫室內的景物，以"蝙拂簾旌"、"鼠翻窗網"之動以反襯環境之靜，表現詩人內心世界的孤獨和痛苦。"驚猜"，疑亡妻之音容尚在，魂魄歸來。

4 　"背燈"二句：獨自背著燈光，像在跟亡妻共語，不覺間還低聲唱起《起夜來》的哀歌。**餘香**：遺物所餘香氣，喻指亡妻。**起夜來**：古曲名，柳惲《起夜來》曲云："颯颯秋桂響，悲君起夜來。"末兩句語意極悲，近於淒厲，掩卷猶覺森森有鬼氣。

曲江

　　曲江，在長安市郊杜陵西北五里，唐玄宗開元年間，辟為遊覽勝地。康駢《劇談錄》載："其南有紫雲樓、芙蓉苑，其西有杏園、慈恩寺，花卉環周，煙水明媚，都人遊賞，盛於中和上巳之節。"安史亂後，曲江淪為狐兔煙草之地。杜甫《哀江頭》詩云："少陵野老吞聲哭，春日潛行曲江曲，江頭宮殿鎖千門，細柳新蒲為誰綠？"抒寫了對國家殘破的愴痛之情。唐文宗想恢復開元時的"昇平故事"，大和九年（855）十月，修繕曲江，構紫雲樓、彩雲亭，不料十一月即發生"甘露之變"，京師流血塗地，只得罷修。本詩概述曲江的興廢之事，抒發了作者對國事日非的憂傷。詩歌沉鬱悲涼，頗有《黍離》之慨。

望斷平時翠輦過，空聞子夜鬼悲歌。[1]
金輿不返傾城色，玉殿猶分下苑波。[2]
死憶華亭聞唳鶴，老憂王室泣銅駝。[3]
天荒地變心雖折，若比傷春意未多。[4]

注釋

1 "望斷"二句：放眼極望，再也見不到當年皇帝的翠輦經行此地，空自聽到半夜時冤鬼在淒厲地唱歌。望斷：望盡而不見。輦（liǎn 臉）：古時用人拉着走的車子。後來多指王室乘坐的車子。"翠輦"，指車蓋上有翠羽裝飾之輦。過：唸平聲。叶"五歌"韻。子夜：有兩意。一指夜半子時。一指《子夜歌》，古樂府曲名。朱注引《晉書》："孝武太元中瑯琊王軻之家有鬼歌《子夜》。"本詩中兼有二意。兩句寫曲江荒涼滿目之景。張采田云："首二句總起，言曲江久廢巡幸，只有夜鬼悲歌。"

2 "金輿"二句：那些乘坐金輿的美麗的宮妃再也不到來了，只有玉殿旁御溝的流水依舊流入曲江中。金輿（yú 余）：金飾的車子。傾城：形容女子容色絕美。見《北齊二首》詩注。下苑：指曲江。與宮中的御溝相通。朱鶴齡云："此詩前四句追感玄宗與貴妃臨幸時事。"

3 "死憶"二句：像西晉初的陸機，臨死憶起舊時在華亭上聽到的鶴鳴聲；像西晉末的索靖，到老時還憂心朝廷，指銅駝而悲泣。上句出《晉書·陸機傳》。陸機為晉成都王司馬穎率兵與長沙王司馬乂戰，機軍大敗，機被宦者孟玖所讒，被誅。臨死前"因與穎牋，詞甚悽惻，既而歎曰：'華亭鶴唳，豈可復聞乎！'遂遇害於軍中"。下句出《晉書·索靖傳》：索靖"有先識遠量，知天下將亂，指洛陽宮門銅駝，歎曰：'會見汝在荊棘中耳！'"兩句寫天安年間安史之亂，以喻"甘露之變"。陸機之被讒死，亦如王涯、李訓之被屠戮；索靖

112

銅駝之悲，亦喻唐朝王室之將傾。

4　"天荒"二句：天傾地覆的變故，固足使此心摧傷，但比起而今"傷春"之恨，那還不算是最悲哀的。**天荒地變**：指影響巨大而深遠的事變。**折**：摧折。**傷春**：《楚辭‧招魂》："目極千里兮傷春心，魂兮歸來哀江南。"本詩中指哀時念亂之意。末兩句寄託深遠、感愴無限。傷春，是因春去之傷，也是對唐王朝的前途和命運的憂傷。

九日

　　義山與令狐父子的關係，像一個長長的夢魘，苦惱著作者的一生。五代孫光憲《北夢瑣言》云："李商隱員外依彭陽令狐公楚，以牋奏受知。……彭陽之子綯，繼有韋平之拜，似疏隴西（指義山），未嘗展分，重陽日，義山詣宅，於廳事上留題，其略云：'十年泉下……。'相國睹之，慚恨而已，乃扃閉此廳，終身不處也。"此詩是大中三年（849）九月所作，時義山已自桂管留歸京，京兆尹留假參軍事，奏署掾曹，令典章奏之事。詩中以重陽把酒起興，敍述令狐父子對作者的不同態度。詩意"憾其子，追感其父"，一氣鼓盪，感激忿怨，難怪令狐綯見到後如"漸恨"了。

　　曾共山翁把酒巵，霜天白菊繞堦墀。[1]
　　十年泉下無消息，九日樽前有所思。[2]
　　不學漢臣栽苜蓿，空教楚客詠江蘺。[3]
　　郎君官貴施行馬，東閣無因得再窺！[4]

注釋

1　"曾共"二句：在當年我曾經和山翁一起把酒共歡，正

114

是清霜萬里的秋天，爛漫的白菊開滿了臺階。**山翁**：指晉朝的山簡，時人稱為"山公"，曾鎮襄陽。史稱其"優遊卒歲，唯酒是耽"。詩中以比令狐楚。**堦墀**（chí 遲）：臺階；也指階面。兩句追述與令狐楚的交情。據云楚最愛菊，次句之"白菊"既是令節之景物，亦可理解為令狐楚對人才的培育和愛護。隱然有以白菊自喻之意。

2　**"十年"二句**：十年來，他老人家在九泉之下，消息全無，因此在重九時對著清樽，便引起悠長的思念。**泉**：指黃泉；陰間。令狐楚卒於開成二年（837），距作此詩時已有十二、三年。詩云"十年"，是一個概數。兩句寫對令狐楚的追念，語淡情深，確是好句。

3　**"不學"二句**：不效法漢朝的臣子張騫，從外地移來苜蓿栽種。徒然使楚國的逐客諷詠江離的詩篇。**漢臣**：指張騫。史載張騫出使西域，帶回苜蓿的種子，種植在離宮畔。詩中以喻令狐楚。**楚客**：指屈原。詩中以自況。**詠江離**：屈原《離騷》："扈江離與薜芷兮，紉秋蘭以為佩。""覽椒蘭其若茲兮，又況揭車與江離！"本以香草喻賢人君子，但這些"香草"在惡劣的環境中，改變了美好的本質。上句怨恨令狐綯不能像父親那樣薦拔人才。下句諷刺令狐綯對友情不能始終如一。張采田云："'苜蓿'句衹取移種上苑之義，言令狐不肯援手，使之沈淪使府，不得復官禁近也……桂管在湘之南，故以'楚客江離'自寓……玉谿詩用典切合極精，無泛設者。"

4　**"郎君"二句**：現在郎君已位高官貴，在府前施設行

115

馬，因此招賢的東閣，我再也不能重到了。**郎君**：猶公子、貴公子。門生故吏稱府主之子為郎君。《唐摭言》載："義山師令狐文公（楚），呼小趙公（綯）為郎君。"**行馬**：攔阻人馬通行的木架。程大昌《演繁露·行馬》卷一："魏晉以後，官至貴品，其門得施行馬。行馬者，一木橫中，兩木互穿以成四角，施之於門以為約禁也。"**東閣**：《漢書·公孫弘傳》："於是起客館，開東閣以延賢人。"謂於庭東開小門，以迎賓客。兩句感嘆自己被令狐綯拒於門外，再也受不到從前的禮遇了。

贈司勳杜十三員外

　　晚唐詩人中，杜牧與李商隱齊名，合稱"小李杜"，劉熙載《藝概》云："杜樊川（牧）詩雄姿英發，李樊南（商隱）詩深情綿邈。"把兩位傑出的詩人不同的風格概括出來了。大中二年（848），杜牧四十六歲，內升為司勳員外郎，史館修撰，赴京任職，次年與義山相見於長安，義山作兩詩相贈。此詩頗學杜牧詩的風格，俊逸清新，情調也輕鬆流暢。十三，是杜牧的輩分排行。

　　杜牧司勳字牧之，清秋一首杜秋詩。[1]
　　前身應是梁江總，名總還曾字總持。[2]
　　心鐵已從干鏌利，鬢絲休嘆雪霜垂。[3]
　　漢江遠弔西江水，羊祜韋丹盡有碑。[4]

注釋

1　　"杜牧"二句：首句先點出杜牧的姓名、官位和表字，在七律中這樣的寫法是少見的。次句稱美杜牧的名作《杜秋娘》詩。此詩是杜牧在文宗大和七年（833）所作。杜秋，金陵人，為鎮海軍節度使李錡之妾，後李錡

117

因反叛被殺，杜秋入宮，有寵於憲宗。穆宗即位後，命杜秋為皇子李湊的保姆。皇子長大後封漳王。文宗立，宦官王守澄誣陷宰相宋申錫圖謀擁立漳王為帝。漳王得罪廢削，杜秋被放歸故鄉，淪落終老。杜牧此詩總結了杜秋一生的命運的升沉變化，反映出封建時代上層統治集團內部鬥爭的情況，有較深刻的歷史意義。義山對《杜秋娘》詩很欣賞。

2　"前身"二句：您的前身大概是梁代的詩人江總吧，因為江總名總，字總持。（與杜牧名牧，字牧之相似。）江總：南朝梁、陳時的詩人。《梁書·江總傳》謂其"篤學有辭采"，"於五言七言尤善"有文集三十卷。本詩以江總比擬杜牧的文學才能。前人批評這兩句"不過取其名字相類，何其纖也"。這種近於文字遊戲的寫法，偶一為之則可，然亦不足為訓。

3　"心鐵"二句：胸中的甲兵，像干將、鏌鋣那麼鋒利，那就不必嘆息鬢絲像霜雪垂垂了。心鐵：即"胸中甲兵"，比譬雄才偉略。《魏書·崔浩傳》載·北魏世祖稱讚崔浩說：此人尪纖懦弱，手不能彎弓持矛，其胸中所懷乃逾於甲兵。"干鏌：干將、鏌鋣。據說是吳王闔閭命歐冶子造的兩把寶劍之名。上句讚美杜牧的政治才能。杜牧青年時代就很注意研究"治亂興亡之跡，財賦兵甲之事，地形之險易遠近，古人之長短得失"。（杜牧：《上李中丞書》）他主張修明政治，削平藩鎮，鞏固國防，收復失地，曾作《守論》、《戰論》、《原十六衛》等文章，又注《孫子》，也曾上書李德裕陳述討伐劉稹的用兵策略，受到採納。(見杜牧：《上李司徒相公論用兵書》)《唐摭言》引吳武陵語，稱讚杜牧「真王佐才」。下句勸慰杜牧不要因年老而嗟嘆。杜牧詩中常有「美人遲暮」之慨，感情淒惋哀傷。如「今日鬢絲禪榻畔，茶煙輕颺落花風」(《題禪院》)「白頭還嘆老將來」(《書懷寄中朝往還》)等。

4　「漢江」二句：如今，您像杜預追弔羊祜那樣，為西江的韋丹撰寫碑文，您的作品也將共其人永傳不朽。漢江：晉朝的名將杜預，曾為襄陽太守，襄陽在漢江之南，故稱。詩中用以比杜牧。因其姓氏相同。西江：即江西。指韋丹。羊祜：西晉初年的名將。史載他曾都督荊州，甚得民心。死後，百姓在峴山建碑，立廟其上，望其碑者莫不流涕。杜預名之曰「墮淚碑」。可參看作者《淚》詩注。韋丹：《舊唐書‧循吏列傳》載：唐憲宗元和年間，韋丹「徙為江南西道觀察使，丹計口受俸，委餘於官，罷八州冗食者，收其財。」「宣宗讀《元和實錄》，見丹政事卓然，它日與宰相語：『元和時治民孰第一？』周墀對：『臣嘗守江西，韋丹有大功，德被八州 (指洪、江、鄂、岳、虔、吉、袁、撫等八州)，歿四十年，老幼思之不忘。』乃詔觀察使紇干臮上丹功狀，命刻功於碑。」義山自注：「時 (牧) 奉詔撰韋碑。」兩句意謂杜牧所撰之碑文如羊祜的墮淚碑，必定流傳後世。

行次昭應縣道上送戶部
李郎中充昭義攻討

　　詩人堅決主張討伐澤潞叛臣，這是和宰相李德裕的主張一致的。劉稹未經朝廷任命，擅自據鎮繼立，此例如果一開，則後果不堪設想。義山此詩駁斥了朝中姑息主義者的"從諫養精兵十萬，糧支十年，如何可取"的謬論，表示了自己的正義立場。詩意昂揚慷慨，氣勢磅礴，在集中亦屬少見。昭應：今陝西臨潼縣。

將軍大旆掃狂童，詔選名賢贊武功。[1]
暫逐虎牙臨故絳，遠含雞舌過新豐。[2]
魚遊沸鼎知無日，鳥覆危巢豈待風？[3]
早勒勳庸燕石上，佇光綸綍漢庭中。[4]

注釋

1　**"將軍"二句**：將軍舉大旗出征，橫掃那狂妄無知的小子。皇帝下令選拔著名的賢士去贊助軍事，建立勳功。
　　將軍：指當時晉絳行營的主將李彥佐。**大旆**（pèi 沛）：大旗。**狂童**：狂妄的小子。指劉稹。《詩‧鄭風‧褰裳》："狂童之狂也且。"《資治通鑑》："李德裕曰：劉稹驥孺子耳！"名賢：詩中指李郎中。馮浩謂李郎中即原為昭義大將、後歸降的李丕。證據不足。

2　"暫逐"二句：您暫時隨著主將來到故晉的絳都。以尚書郎的名義遠赴新豐。虎牙：漢代置"虎牙將軍"。後世因以"虎牙"為主將的代稱。故絳：絳，本春秋時晉都。後遷都新田，舊都稱為"故絳"（今山西絳縣）。時於此設晉絳行營，以討劉稹。雞舌：雞舌香。《漢官儀》："尚書郎奏事……含雞舌香。"李為戶部郎中，充任軍事行營的攻討使，故曰"遠含雞舌"。新豐：即昭應縣。天寶七年（748）改名昭應。兩句如錢良擇所云："壯麗渾雅，聲出金石。"

3　"魚遊"二句：敵人像魚在沸水鍋裏遊動，料知也撐不了多久，像鳥在高危的樹枝上築巢，不等風吹就要傾覆。兩句譬喻生動貼切。"魚遊"句出邱遲《與陳伯之書》："將軍魚遊於沸鼎之中。""知無"與"豈待"兩組虛詞運用得很好，表現了詩人對叛亂分子極大的蔑視。

4　"早勒"二句：希望您能早日把功勳刻記在燕然山的石上，期待著您光榮地在朝廷中受到皇帝的嘉獎。勒：刻。勳庸：《周禮·司勳》："王功曰勳，民功曰庸。"佇：期待。綸綍（lún fú 侖弗）：《禮記·緇衣》："王言如絲，其出如綸；王言如綸，其出如綍。"疏云："綸粗於絲"、"綍又大於綸"。後世用以指皇帝的詔令。

121

贈別前蔚州契苾使君

自注：使君遠祖，國初功臣也

會昌二年（842）八月，四鶻烏介可汗過天德，侵擾雲、朔、北川。朝廷下詔命群臣集議，當時百官怕生邊事，提出議狀唯固守關防而已，但李德裕力主征伐，令銀州刺史何清朝，蔚州刺史契苾（bì必）通率沙陀、吐渾等各族六千騎兵趨天德。本詩是送契苾通出征之作，契苾通是唐初功臣契苾何力的五世孫。《會昌一品集》中有《請何清朝等分領李思忠下蕃兵狀》云：“契苾通本是蕃中王子，先在蔚（yù鬱）州（治今山西靈丘縣），且遣分領，必上下精通，更無所慮。”義山在詩中讚美契苾部族“奕世勤王”，反映出各民族和睦共處，對形成多民族統一國家的作用。詩歌壯麗精工，聲調清遒，“夜捲牙旗”一聯，更為警策。

何年部落到陰陵，奕世勤王國史稱。[1]
夜捲牙旗千帳雪，朝飛羽騎一河冰。[2]
蕃兒襁負來青塚，狄女壺漿出白登。[3]
日晚鸊鵜泉畔獵，路人遙識郅都鷹。[4]

注釋

1 **"何年"二句**：在什麼年代契苾部落來到陰陵之地？世
世代代為朝廷效力，青史留名。**部落**：原始社會的一種
社會組織，由兩個以上血緣相近的胞族或氏族結合而
成。詩中指契苾部落。契苾，是中國北部鐵勒族的部
落。以部為姓氏。**陰陵**：即陰山，在今內蒙古自治區。
契苾何力在唐太宗貞觀六年（632）隨其母率部落歸唐，
任左領軍將軍，後多立軍功，封為涼國公。其部落初居
於甘州、涼州一帶（在今甘肅省東南部），後其子契苾
明襲爵，遷雞田道（在今寧夏靈武縣）大總管、至烏德
鞬山，誘附二萬帳。其部族東徙到陰山附近。**奕世**：累
世。**勤王**：盡力於王事。輔助王朝。兩句讚美契苾氏與
唐王朝長期的良好關係。

2 **"夜捲"二句**：寒夜，雪飄千帳，軍前的大旗在北風中
揚捲。清晨，敵情緊急，傳書的羽騎飛越冰河。**牙旗**：
軍中大旗。參見《重有感》詩注。**帳**：軍營帳幕。**羽
騎**：傳送羽檄的騎兵。羽檄，顏師古謂："檄者，以木
簡為書，長尺二寸，用徵召也。其有急事，則加以鳥羽
插之，示速疾也。"猶後世之"雞毛信"。用以徵調軍
隊。兩句寫契苾氏為祖國保衛邊疆的功勞，頗似盛唐時
高適、岑參之豪語。

3 **"蕃兒"二句**：西蕃的男子背負著小孩來到青塚歸附。
北狄的姑娘用瓦壺盛酒到白登勞軍。**蕃、狄**：泛指中
國西北各少數民族。**襁**（qiǎng 搶）：襁褓。包裹嬰兒
的被、毯等。**青塚**：傳說中的王昭君墓，在今內蒙呼和

123

浩特市南郊。**壺漿**：用瓦壺盛著濃汁飲料，如酒、肉湯等。《孟子・梁惠王下》："簞食壺漿，以迎王師。"後因以"簞食壺漿"稱群眾歡迎軍隊時用來犒獻之物。**白登**：山名，在今山西省大同市東。兩句寫契苾氏在北方受各民族人民的擁護和歡迎。

4　**"日晚"二句**：在黃昏時候，契苾通在鵜鵜泉邊打獵。路上的行人遠遠就認得這位"郅都"的蒼鷹了。**鵜鵜（pì tí 譬題）泉**：《新唐書・地理志》："鵜鵜泉在豐州西受降城北三百里。"即今內蒙古自治區五原縣附近。**郅（zhì 至）都**：西漢時人。《漢書・酷吏傳》謂其"為人勇有氣，公廉，不發私書，問遺無所受，請寄無所聽"，"獨先嚴酷，致行法不避貴戚，列侯宗室見都側目而視，號曰'蒼鷹'"。漢景帝時為雁門太守，"匈奴素聞郅都節，舉邊為引兵去，竟都死不近雁門"。兩句以郅都比契苾通。"鷹"字甚妙，語意相關，既指狩獵的鷹，亦喻契苾如郅都那樣為邊敵所憚。這種用典的話法，到了北宋後期更有所發展，竟成為江西詩派的藝術特徵了。

蟬

　　本篇寄託深遠，是詠物詩中不可多得之作。名家詠物，往往不肯作摹形繪狀的刻劃，而重在得物之"神"。所謂"神"，實際上是把詩人自己的感情注入物中，與物融為一體，以造成深折而雋永的意境。義山這種專以造意見勝的詩作，把一切的陳詞濫調都洗滌淨盡，無一點塵俗之氣，為宋詩開了不二法門。黃庭堅、陳與義及一些江西詩派的詩人的優秀的詠物詩，正是受義山這體詩的影響。

> 本以高難飽，徒勞恨費聲。[1]
> 五更疏欲斷，一樹碧無情。[2]
> 薄宦梗猶泛，故園蕪已平。[3]
> 煩君最相警，我亦舉家清。[4]

注釋

1　"本以"二句：寒蟬，因為棲止在高樹上，飲露餐風，故難得一飽。即使是終日哀鳴，以寄幽恨，也是枉然的。紀昀說："起二句意在筆先。"破空而來，是人是蟬，已渾然一體了。"高"，既是指蟬棲身之高，亦是寫詩人高尚的品格。"難飽",點出窮愁困厄的處境。高而難飽,首句五字,已有兩重曲折。"徒勞"句,字字血淚,寫出詩人那種欲投無路,哀告無門的悲憤之情。兩句尤以虛字見工力。

2　"五更"二句:蟬在徹夜哀鳴,天邊未亮,蟬聲越來越稀疏,淒淒欲絕,似乎已無力再鳴。但那棵高樹,卻一片翠綠,在默默地聽著寒蟬的悲訴,一點兒也不動感情。詩人已到窮途末路,無法支持下去了。但世人卻冷眼旁觀,不肯援手。這裏用形象的語言表現了自己的痛苦處境。"疏欲斷"與"碧無情",成強烈的對比。"碧"與"無情"配合起來,構成了奇特的意境。朱彝尊云:"第四句更奇,令人思路斷絕。"實際上是開拓了讀者更深長的思路。宋人姜夔用其意:"樹若有情時,不會得青青如此!"語雖佳,而不及本詩的精煉。前四句顯詠蟬而隱喻人。從自己內在原因和外界環境兩方面寫出自己遭遇的不幸。

3　"薄宦"二句:我官職低微,仍然要像桃梗那樣東西飄泊,而故鄉的田園早已荒廢,土地和徑路上的野草都長成一片了。這裏筆意一轉,寫自己游宦他鄉欲歸不得的心情:當個卑官,力不足以濟世,即使想求田問舍,歸隱家鄉也不可能。感情矛盾複雜。**薄宦**:官位卑微。**梗泛**:《戰國策·齊策》載:孟嘗君想到齊國去,蘇秦(當依《史記》作蘇代)勸阻說:"今者,臣來過於淄上。有土偶人與桃梗相與語,……土偶曰:'今子,東國之桃梗也;刻削子以為人,降雨下,淄水至,流子而去,則子漂漂者將何如耳！」**梗**：樹木的枝。**泛**：漂流。這裏用以形容自己東奔西跑的宦遊生活。**「故園」句**：盧思道《聽鳴蟬篇》：「故鄉已超忽，空庭正蕪沒。」這裏可見義山用典的嚴謹性。

4　**「煩君」二句**：真的勞煩您對我警誡，我本來也是舉家清白，一無所有的。收得巧妙，仍歸到蟬上。紀昀說：「隱顯分合，章法可玩。」「舉家清」與「高難飽」首尾呼應。**君**：指蟬。**相警**：指蟬的鳴聲能引起自己的同感、警惕。

　　末句顯是牢騷之語。施補華《峴傭說詩》云：「三百篇比興為多，唐人猶得此意。同一《詠蟬》，虞世南『居高聲自遠，端不藉秋風』，是清華人語；駱賓王『露重飛難進，風多響易沉』，是患難人語；李商隱『本以高難飽，徒勞恨費聲』，是牢騷人語，比興不同如此。」可參看。

哭劉司戶二首

劉蕡終於死在柳州貶所，負屈銜冤，無人昭雪。詩人滿腔悲憤，噴薄而出，接連寫了好幾首詩表示沉痛的悼念。這些詩一氣呵成，沉鬱頓挫，格調很高。

一

離居星歲易，失望死生分。[1]
酒甕凝餘桂，書籤冷舊芸。[2]
江風吹雁急，山木帶蟬曛。
一叫千迴首，天高不為聞。[3]

注釋

1　“離居”二句：我跟您離別後，星移物換，又過一年。啊，令我極為失望痛苦的是：死和生，把我們永遠分隔開了。星歲易：古人觀察星象，以定曆法。星斗改變位置，表示季節改換。

2　“酒甕”二句：在您的酒甕裏還積聚著殘餘的桂酒，您書中的籤紙，已冷卻了舊日的芸香。書籤（qiān）：在書中作為標誌用的小紙條兒。芸：芸香，用來薰書籍，防治蠹蟲。這裏寫劉蕡生前之物，以寄託哀思。上句暗指劉蕡抑鬱苦悶，經常痛飲遣愁。下句謂劉蕡曾任秘書郎之職，故書中仍有舊香。

3　"江風"四句：極寫傷悼之情。"江風"兩句寫景，渲染淒愴的氣氛，有深刻的象徵意義。吹雁：黃庭堅詩："驚風吹雁不成行"用義山詩意，表現兄弟、朋友間生離死別的悲痛情景。"山木"句：義山《柳》詩："如何肯到清秋日，已帶斜陽又帶蟬。"亦用斜陽和蟬聲表示哀切之情。曛（xūn 熏）：日沒時的餘光。末兩句聲隨淚下，已不暇講究什麼 "溫柔敦厚" 了。"一叫千迴首" 寫出朋友的極度悲傷。"天高不為聞"，有力地控訴最高統治者的殘暴和昏聵。

二

有美扶皇運，無誰薦直言。[1]
已為秦逐客，復作楚冤魂。[2]
澧浦應分派，荊江有會源。[3]
並將添恨淚，一灑問乾坤。[4]

注釋

1　"有美"二句：有位美好的人，想要匡扶國家的命運，但卻沒有人推薦他作直言切諫之臣。兩句惋惜劉蕡有大才而不受重用。**有美**：《詩‧鄭風‧野有蔓草》："有美一人，清揚婉兮。"後世常用以稱有高尚的品德，才能的人。詩中指劉蕡。**皇運**：唐王朝的國運。**直言**：唐代設有"賢良方正、直言極諫"科考試。劉蕡應是科考，他的《對策》的內容，切合實際，辭語無所忌憚。堪稱真正的"直言"。

2　"已為"二句：他好比秦代的客士，已被逐出國都，還再被貶謫，像屈原那樣成了楚地的冤魂。**逐客**：秦始皇憎惡能言善辯的客士，曾下令逐客。後李斯上《諫逐客書》痛陳利害，始皇才收回成令。這裏指劉蕡考試被黜，怏怏離開長安。**楚冤魂**：偉大的愛國主義詩人屈原被貶到南方，投汨羅江自盡。杜甫《天末懷李白》詩云："應共冤魂語，投詩贈汨羅。"這裏指劉蕡被竄逐南方，含冤而死。兩句概括劉蕡不幸的遭遇。

3　"溢浦"二句：在溢浦附近，長江要分成九派；在荊江口，有個匯聚的源頭。兩句意較隱晦。大概指人生的歷程如長江東逝，聚和散都是無法由自己掌握的。**溢（pén 盆）浦**：指今江西九江市附近地區。溢水北流入長江。據傳說古長江在此地分成九條支流。或謂劉蕡死於此。**派**：水的支流。**荊江**：流經荊州（今湖北沙市一帶）地區的一段長江的別稱。或謂劉蕡與作者曾在此相逢。**會源**：荊江口是長江會合洞庭湖之處。亦即與湖南的湘、資、沅、澧等河流匯聚處。

4　　"並將"二句：一併把長江洞庭之水，化成我悲憤的眼淚。傾灑下來，向天地提出強烈的責問。

　　屈復說："二詩雖淺顯，卻大有真情血淚，不是乾號。"這種"真情血淚"的詩作，不假含蓄，肆口而出，自能感人。

北禽

　　詩人啊，您是北來的飛鳥，您本以為這兒天高地
闊，盡可自由遊遨。誰知道，您錯了，這兒不是您的
樂土，這兒充滿著殺機，這兒不容您發展，一切的努
力也都是枉然的，您後悔來了。但，回去嗎？能回去
嗎？義山通過寫這隻 "北禽" 的遭遇，寄託了自己在
梓州柳幕不得意的情思。

> 為戀巴江好，無辭瘴霧蒸。[1]
>
> 縱能朝杜宇，可得值蒼鷹？[2]
>
> 石小虛填海，蘆銛未破矰。[3]
>
> 知來有乾鵲，何不向雕陵？[4]

注釋

1　"為戀" 二句：為了戀慕美麗而溫暖的巴江，也不懼怕
　　嵐煙瘴霧的蒸騰。這裏寫北禽南來，充滿著希望，也不
　　害怕環境的艱難困苦。巴江：指流經川東一帶的長江。
　　瘴：南方山林沼澤間的潮濕而溫熱的空氣。古人認為這
　　是瘧疾的病原。

2　"縱能" 二句：即使能朝拜蜀帝化成的杜宇，豈可以逢

132

著兇猛的蒼鷹呢？兩句故作轉折。朱彝尊云：「三、四言雖見知於主人，而無奈困於讒口。」**杜宇**：即杜鵑鳥。古代傳說杜宇本是西周時蜀國的國君，號望帝，後失國而死，其魂魄化為杜鵑。**值**：逢著。**蒼鷹**：鷙鳥名，性兇猛，常搏擊小鳥為食。詩中用以指嚴酷兇悍的人。《漢書·酷吏傳》：「（郅）都獨先嚴酷……號曰『蒼鷹』。」

3　**「石小」二句**：精衛不停地投擲小石子，空想要把大海填平。大雁銜著尖銳的蘆葦，也無法躲避獵人的弓箭。上句出《山海經》：「赤帝之女，名女娃，游於東海，溺而不返，化為精衛，常取西山木石以填東海。」陶淵明《讀〈山海經〉》詩：「精衛銜微木，將以填滄海。」後人常以「精衛填海」比喻意志的堅定不移。下句出《淮南子》：「雁銜蘆而飛以避矰繳。」**銛**（xiān 先）：鋒利。**矰**（zēng 增）：一種用絲繩繫著以便於射鳥的短箭。**繳**（zhuó 灼）：繫在箭上的絲繩。「矰繳」，引伸為迫害人的手段。兩句說自己經過努力奮鬥，始終不能達到目的。即使小心翼翼，處處提防，也難逃避別人的中傷。寫出居於下位的讀書人痛苦的處境。

4　**「知來」二句**：我正像那知來而不知往的乾鵲，為什麼不飛到雕陵去啊！**乾鵲**（què 雀）：據《埤雅》載：「鵲取木杪枝而不取墮地枝名乾鵲。」意指力爭上游，不願屈居人下者。**知來**：《淮南子》：「乾鵲知來而不知往，此修短之分也。」**雕陵**：《莊子·山木》載：「莊周遊乎雕陵之樊，睹一異鵲自南來。」末兩句，自怨自艾。盼望能如雕陵的異鵲，自南歸北，脫身遠颺。

細味全詩，皆憂讒畏譏，無力自拔之意。張采田竟謂："石小句言其人勢力甚微，恐未能援引。蘆銛句言自己用盡心機，尚未得要領，故結嘆何不另向高門告哀也。"可謂厚誣義山了。像這種因物喻志的"比"體詩，能"字字比附，妙不黏滯"，是很不容易的。義山詩法得力於杜甫，於此可見。

風雨

　　詩人是不甘心寂寞的，儘管是抱負無法施展，精神受到創傷，他還是在努力奮鬥著。這一首詩，是奮鬥暫時失敗的哀歌，充滿著抑鬱不平之氣。吐了出來，心裏也就會好過點，這比用新豐酒去銷愁畢竟好些啊。詩人在大中十一年（857），任鹽鐵推官的時候，曾漫遊江東一帶。江東，那是六朝的英雄創業、龍盤虎踞之地。作者抱有扶持國運的大志，而又無路為國家效力。當此時此地，自然是感慨彌深的。

> 淒涼寶劍篇，羈泊欲窮年。[1]
> 黃葉仍風雨，青樓自管絃。[2]
> 新知遭薄俗，舊好隔良緣。[3]
> 心斷新豐酒，銷愁斗幾千？[4]

注釋

1　"淒涼"二句：那寄懷壯志的《寶劍篇》，早已淒涼冷
　　落。孑然一身，天涯漂泊，此生都快過盡了。兩句悲涼
　　慷慨，頗有點"大道日往，若為雄才"之感。**寶劍篇**：
　　又名《古劍篇》，唐前期的將領郭震的詩作。表現作者

匡國救民的抱負。中有句云：「正逢天下無風塵，幸得周防君子身。」史載武則天曾向郭震索取所為文章，郭以此呈上。**淒涼**：表明空有壯志而無人過問。**羈泊**：羈旅漂泊。作客他鄉，飄零無託。《寶劍篇》有句云：「何言中路遭棄捐，零落飄淪古嶽邊。」**窮年**：盡年。終生。

2　**「黃葉」二句**：樹葉已經枯黃，還更遭風吹雨打；而青樓上的人，卻自顧自在歌舞宴樂。兩句對比鮮明，表現了詩人深深的憤激。「黃葉」句自況，「青樓」句謂當時的權貴。「黃葉仍風雨」五字中兩層曲折。黃葉，本已是不風而將落，再加上風雨摧殘，則飄零可想，寫出詩人身世遭遇的不幸，再與青樓上的管絃對照起來，更見當時社會中的不平了。**仍**：更兼；還加上。這是句中的「詩眼」。**青樓**：指豪華精緻的樓房。薛雪《一瓢詩話》謂杜甫善用「自」字表達「其寄身離亂感時傷事之情」，義山此詩似之。

3　**「新知」二句**：新結交的知己，則遭到澆薄的世俗的指責攻擊；當時的好朋友，則由於良緣的阻隔，關係日益疏遠。這裏補充「仍風雨」之意。政治上的對頭是不肯輕易放過詩人的，他們使出所有卑劣的手段，造謠污衊，對義山進行人身攻擊，挑撥「新知」、「舊好」與詩人的關係。**新知**：指鄭亞等。**舊好**：指令狐綯。當時令狐為相，對義山已毫不留情面，不肯略為援手。這兩句寫得過於率露，大概是作者忿極悲極之時肆口而出之語。

4　**「心斷」二句**：我雖想望有「新豐酒」而不可得，想要借酒銷愁，每斗要多少錢啊！收得頗有遠意。**心斷**：心想而不能。**新豐酒**：據《舊唐書・馬周傳》載：馬周落拓，西遊長安，投宿新豐旅店，店主人慢待他，馬周無聊，命酒獨酌。後受唐太宗賞識，提拔為監察御史。詩意謂自己無法被皇帝賞識，只能借酒銷愁。王維《少年行》："新豐美酒斗十千。"新豐，故城在今陝西臨潼縣東。出產美酒，價錢很貴。**幾千**：指幾千銅錢。實際並不是說沒錢買酒喝，而是說像馬周那樣先窮而後達的遭遇也是求之而不可得啊。

杜甫有《過代公故宅》詩云："壯公臨事斷，顧步涕橫落。高詠寶劍篇，神交付溟漠。"可以參看。

武侯廟古柏

　　大中五年（851）冬，作者在梓幕中，被差往西川（治所在成都）推獄，曾拜謁武侯廟，寫成此詩。詩中著重寫廟前的古柏，因柏懷人。追想三國時蜀漢傑出的政治家和軍事家諸葛亮，讚美他治理國家的勞績和謙遜謹慎的作風。並對諸葛亮大業不就深深惋惜。詩歌語言風格莊重、謹飭，與內容一致，是典型的五言排律。

　　　蜀相階前柏，龍蛇捧閟宮。[1]
　　　陰成外江畔，老向惠陵東。[2]
　　　大樹思馮異，甘棠憶召公。[3]
　　　葉凋湘燕雨，枝折海鵬風。[4]
　　　玉壘經綸遠，金刀歷數終。[5]
　　　誰將出師表，一為問昭融。[6]

注釋

1　　"蜀相"二句：蜀漢丞相廟階前的古柏樹，像蟠繞屈曲的龍蛇拱護著深謐的祠堂。蜀相：指諸葛亮。諸葛亮，字孔明，琅琊陽都（今山東沂南）人。東漢末年隱居

138

鄧縣隆中（今湖北襄陽西），留心國事，後輔佐劉備建立蜀漢政權，任丞相。他任人唯賢，賞罰必信，推行屯田，發展生產，使蜀漢能與北方的曹魏，東南的孫吳政權鼎足並立。曾五次出兵攻魏，爭奪中原，後病死在軍中。謚忠武侯。**階前柏**：《成都記》載："武侯廟前有雙大柏。古峭可愛，人云諸葛手植。"陸游《老學庵筆記》："此柏在陵旁廟中忠武侯室之南。"杜甫《古柏行》："孔明廟前有老柏，柯如青銅根如石。"**閟（bì秘）宮**：閟，關閉的意思。因祠廟常閉而無事，故稱"閟宮"。詩中指蜀漢先主劉備和諸葛亮的祠廟。《成都記》："先主廟西院即武侯廟。"又杜甫《古柏行》："先主武侯同閟宮。"起兩句點題。

2 **"陰成"二句**：它的樹陰繁茂，展向岷江岸上，蒼老遒勁的枝柯，正朝向東邊的惠陵。**外江**：古人把自重慶到合川、綿陽的涪江稱為"內江"。把自重慶到瀘州、宜賓、成都的一段長江和岷江稱為"外江"。**惠陵**：蜀先主劉備的陵墓，武侯廟就在惠陵襯。兩句暗喻諸葛亮的福蔭澤及蜀人，一生忠於漢室。

3 **"大樹"二句**：看到大樹，就緬懷起諸葛亮像馮異那樣的功勞和品德；這株古柏好比召公止息過的甘棠，為後人所瞻仰愛惜。**"大樹"句**：《後漢書‧馮異傳》載：馮異，漢光武帝劉秀手下的戰將，曾在河北參與消滅王郎割據勢力，並多次擊敗各地的武裝。"諸將並坐論功，（馮）異常獨屏（退避）樹下，軍中號曰'大樹將軍'。"這裏以喻諸葛亮，歌頌其功高而不自矜伐的品質。"甘

139

棠"句：《詩·召南》有《甘棠》篇云："蔽芾甘棠，勿翦勿伐，召伯所茇（bá 拔）"（枝葉茂盛的棠梨樹啊，不要剪它，不要砍伐它，因為召伯曾在它下面休憩）。召（shào 邵）公：召穆公。即召伯虎。他在周厲王時的一次民眾暴動中，把太子靖藏匿在家，以自己的兒子替死。後扶立太子靖，是為周宣王。召公常巡遊南方，推行文王的教化，曾在甘棠樹下休息。後人念其遺愛，遂賦《甘棠》詩。這裏用馮異、召伯一將一相以喻諸葛亮的武功和文治。

4　"葉凋"二句：它的樹葉因風吹雨打而凋落，它的枝柯被暴風搖撼而斷裂。湘燕雨：《湘中記》："零陵有石燕，遇風雨則飛舞如燕，止則為石。"海鵬風：《莊子·逍遙遊》："鵬之徙於南冥也，水擊三千里，摶扶搖而上者九萬里。"這裏以古柏的受摧殘以喻英雄在惡劣的歷史環境中無法發揮才能。

5　"玉壘"二句：在玉壘山前，諸葛亮有著宏偉遠大的規劃，可惜是劉家王朝的氣運已經終結，無法挽救了。玉壘：山名，在今四川阿壩藏族自治州理縣東南。經綸：整理絲縷。引伸為處理國家大事。金刀："卯金刀"簡稱。合成"劉"字。此指劉漢王朝。歷數：古代迷信，認為帝位相承與天象運行的次序相應。因稱帝王繼承的次第為"歷數"。

6　"誰將"二句：誰人能持著一紙《出師表》，去問一問那高遠的蒼天呢！出師表：蜀後主建興五年（227），諸葛亮在出兵伐魏前上奏的表疏。中有名句："鞠躬盡瘁，死而後已。"杜甫《蜀相》詩："出師未捷身先死，長使英雄淚滿襟。"與此同意。**昭融**：指天。杜甫《投贈哥舒開府翰二十韻》詩："契合動昭融。"

上四句慨嘆諸葛亮不遇時勢，以至大業蹉跌，只好歸之於天命。這是個人力量所無法挽回的。

無題四首 (其三)

這首五言律詩,寫一位青年去赴情人約會的情景。他歡樂而羞怯,這也許是初戀吧。詩意含情默默,真切動人。

> 含情春晼晚,暫見夜闌干。[1]
> 樓響將登怯,簾烘欲過難。[2]
> 多羞釵上燕,真愧鏡中鸞。[3]
> 歸去橫塘晚,華星送寶鞍。[4]

注釋

1 "含情"二句:默默含情,正是春日的黃昏時候;暫得相見,已是夜色迷濛了。晼(wǎn 碗)晚:太陽將下山的光景。《楚辭·九辯》:"白日晼晚其將入兮。"闌干:本形容縱橫散亂之狀,此指夜色籠罩。

2 "樓響"二句:剛踏上樓梯,聽到自己的腳步聲,心裏便畏縮起來;從簾子裏面透出暖融融的氣息,想要踏進屋裏,卻又感到為難。兩句非常形象地把初戀者會見情人時的羞怯心情寫出來。張采田云:"'樓響'句,足將進而趑趄;'簾烘'句,人可望而難即。"特別是一"烘"

142

字，下得很好。**烘**（hōng 哄）：詩中指人的氣息、爐裏的薰香。在簾外的人，可想像到簾內人的舉止動靜。

3　**"多羞"二句：**多麼害羞呀，看到那釵頭的雙燕；真的慚愧啊，回看著鏡裏的孤鸞！兩句細緻地刻劃情人的心理。**釵上燕：**古人常在釵頭飾以鳳凰、燕子等飛鳥。見釵燕成雙，想起自己的素願而合羞。**鏡中鸞：**據范泰《鸞鳥詩》序云：罽賓王曾捕得一鸞鳥，三年不鳴。後懸鏡以映之，鸞鳥睹影悲鳴。詩中用以指自己的孤獨。好事成虛，引出結句無聊而歸之意。

4　**"歸去"二句：**只好寂寞無聊地回去，在橫塘路上，夜深了，只有美麗的春星相送我的馬兒。**橫塘：**地名。常用作泛指。古樂府《西洲曲》："採蓮南塘秋，蓮花過人頭。"**寶鞍：**華貴的馬鞍。詩中用以代馬。

落花

　　落花，惹動了古來多少詩人的情思。春天快要逝去了，一片花飛，已減卻了一分春色，何況是斜陽芳徑，千紅零落的時候呢！義山工於言情，這首詩純以造意見勝，情與景融成一體，它表現了詩人對美好事物被摧殘的惋惜之情。情深韻美，是集中上乘之作。特別是起兩句，得落花之神，運思造境峭曲深折，導宋詩的先路，尤為後世所稱賞。

> 高閣客竟去，小園花亂飛。[1]
> 參差連曲陌，迢遞送斜暉。[2]
> 腸斷未忍掃，眼穿仍欲歸。[3]
> 芳心向春盡，所得是沾衣。[4]

注釋

1　"高閣"二句：在高高的樓閣上，啊，客人竟就這樣走了！小園裏，風吹得千萬片殘花亂飛！首句劈空而來，沉痛之極。何焯說："起得超忽。"紀昀說："得神在逆折而入。"其實何止如此！那人，在芳春時節，和我一起度著似綺華年，小苑高樓，靈風夢雨。幾曾想到有這麼的一天，親愛的朋友會捨我而去，所餘下的只是闌珊的春意，那美麗的歲月也隨他（她）而去，不回來了，再也不回來了。這裏一個"竟"字，作錯愕的語氣，含有無限衷怨。

2　**"參差"二句**：落花，上下飛舞，灑向曲曲彎彎的小路上，飄得遠遠的，像在送著落日的斜暉！這裏跌深一層，寫落花不但在小園中，還飄零芳徑，佈遍天涯。從"客去"更進一步展開聯想，曲陌斜暉，也是古人慣用以寫離情的具體環境景物。**參差**（cī 疵）：高低不齊。

3　**"腸斷"二句**：看到這樣的情景，柔腸寸斷，不忍把落花掃去；望眼欲穿，還在盼望逝去者的歸來。張采田云："此二句詞極悲渾，不得以字面論其工拙也。""欲歸"，欲誰歸？詩中沒有點明。這更可啟發讀者的想像。那是盼望著落花飄返？那是盼望著去客重來？還是盼望著能再一次看到那逝去的芳春？但，這些希望都是徒然的——

4　**"芳心"二句**：我愛惜芳菲的心情，也隨春而去了，所得到的只是沾濕了衣裳的盈盈清淚！何焯云："一結無限深情，'得'字意外巧妙。"所謂"意外巧妙"是指在"得"字中所包含的真實意義——那就是春歸、客去、花飛的無可挽回之"失"！

全詩感慨悲涼，當是義山有為而發，不得以一傷春惜別的凡意視之。可與《即日》詩"一歲林花即日休"參看。

145

北樓

宣宗即位後，力斥李黨，義山自無進身之期。長
年羈旅，中年時，心境益悲，平生志業，付於流水，
依人籬下，踽踽難安。大中二年（848）春，在桂州
又聽到李回和鄭亞被貶的消息，寫了此詩，表示自
己悽痛之情。本詩一氣湧出，憤激蒼涼。不須含蓄蘊
藉，自以真情感人。北樓：馮浩謂是桂林的北樓。

> 春物豈相干，人生只強歡。[1]
> 花猶曾斂夕，酒竟不知寒。[2]
> 異域東風濕，中華上象寬。[3]
> 此樓堪北望，輕命倚危欄。[4]

注釋

1　"春物"二句：春天美好的風物，本來與我有什麼相干
　　呢？但人生，只是強自歡愉而已。詩人往往藉煙花風絮
　　等春物以寄哀樂的情懷，而這裏用"豈相干"三字，一
　　筆抹去，筆力極重。

2　"花猶"二句：盛開的春花，到晚上還是收斂了；清酒
　　喝盡，也忘記已是殘寒時候。春花夕斂，有象徵的意

義。"酒竟不知寒"，語中含徹骨之寒。這須我們細細體
味，不要粗略讀過。

3　"**異域**"二句：在異鄉南國，連吹來的東風也含著濕
氣；北望中原，天空無限寬廣。**異域**：指廣西桂州。南
方天氣潮濕。**上象**：上天之象。此指天空。

4　"**此樓**"二句：在這樓上，真可以好好地向北眺望啊，
我不惜自輕性命，倚在高高的欄杆畔！收處寫懷歸之
情，詩人在想念著京城中的朋友，為他們的遭遇而擔
心。"**輕命**"二字，語意沉痛。人生最寶貴的東西是生
命，而當人生毫無意義時，生命也不覺得可貴了。末句
悲憤交集，真令人不忍卒讀。

有感二首

自注：乙卯年有感丙辰年詩成

　　本詩所寫的是晚唐前期的一件重要史事——"甘露之變"。唐文宗時，宦官仇士良專權，大和九年（835），宰相李訓，鳳翔節度使鄭注等，密謀內外協勢，剷除宦官集團。他們詐使人奏稱左金吾衛右石榴樹上夜有甘露，以誘使仇士良等去驗看，謀加誅殺。後因所伏甲兵暴露，仇逃回宮殿中，劫持文宗，派禁軍捕殺李訓、舒元輿、王涯、賈餗等人，鄭注亦為監軍宦官斬於鳳翔。同時株連者千餘人。史稱"甘露之變"。自此朝政大權完全落入宦官手中，宦官"迫脅天子，下視宰相，陵暴朝士如草芥"，唐文宗成了傀儡皇帝，只能獨白哀嘆"憑高無限意，無復侍臣知"了。這兩首五言排律，把這一重大政治事件深刻地反映出來，抒發了作者對黑暗現實的沉痛與憤恨之感。詩中直接地揭露這群兇徒的大肆株連，濫殺忠良，挾持天子等種種令人髮指的罪行。在當時，朝野一片恐怖氣氛、道路以目的情況下，能這樣做是極為難得的。詩中還對李訓、鄭注等人輕舉妄動，謀機不密，以致貽誤大事，提出了批判。乙卯年：大和九年。丙辰：即甘露之變次年，文宗改元，為開成元年。這五言排律的詩體，宜於表現莊重、典雅的內容。

一

九服歸元化，三靈叶睿圖。[1]

如何本初輩，自取屈氂誅？[2]

有甚當車泣，因勞下殿趨。[3]

何成奏雲物？直是滅崔符！[4]

證逮符書密，辭連性命俱。[5]

竟緣尊漢相，不早辨胡雛。[6]

鬼籙分朝部，軍烽照上都。[7]

敢云堪慟哭？未免怨洪爐！[8]

注釋

1　"九服"二句：中國四境的藩屬都歸附於朝廷的德化，天上的日、月、星三靈也符合皇帝明智的謀圖。**九服**：古代的九個行政區域。《周禮‧夏官》："乃辨九服之邦國。"指京畿之外九等地區，每五百里為一服，有侯服、甸服、男服、采服、衛服、蠻服、夷服、鎮服、藩服。後泛指藩屬。**叶**（xié 協）：合。**睿**（ruì 銳）**圖**：

睿，通達，看得深遠。睿圖指皇帝的英明謀略。兩句歌頌唐王朝的大好形勢，人事天象都說明誅除宦官的條件已具備。其實當時唐王朝已日益衰落，詩人這樣寫似有諷意，引出下文。

2 "如何"二句：怎麼那些袁紹之流的傢伙，竟然像劉屈氂那樣自取滅族呢？**本初**：袁紹之字。《後漢書·袁紹傳》載：大將軍何進與袁紹密謀誅殺宦官，事洩，中常侍段珪等殺何進，並劫漢帝出走，袁紹勒兵入宮，捕諸閹人，無少長皆殺之。詩中以"本初輩"比李訓、鄭注，用典精切。**屈氂**（lí 厘）：劉屈氂，漢武帝的庶兄中山靖王之子，任左丞相。後宦官郭穰告發他令巫者詛咒武帝，與貳師將軍李廣利共禱祠，欲令昌邑王為帝。有詔載屈氂廚車以徇，腰斬東市。詩言"屈氂誅"，指因被宦官告發以謀反之罪而被族滅。這兩句指出李訓、鄭注缺乏機謀，倉卒舉事，自取敗亡。"自取"二字，頗有微詞。李、鄭在當時挺起反對宦官，事雖不成，其志亦可嘉，義山未爭責之過甚。"甘露之變"後，士論騰嘩，將責任全推在李、鄭二人身上，也是不公允的。試問當時誰有李、鄭彌天之勇？

3 "有甚"二句：此舉雖有過於爰盎當車，以使趙談下車而泣之事；但結果卻令皇帝下殿趨避，為宦官挾持了。**當車泣**：據《漢書·爰盎傳》載：漢文帝曾與太監趙談同車，爰盎當車伏諫道："臣聞天子所與共六尺輿者，皆天下豪英……奈何與刀鋸之餘共載？"文帝遂令趙談下車。談泣末下車。此指李、鄭欲誅宦官，其用心良苦。**下殿趨**：《南史·梁武帝本紀》載：大通中諺曰：
"熒惑（即火星）入南斗，天子下殿走。"此指唐文宗
被宦官挾持事。據《新唐書·李訓傳》載：仇士良發現
有伏兵，走出"即扶輦決罘罳下殿趨，訓攀輦曰：'陛
下不可去！'士良曰：'李訓反！'……輦入東上閤，即
閉……衛士五百挺兵出，所值輒殺"。

4　**"何成"二句**：甘露之降，哪能成為祥瑞而奏報呢？到
頭來，大臣真的是像盜賊般被剿滅了。**雲物**：日旁雲氣
的顏色。古人憑以觀測吉凶水旱。《左傳·僖公五年》：
"凡分、至、啟、閉，必書雲物，為備故也。"此指金
吾街使受李訓指使，奏報石榴樹夜來有甘露之事。**萑苻**
（huán fú 環扶）：澤名。《左傳·昭公二十年》："鄭國多
盜，取人於萑苻之澤，子太叔興徒兵以攻萑苻之盜，盡
殺之。"後世常用以謂盜賊的巢穴。詩中以指被誅連的
大臣，如同萑苻之盜被斬盡殺絕。

5　**"證逮"二句**：宦官逮捕有關的證人，官府的文書命令
頻頻下達。只要供詞稍有牽連，就連性命都完了。**證**：
證左；證人。即案件知情人。《史記·五宗世家》："請
逮（劉）勃所與奸諸證左。"**"辭連"句**：供詞輾轉牽
連，即被殘酷誅戮。《舊唐書》載：宰相王涯本未預
謀，械縛既急，榜笞極酷，乃令手書反狀，自誣與訓同
謀，獄具腰斬。**俱**（jū 拘）：一同。

6　**"竟緣"二句**：文宗竟然因李訓虛有其表而尊之為宰
相，連像胡兒石勒那樣奸惡的鄭注也不能及早察識。**漢
相**：指漢成帝時的丞相王商。《漢書·王商傳》載：王

商容貌過人，匈奴單于來朝，大畏之。天子曰：「此真漢相矣！」本詩以王商比李訓。據《舊唐書·李訓傳》載：李訓「形貌魁梧，神情灑落……（唐文宗）以其言論縱橫，謂其必能成事」。**辨胡雛**：據《晉書·石勒載記》載：前趙的君主匈奴人石勒，十四歲時到洛陽販貨，倚嘯上東門。時王衍見而異之，顧謂左右曰：「向者胡雛，吾觀其聲視有奇志，恐將為天下之患。」遣使收之，會勒已去。詩中以石勒比鄭注。《舊唐書》載鄭注「詭辨陰狡」，「挾邪市權」。未免以成敗論之。鄭注出身寒微，他與李訓建議誅滅宦官、收復被吐蕃佔據的河湟地區、清除河北的藩鎮勢力，支持文宗殺宦官王守澄。義山對鄭注如此痛惡，恐亦有偏見，《資治通鑑》云：「李訓、鄭注為上畫太平之策，以為當先除宦官，次復河、湟，次清河北，開陳方略，如指諸掌。」「李訓……取天下重望認順人心……由是士大夫亦有望其真能致太平者。」可見李、鄭等人並非一無是處的。

7　**「鬼籙」一句**：朝廷上的百官，多半名列於鬼籙。戰亂的烽火照臨到京城。**鬼籙**：登記死者的花名錄。曹丕《與吳質書》：「親故姓名，多為鬼籙。」**朝部**：朝班。百官上朝時，要按部就班，排列整齊。**上都**：唐肅宗至德元載號西京曰上都。即京城長安。

8　**「敢云」二句**：此時，我怎敢說國家大事真堪慟哭，但也不免怨恨洪爐般的天地了。**堪慟哭**：西漢青年政論家賈誼曾寫《陳政事疏》，謂天下事有可堪痛哭者。義山寫此詩時年方二十四歲，隱以賈生自況。**洪爐**：大爐。

指天地。《莊子‧大宗師》："今一以天地為大爐。"賈誼《鵩鳥賦》云："天地為爐兮,造化為工,陰陽為炭兮,萬物為銅。"末兩句謂在當時一片恐怖的氣氛下,自己不能如賈生之慟哭,只好怨蒼天不分好惡,萬物銷鎔。痛惜在事變中的被害者,實際含有更強烈的悲憤之情。

二

丹陛猶敷奏,彤庭欻戰爭。[1]
臨危對盧植,始悔用龐萌。[2]
御仗收前殿,凶徒劇背城。[3]
蒼黃五色棒,掩遏一陽生。[4]
古有清君側,今非乏老成。[5]
素心雖未易,此舉大無名。[6]
誰瞑銜冤目?寧吞欲絕聲?[7]
近聞開壽讌,不廢用咸英。[8]

注釋

1 "丹陛"二句:在殿前的丹陛上,群臣還在向皇帝陳奏,突然,在宮廷中發生了流血的紛爭。丹陛(bì幣):宮殿前塗硃紅的臺階。敷奏:猶言"陳奏"。敷

153

陳奏述。彤（tóng 同）庭：即朝廷。彤，朱紅色，宮殿飾色。欻（xū 戌）：忽然。兩句寫甘露之變發生時的情景，事起倉卒，出人意外。

2　　"臨危"二句：到了事態危急，召對了像盧植這般忠貞的人物，這時才後悔錯用了龐萌那樣的奸臣。盧植：東漢末年人。《後漢書·盧植傳》載：何進謀誅宦官失敗後，宦官劫少帝行，盧植手持武器面斥宦官，使之慴懼。宦官復挾持少帝外逃，盧植追殺宦官，奪回少帝。後董卓入京，議欲廢立之事，群臣無敢言，植獨抗議不同。詩中以盧植比令狐楚，原注云："是晚獨召故相彭陽公。"令狐楚曾在憲宗元和十四年（819）為同平章事，因稱"故相"。甘露事變前一個月，令狐楚守尚書左僕射，進封彭陽郡開國公。《舊唐書》載：訓亂之夜，文宗召右僕射鄭覃與令狐楚宿禁中，商量制勅。龐萌：東漢初人，《後漢書·劉永傳》載其為人遜順，（光武）帝信愛之，後反叛。帝大怒，自將討之，與諸將書曰："吾嘗以龐萌為社稷之臣，將軍得無笑其言乎？"詩中以龐萌比鄭注、李訓，亦未免抨擊過度。

3　　"御仗"二句：太監把皇帝帶離前殿之後，就率領禁兵進行了激烈的戰鬥。御仗：指皇帝的警衛、儀仗。詩中指宦官及禁軍。前殿：指含元殿。史載文宗乘軟輿出紫宸門升含元殿。後事洩，宦官決殿後罘罳，舉輿疾趨，入宣政門。背城：《左傳·成公二年》："請收合餘燼，背城借一。"杜預注："欲於城下，復借一戰。"詩意指宦官在殿上與李訓等部下作殊死之鬥。

4　“蒼黃”二句：李訓等倉卒之間，想要像曹操那樣以五色棒壓抑宦官，結果卻遭失敗，使冬至時初生的陽氣都被遏止了。蒼黃：同“蒼皇”。慌張、匆忙。杜甫《新婚別》：“形勢反蒼黃。”五色棒：《三國志‧魏志》載：曹操任洛陽尉，造五色棒各十餘枚，懸門左右，對犯禁者，不避豪強，皆棒殺之。曾殺死宦官蹇碩的叔父。掩遏（è 厄）：阻止、禁絕。一陽生：冬至日，陽氣來復，故謂冬至一陽生。甘露之變於十一月二十一日，正當冬至時節。

5　“古有”二句：古時有所謂“清君側”的事，現在朝廷中也不是沒有老成持重的人。清君側：除去君主身邊的奸臣。《公羊傳‧定公十三年》：“此逐君側之惡人。”《新唐書‧仇士良傳》：“如奸臣難制，誓以死清君側。”老成：指閱歷多而練達世事之人。《詩‧大雅‧蕩》：“雖無老成人，尚有典刑。”本詩以指令狐楚等穩健老練的大臣。義山對令狐楚頗有偏袒之詞，甘露事變後，王涯被迫招供誣反，文宗以王涯反狀問令狐，令狐唯恐得罪宦官，竟以首肯。

6　“素心”二句：李、鄭起事的動機雖未可厚非，但這次舉動卻太不像話了。素心：本心，平素的心意。未易：未可輕視，意指李、鄭為了清君側，不惜殺身，用心本亦有可取之處。此舉：指甘露事。無名：沒有名目。所謂名不正則言不順。李、鄭舉事不慎，以致弄出大禍，損國殞身，太不值得。

7　“誰瞑”二句：那些銜冤負屈而死的大臣，誰能甘心

瞑目？而悲憤欲絕的未死者，怎能就此忍辱吞聲？瞑
（míng 酩）：閉上眼睛，《後漢書・馬援傳》："今獲所
願，甘心瞑目。"詩意謂被害者遺恨無窮。**寧**：豈。**吞**
聲：壓抑自己的感情，不敢出聲。杜甫《哀江頭》詩：
"少陵野老吞聲哭。"

8　　"近聞"二句：近日聽說皇帝又開宴慶祝壽誕，席間仍
然沒有廢止《咸英》之樂。**咸英**：相傳黃帝有《咸池》
之樂，帝嚳有《六英》之樂。馮浩謂此用以指宰相王
涯生前所定的《雲韶樂》。王涯負屈而死，立棄屍於渭
水，文宗亦無可如何，不能為之昭雪。何焯謂："結深
刺當時不恤泉臣之怨，亦傷帝之制於群兇，不得行其本
志也。"張采田亦謂："蓋幸幸帝位之未移也。"細審詩
意，對文宗亦有微諷焉。經過如此慘酷的變故，而朝廷
依然重開壽宴，歌舞昇平，彷彿沒有那麼一回事。這正
是已死者不能瞑目，倖存者只有吞聲的原因。

張采田評曰："二詩悲憤交集，直以議論出之，
筆筆沉鬱頓挫，波瀾倍極深厚，屬對又復精整，雖少
陵無以遠過，豈晚唐纖瑣一派所能望其項背哉。"

即日

　　義山年青時愛好六朝的宮體詩,對徐陵、庾信的文辭也曾著意摹仿,集中有不少浮華柔靡之作,即受這種詩風的影響。本詩在語言藝術風格上,清詞麗句,頗近齊梁宮體,而內容卻有較大的突破。詩人在外族侵擾的時候,對著良辰美景也無心欣賞,眷念在前方的戰士,對政局的動盪感到不安。張采田定為會昌二年(842)春間作。時回鶻掠靈朔、北川一帶,朝廷尚未及發兵征討。

> 小苑試春衣,高樓倚暮暉。[1]
> 天桃惟是笑,舞蝶不空飛。[2]
> 赤嶺久無耗,鴻門猶合圍。[3]
> 幾家緣錦字?含淚坐鴛機。[4]

注釋

1　"小苑"二句:我在小園上試穿起春裝,登上高樓,憑倚著夕陽斜照,觀賞美好的春景。詩中用一"倚"字,很生動。可參看作者《青陵臺》之句:"青陵臺畔日光斜,萬古貞魂倚暮霞。"前人評:"'倚暮霞'三字,練得極新極穩，神味倍覺深遠，此詩家格外烘染法也。」
或謂首兩句寫貴家好春日出遊，疑非作者本意。

2　**「夭桃」二句：**豐艷的桃花，只是嫣然含笑；輕盈的舞
蝶，也是雙止雙飛。兩句寫小園中所見景物。**夭桃：**
《詩·周南·桃夭》：「桃之夭夭，灼灼其華。」夭夭，
形容茂盛而艷麗。以喻女子盛年時的風姿。**不空飛：**意
謂不孤飛。此以夭桃、舞蝶暗喻貴家女子。年少得意，
夫妻歡樂地遊春賞景。

3　**「赤嶺」二句：**在赤嶺地區的征人，久無消息；鴻門
一帶，仍被回鶻軍隊包圍。**赤嶺：**在今青海省西寧市
西南，故鄯州石堡城西二十里。唐玄宗開元二十二年
（734），與吐蕃立界碑於此。赤嶺以西為吐蕃管轄。
耗：音耗。消息。**鴻門：**《漢書·地理志》載：武帝元
朔四年（前125），置西河郡，鴻門為其屬縣，地與雁
門、馬邑相鄰接。會昌二年春，回鶻烏介可汗曾派兵侵
擾天德振武軍與雲朔地區，至八月朝廷始徵發許、蔡、
汴、濟等六鎮之師以討定。

4　**「幾家」二句：**現在不知有多少人家婦女，因無法與前
方丈夫通訊，只好含淚坐在鴛機旁邊思念。**錦字：**指錦
書。前秦時蘇蕙曾織錦為迴文詩，以寄其夫竇滔。這首
詩繡在一方錦帛上，迴環誦讀，都可成詩。內容是對其
夫的思念。**鴛機：**指織布機。下句意謂既然無法寄書，
故懶挑錦字。索性停機不織，獨自尋思。

晚晴

大中元年（847），桂管觀察使鄭亞辟義山入幕。詩人初到南方，桂林明媚的山光水色和初夏時生機勃勃的自然景象，使詩人感到非常欣悅，對前途充滿著新的希望。詩歌描寫景物細膩優美。“天意憐幽草，人間重晚晴”兩句更於寫景中寓有理趣，為後世所傳誦。

> 深居俯夾城，春去夏猶清。[1]
> 天意憐幽草，人間重晚晴。[2]
> 併添高閣迥，微注小窗明。[3]
> 越鳥巢乾後，歸飛體更輕。[4]

注釋

1　“深居”二句：我在深僻的住所樓上，俯瞰夾城外的美景。春天過去了，夏日的天氣仍是清和。**深居**：指詩人在桂林時的寓所。**夾城**：即甕城，在大城門外的月城，用以增強城池的防禦力量。或謂指兩層的城牆。上句寫居處幽僻，地勢較高。下句點出時節，初夏氣候冷暖適宜。

2 "天意"二句：天意特別地愛憐這生在幽處的芳草，人們也更珍惜傍晚的新晴。上句謂久雨，則使幽草腐萎，故天意憐之而為放晴。隱有作者自喻之意。下句寫盼望美好的晴天，表現詩人對生活的樂觀態度。

3 "併添"二句：雨過後，天地彷彿更加寬廣，在高閣上就能望得更遠。夕陽的餘輝淡淡地流注在小窗上，使整個房間都明亮了。**併**：合。**迥**（jiǒng 炯）：遠。兩句寫雨後新晴，視野開闊，心情舒暢。何焯云："但露微明，已覺心開目舒，五六是倒裝語，酷寫望晴之極也。"呼應首句，"高閣"應"俯夾城"。"小窗"應"深居"。

4 "越鳥"二句：越地的小鳥兒在巢乾之後，暮歸時飛翔得更加輕快。**越**：指今廣東，廣西一帶地區。古代為百越之地。《古詩十九首》有"胡馬依北風，越鳥巢南枝"之句。巢乾，點出"晴"字，鳥歸，點出"晚"字。兩句寫出詩人得意歡悅的心情。照應詩題，結構嚴整。

淮陽路

　　陳州淮陽郡，唐朝時屬河南道，與蔡州相鄰。吳元濟割據蔡州，蹂躪四境，淮陽一帶，千村荊棘。詩人在會昌二年（842）赴王茂元幕，經過陳州，投宿荒村。所見到的無非是故壘廢營，哀鴻遍野，感觸很深。在詩中著力寫荒涼冷落的環境，揭露了藩鎮割據對農村破壞的情況。

> 荒村倚廢營，投宿旅魂驚。[1]
> 斷雁高仍急，寒溪曉更清。[2]
> 昔年嘗聚盜，此日頗分兵。[3]
> 猜貳誰先致？三朝事始平。[4]

注釋

1　"荒村"二句：我投宿的荒村，鄰近那廢棄了的軍營；使客子的魂夢，一夜頻驚。朱彝尊云："因投宿而感時，此工部（指杜甫）家法。"杜甫有不少寫旅宿感懷哀生念亂的詩作如："空山獨夜旅魂驚"（《夜》）等。

2　"斷雁"二句：失群的孤雁，在高空飛得很急。寒冷的溪水，在清晨時更覺清澈。兩句寫一早出發。**斷雁**：斷行之雁。詩中常以喻征人。

3　**"昔年"二句**：當年在這裏曾集結著盜賊，今天還要分
兵駐守。**盜**：指淮西藩鎮。自代宗大曆十四年（779），
李希烈逐李忠臣割據叛亂，歷陳仙奇、吳少誠、吳少
陽，至吳元濟，割據近四十年。淮西百姓受深重的壓
迫，無復生民之樂。**頗**（pǒ 剖）：很，相當地。**分兵**：
《會箋》云："陳、許本自有節度，治許州；蔡平，始析
郾城為溵州，屬陳許。其後又省彰義歸忠武軍，故曰分
兵也。"時王茂元為忠武軍節度，陳、許觀察使。或謂
"分兵"指討回鶻，非。

4　**"猜貳"二句**：藩鎮對朝廷猜忌，懷有異心，究竟是誰
先致使的？經歷三朝皇帝，才把這禍患討平。**猜貳**：猜
疑。互不信任。**"三朝"句**：吳少誠據蔡州，傳至吳元
濟，歷德宗、順宗、憲宗三朝，始由裴度、李愬等率兵
討平之。

　　本詩前四句寫投宿荒村，所見兵燹後滿目瘡痍的
景象。後四句抒發作者的感慨。筆力沉著，逼近杜甫
中年喪亂之作。

哭劉司戶蕡

　　《舊唐書‧劉蕡傳》載劉蕡在大和二年（828）試賢良的對策云：“伏惟陛下……宜黜左右之纖佞，進股肱之大臣……陛下宜先憂者，官闈將變，社稷將危，天下將傾，海內將亂……”劉蕡痛斥宦官“外專陛下之命，天子不得制其心。禍稔蕭牆，奸生帷幄”。真是快人快語，駭俗忤時。中尉仇士良大怒，對劉蕡的座師楊嗣復說：“奈何以國家科第，放此風漢耶？”終於劉蕡遭到殘酷的迫害，身心交瘁，含恨而死。義山四哭之詩，字字血淚，至情感天動地，真是佳作。

> 路有論冤謫，言皆在中興。[1]
> 空聞遷賈誼，不待相孫弘。[2]
> 江闊惟回首，天高但撫膺。[3]
> 去年相送地，春雪滿黃陵。[4]

注釋

1　“路有”二句：行路的人們都在議論著劉蕡被貶謫的冤情。他在對策中的言論都是有關唐王朝中興的大事。論（lún 倫）：讀平聲。討論，評議。中（zhòng 眾）興：指王朝中路復興。劉蕡在對策中提出多條建議，希望皇帝「祖宗之鴻業可紹，三五之遐軌可追」。

2　**"空聞"二句：**徒然地聽到他像賈誼那樣將被升遷之事，但始終等不到像公孫弘那樣拜相封侯。**遷：**指升遷。賈誼曾被漢文帝任為大中大夫。**賈誼：**漢文帝時的青年政論家。可參看《賈生》詩注。**孫弘：**即公孫弘，漢武帝時被徵為博士，後又徵為賢良文學，對策第一，累官至丞相，封為平津侯。上句指劉蕡曾被令狐楚等人推薦，但遭到宦官的阻撓，終至遠謫。**空聞：**指不能成事。一說"遷賈誼"，指賈誼被疏，遷為長沙王太傅之事，以喻劉蕡被貶為柳州司戶參軍亦可通。下句惋惜劉蕡不被重新徵用而含冤死去。

3　**"江闊"二句：**遇隔寬闊的大江，只能屢屢回頭南望，以寄悲思；仰視高遠的蒼天，也知沉冤難訴，惟有撫胸痛哭。兩句寫遇哭劉蕡時的悲痛情狀。

4　**"去年"二句：**去年我跟您相別之地——飄颻的春雪，正瀰滿了黃陵。**去年：**會昌元年。**黃陵：**山名，在湖南湘陰縣。參看《哭劉蕡》詩："黃陵別後春濤隔，湓浦書來秋雨翻。"兩句回憶最後一面的時間、地點，更增悼念之情。

細雨

　　義山的詠物詩，描寫得很細緻。普通的自然景物，在詩人的筆下，變得優美和生動。詠物，難得在不黏不脫。黏，是指見物不見人，圖形繪狀，純客觀的描寫；脫，是指單寫個人的主觀感受，與所詠之物不切。義山此詩，句句詠物，句句有情，情寓物中，物因情見。前人云：“刻意描題，不鬆一句，雖無奇思，自見筆力。”所謂筆力，就是善於把物我融為一體，把握住所詠之物的“神”，不見有鬥湊的痕跡。這是西崑諸人所不能及的。

> 蕭灑傍迴汀，依微過短亭。[1]
> 氣涼先動竹，點細未開萍。[2]
> 稍促高高燕，微疏的的螢。[3]
> 故園煙草色，仍近五門青。[4]

注釋

1　　**“蕭灑”二句**：飄灑的細雨，吹到迴曲的河邊，迷濛地飄過城外的短亭。汀（tīng 廳）：水中或水邊的平地。兩句概寫細雨的情狀。從遠望著筆，意境迷茫。

2　**"氣涼"** 二句：綠竹，被微風吹動時，最先感到它的涼
　　意。細細的雨點，落到水面，甚至滴不開密聚的浮萍。
　　兩句寫植物在細雨中的狀況。上句借竹襯出細雨的涼
　　意，下句極寫雨點之細，所謂"體物入微"。

3　**"稍促"** 二句：它促使高高的燕子飛得更快些，卻使
　　那閃閃的螢火蟲稍為疏落了。兩句寫動物在細雨中的
　　動態。

4　**"故園"** 二句：我想像到故園中，煙草迷離，一片青蒼
　　之色，伸展向長安城的五門外。**五門**：《禮記·天官·
　　閽人》："閽人掌守王宮之中門之禁。"鄭玄注："王有
　　五門，外曰皋門，二曰雉門，三曰庫門，四曰應門，五
　　曰路門。"末兩句寫雨中思鄉之情。"近"字，亦可解
　　作故園草色與京城的相近。

夜飲

義山的五律，前人往往不重視之。其實作者五律的成就不在七律之下。此詩風格清新老健，詞語明淨，音節鏗鏘，在晚唐詩中亦不多見。五、六兩句，為王安石所深賞，南宋初的詩人陳與義就專學這一體。

卜夜容衰鬢，開筵屬異方。[1]

燭分歌扇淚，雨送酒船香。[2]

江海三年客，乾坤百戰場。[3]

誰能辭酩酊？淹臥劇清漳！[4]

注釋

[1] "卜夜"二句：在夜間的酒會上，還容得下我這個頭髮衰白的人。開筵設席，恰在這遠離家鄉的地方。卜夜：《左傳·莊公二十二年》載：齊桓公到工正敬仲家，飲宴甚歡。至夜，公曰："以火繼之。"辭曰："臣卜其晝，未卜其夜，不敢。"後因稱晝夜相繼地宴樂為"卜晝卜夜"。屬（zhǔ 燭）：適值。異方：殊方；他鄉。此詩或謂是大中七年（853）在東川所作。

2　　"燭分"二句：流溢的燭淚，滴到了歌女持著的歌扇
　　　上，微雨吹送來酒船上的芳香。**歌扇**：古時歌者演出時
　　　用的扇子，常以掩口而歌。上句暗用白居易《諭妓》詩
　　　意："燭淚夜沾桃葉袖。"**酒船**：據《大業拾遺》載：
　　　飲宴時以船行酒，飲者在岸上取杯而飲。或謂酒船是大
　　　酒杯，庾信《北園新齋成應趙王教》詩："金船代酒卮。"
　　　此以後者為宜。兩句寫夜宴中聽歌飲酒的情況。

3　　"江海"二句：我飄泊江湖作客他鄉已經三年了。這個
　　　世界成了人們紛爭百戰的場所。**三年**：或云義山大中五
　　　年（851）赴梓，至大中七年恰是三年。**百戰場**：謂多
　　　年來國家對外族和藩鎮的戰爭。何焯云："言黨人更相
　　　傾軋也，乾坤以內，劇於戰爭。"亦通。

4　　"誰能"二句：在這情況下，誰能推辭酩酊一醉？久久
　　　地臥著，有甚於劉楨清漳河畔臥病之時。**酩酊**（mǐng
　　　dǐng 茗頂）：大醉貌。**淹**（yān 腌）：滯留，遲。詩中有
　　　長久之意。**劇**：尤甚。**清漳**：漳水。在河北、河南兩省
　　　邊境。義山《崇讓宅東亭醉後沔然有作》末二句亦云：
　　　"如何此幽勝，淹臥劇清漳？"劉楨《贈五官中郎將》
　　　詩云："余嬰沉痼疾，竄身清漳濱。"詩中以劉楨自比，
　　　憂國憂時，自傷身世，只好痛飲以遣愁。作者尚有《梓
　　　州罷吟寄同舍》："漳濱多病竟無聊。"《楚澤》："劉楨
　　　元抱病，虞寄數辭官。"《病中聞河東公樂營置酒口占
　　　寄上》："可憐漳浦臥，愁緒獨如麻。"其用意皆相近。

涼思

　　前人常稱賞義山"江闊惟回首，天高但撫膺"
（《哭劉司戶蕡》）、"江海三年客，乾坤百戰場"（《夜
飲》）之句，以為"神似老杜"，而此詩知者甚少。
老杜晚年的五律，皮毛落盡，在平淡中見骨格精神。
義山此詩深得杜詩的神髓，開頭四句，"一氣湧出，
氣格殊高"。迫近老杜夔州以後之作，這是需要用心
去領會的。《會箋》編是詩於大中元年（847），謂是
在宣城別李處士之作。

　　　客去波平檻，蟬休露滿枝。[1]
　　　永懷當此節，倚立自移時。[2]
　　　北斗兼春遠，南陵寓使遲。[3]
　　　天涯占夢數，疑誤有新知。[4]

注釋

1　"客去"二句：客人，就這麼走了，我悵望著浩淼的江
　　波——那已經漲到水榭的欄邊。寒蟬不再歌唱，樹枝
　　上，也灑滿了深秋的涼露。以對偶句起，景中寓情，點
　　出"涼"意。檻（jiàn 艦）：欄杆。

169

2　**"永懷"二句**：我悠長的懷思啊，正當這個時節！倚欄
久久地獨立，也不知道時間的消逝。兩句極寫出"思"
字。"自移時"三字語妙入神。宋人每學此種。

3　**"北斗"二句**：眺望那北斗七星——它跟春天一樣遙
遠。我猜想那寄寓在南陵的使者也許會遲歸了。"北斗"
句緊承"自移時"意，寫入夜的情景。何焯謂"五句在
可解不可解者，然其妙可思"。把空間的距離與時間的
距離併到一起寫，更突出懷人之意。**南陵**：屬宣州（今
安徽南陵縣）。《會箋》謂："'南陵寓使遲'者，義山
在南郡，或俟處士使畢同歸。"

4　**"天涯"二句**：這使得在天涯的友人，頻頻占夢，恐怕
他有了新的知交而留滯不返了。**占夢**：古人迷信，常根
據夢境來預測吉凶。**數**（shuò 朔）：屢次，頻頻。末兩
句是設想之辭。暗寫自己今夜，也包括以後的許多夜，
必然會夢見離去的朋友。疑有新知，跌深一層，更襯出
"思"意。

幽居冬暮

　　這是作者晚年老健質厚、火候精到的作品。詩境蒼涼悲慨而終覺頹唐，讀之令人鬱鬱。義山在大中十二年（858）罷鹽鐵推官後，還鄭州閒居，細想平生，百感交集。匡國無路，夙願難期。詩中表現了強烈的悲憤之情，這也許是詩人絕筆之作吧！

> 羽翼摧殘日，郊園寂寞時。[1]
> 曉雞驚樹雪，寒鶩守冰池。[2]
> 急景倏云暮，頹年寖已衰。[3]
> 如何匡國分，不與夙心期？[4]

注釋

1　**"羽翼"二句**：我的羽翼已受盡摧殘，無法奮飛，在市郊的家園中寂寞地度日。"羽翼摧殘"，詩中以喻作者在政治生活上飽受打擊迫害。**郊園**：指詩人在鄭州郊外的居處。

2　**"曉雞"二句**：清晨時，雄雞因樹上積雪之光而驚起；嚴寒中，鴨子仍守在冰凍的池畔。**鶩**（wù 勿）：鴨子。兩句前人謂"工於比興"。冬日的早晨，氣寒天暗，雄雞還是按時鳴叫。黃庭堅《再次韻寄子由》詩：「風雨極知雞自曉。」意與之相似。鴨子戀戀於冰池畔，也可喻詩人政治上的操守。

3　"急景"二句：冬季晝短，很快又是日暮時候了。晚年時漸覺自己日益衰老。**急景**：即短景。景，日光。**倏**(chū 叔)：倏忽，迅速地。**云**：語氣助詞。**頹年**：衰暮之年。**寖**(jìn 浸)：漸。兩句意較頹唐，有遲暮之感。

4　"如何"二句：我本有匡救國家的職分，為什麼卻不與我的夙願相符呢？**匡**：幫助、挽救。**分**(fèn 份)：職分。**夙**(sù 肅)：素有的；平素。兩句感嘆自己雖有抱負，而無法實現。這是詩人晚年時發出的愴痛的呼聲，可惜他再也不能實現自己長期來的理想了，數月後就在家中溘然長逝，享年四十六歲。

霜月

迷離的夜，雁啼，高樓上的明月，萬里清霜。這一幅澄澈空明的美景，引動了詩人的遐想。

> 初聞征雁已無蟬，百尺樓高水接天。[1]
> 青女素娥俱耐冷，月中霜裏鬥嬋娟。[2]

注釋

1 **"初聞"二句**：我聽到南飛的雁啼聲，寒蟬也不再歌唱，已是深秋時分了。在高高的百尺樓上，憑欄遙望，如水般的霜華月色，遠佈明淨的夜空。第二句寫景極美，先虛寫霜月的清光，意境頗近張若虛《春江花月夜》的名句："月照花林皆似霰。空裏流霜不覺飛。"

2 **"青女"二句**：青女和嫦娥這兩位女神，都能耐受寒冷，在月亮中，在清霜裏，互相爭妍鬥麗。**青女**：司霜雪的女神。《淮南子・天文訓》："秋三月，青女乃出，以降霜雪。" **素娥**：即嫦娥。傳說她竊藥奔月。月色白，故稱"素娥"。"鬥嬋娟"三字把清靜的夜景寫得很生動，讓讀者去追隨詩人活躍的想像，在自己的腦海中去構思這一全息攝影的畫圖。"鬥"，指賭賽。"嬋娟"，容態美好。在不勝清寒的高處，而能保持樂觀奔放的精神，這也許是詩人對當時嚴峻的政治環境的態度吧！

北齊二首

北齊後主高緯，是一位有名的暴君，狂昏淫亂，弄到國事日非，行將敗亡的時候，他還終日沉湎在酒色之中。這兩首七絕，寫他的宮廷生活，從對面著筆，語氣更加冷峻。並不是作者要把北齊亡國的責任推到什麼"女禍"上去。

一

一笑相傾國便亡，何勞荊棘始堪傷。[1]
小憐玉體橫陳夜，已報周師入晉陽。[2]

注釋

1　"一笑"二句：美麗的宮妃，嫣然一笑，便能使君王傾倒，國家也就覆亡了，哪裏要等到宮殿上生滿荊棘，成為廢墟時才覺得悲哀呢！首句出《漢書·孝武李夫人傳》引李延年的歌："北方有佳人，絕世而獨立。一顧傾人城，再顧傾人國。"後世因用"傾國"形容極其美麗的女子，詩中指高緯的寵妃馮小憐。次句出《吳越春秋》："夫差聽讒，子胥垂涕曰：'以曲作直，舍讒攻忠，將滅吳國。城郭丘墟，殿生荊棘'。"前人評"言其一為所惑，必將禍至"。這實在是封建士大夫的偏見。

2　"小憐"二句：馮小憐潔白如玉的身體在牀上橫躺著的夜晚，就接到周朝的軍隊攻入晉陽的消息了。紀昀說："故用極褻昵語，末句接下方有力。"這裏諷刺入骨，用強烈的對比，把高緯的荒淫愚蠢，不恤國事突現出來了。**小憐**：北齊後主高緯的淑妃馮小憐，能彈琵琶，工歌舞。後主曾發誓"願得生死一處"。**橫陳**：出宋玉《諷賦》："主人之女又為臣歌曰：'內怵惕兮徂玉牀，橫自陳兮君之旁。'"**周師**：周武帝的軍隊。《北齊書》載：武平七年（576）十二月，周武帝來救晉州，齊師大敗。帝棄軍先還。留安德王延宗等守晉陽。帝走入鄴。辛酉，延宗與周師戰，大敗，為周師所虜。

一

巧笑知堪敵萬幾，傾城最在著戎衣。[1]
晉陽已陷休回顧，更請君王獵一圍。[2]

注釋

1　"巧笑"二句：女子巧笑的價值，我知道，真的能跟皇帝繁忙的政務相比；她特別動人的是在穿起軍裝的時候。**巧笑**：美好的笑。《詩‧衛風‧碩人》："巧笑倩兮，美目盼兮。"**萬幾**：指日常處理的繁忙事務。《尚書‧皋陶謨》："兢兢業業，一日二日萬幾。"《孔安國傳》："幾，微也。言當戒懼萬事之微。"這裏特別點出"著戎衣"三字，這位女子為什麼穿上軍裝？是去抗擊敵人吧？引起讀者的懸念。

2　**"晉陽"二句**：晉陽城既已陷落，那就別管它啦，淑妃說，還要請求君王，讓我們好好地再打一圍獵吧！詩人像一個嚴正的審判官，他不懷偏見，沒有表態，只是把證據一一擺出來，讓大家去評議。這個昏君是怎樣糊塗地聽信狐媚女子的話，只貪圖個人眼前的享樂，把國家大事全然丟在腦後，甚至至死不悟。《北齊書》云："周師取平陽，帝獵於三堆。晉州告急，帝將還。淑妃請更殺一圈，帝從之。""獵一圍"回應"著戎衣"，原來這"戎衣"不是軍裝是獵裝！清人施補華《峴傭說詩》云："義山七絕以議論驅駕書卷，而神韻不乏，卓然有以自立，此體於詠史最宜。"這兩詩可為例證。

渾河中

　　渾瑊（jiān 緘），是唐代中葉著名的將領，建中四年（783）朱泚叛亂。唐德宗逃奔到奉天（今陝西乾縣），渾瑊帥領家人親兵追隨，堅守孤城。次年，與李晟等收復京師，平定朱泚之亂。官邠、寧、慶副元帥，檢校司徒，兼中書令。曾治河中十六年，故稱“渾河中”。本詩歌頌渾瑊在維護祖國統一的戰爭中的功業，並突出寫渾瑊的部下英勇奮戰、為國捐軀的精神，寄寓了詩人對當時國無良將的深刻感慨。

　　九廟無塵八馬回，奉天城壘長春苔。[1]
　　咸陽原上英雄骨，半向君家養馬來！[2]

注釋

1　　“九廟”二句：唐王朝的宗廟已平安無事，皇帝的乘輿也返回長安了。奉天城中的戰壘，也都長滿了春天碧綠的苔蘚。**九廟**：古時帝王立廟祭祀祖先，立太祖及三昭三穆七廟，共七廟。王莽時增為祖廟五、親廟四，共九廟。**無塵**：指討平叛亂，九廟不再蒙塵。**八馬**：亦稱“八駿”，傳說周穆王的八匹名馬。穆王曾乘之出遊訪西王母。這裏指皇帝的車駕。兩句對照，突出渾瑊在奉天保衛戰中的功績。

2　　"咸陽"二句：在咸陽一帶的原野上犧牲的英雄，大多
　　　數是曾經在渾瑊家服役過的人。這裏正面寫埋骨沙場的
　　　戰士，是為了突出渾瑊。僕役徒隸都成了英雄，那主人
　　　就可想而知了。程夢星《李義山詩集注》："德宗避亂奉
　　　天，渾瑊有童奴曰黃苓者，力戰有功，即封渤海郡王。
　　　可見當時渾公部下不知幾許立功者，此明證也。"**養
　　　馬**：據《漢書·金日磾（dī 低）傳》載：金日磾本匈
　　　奴休屠王太子，武帝時歸漢，在黃門養馬，漢武帝看中
　　　了他的篤慎忠心，提拔他為侍中。後以討莽何羅功封秺
　　　侯。渾瑊也是少數民族人，先世屬鐵勒族渾部。《舊唐
　　　書》稱他"忠勤謹慎，功高不伐，時論方之金日磾"。
　　　在本詩中卻以渾瑊的部下比金日磾，這是作者活用典故
　　　的例子。

　　　這裏要注意"英雄骨"三字。英雄委骨原野，渾
瑊也早已去世（渾瑊卒於唐德宗貞元十五年，即公元
799 年），現在哪裏找到像他們那樣的良將勇士呢？
詩人含蓄地表示了心裏的隱憂。

夜雨寄北

　　這是一首膾炙人口的名作。語淡而情深，是中國古典詩歌特色之一。表面上淡淡說來，意思含蓄不露，留有回味的餘地。本詩在形式上也很別緻，把"巴山"、"夜雨"、"期"等字重複使用。一如"水精如意玉連環"，纏綿往復，用以表現一往深情，令人低徊不已。宋人好仿效這種體裁，如王安石的《封舒國公》："桐鄉山遠復川長，紫翠連城碧滿隄。今日桐鄉誰愛我，當時我自愛桐鄉。"馮浩、張采田均認為義山此詩於大中二年（848）西遊巴蜀時作。岑仲勉先生《玉谿生年譜會箋平質》引陳寅恪先生語，謂"巴蜀遊蹤之說，實則別無典據"。岑認為此詩"當梓幕時作，未見必留滯巴閬"。《萬首唐人絕句》題作《夜雨寄內》，義山在梓幕時，王氏已去世，故今仍從各本作《夜雨寄北》。

　　君問歸期未有期，巴山夜雨漲秋池。[1]
　　何當共剪西窗燭，卻話巴山夜雨時？[2]

注釋

1　**"君問"二句**：您要是問我，什麼時候才能回來？我只能說，還沒有定期。如今我在巴山之中，聽著新秋淅瀝夜雨——也該漲滿屋前的池塘了吧！這裏先設想朋友和自己的問答，描繪出秋時夜雨的環境氣氛，烘托了詩人孤寂的心情。人，總是害怕孤寂的，此時，此地，對親人，對朋友的思念就更加深切悠長。"漲秋池"三字甚妙，這是想像之辭，並不是詩人冒雨去觀看。這裏實是寫了秋雨的纏綿，以暗示自己"剪不斷，理還亂"的思緒。**巴**：古國名，在今四川省東部。巴山，泛指川東的山嶺。

2　**"何當"二句**：幾時才能夠跟您一起，在西窗下剪燭談心——訴説今夜我在巴山聽雨的情懷呢？兩句情長意真，把意境推深一層。抓住"夜雨"作為線索，展開思路，想像到他日與親友重逢的情景。"剪燭"，這一個小動作，表現與友人感情的親切。在窗下娓娓不倦的夜談，別離時的一切，包括最瑣碎的生活小事，都可以成為談話的內容。有人認為末兩句使全詩帶有明朗輕快的情調，不至陷於消沉頹喪。從字面上看來，似乎是這樣，但我們要知道，本詩骨子裏還是非常悲涼的，作者故意不從正面直接寫客居的孤寂，正由於這孤寂無法排遣，只好想像未來歡愉的相聚。他日的遐思越是美好，則今夜的痛苦越是深刻。即使願望不久即將實現，已是難熬的了，何兄是"歸期未有期"呢？淺淺讀過，未免有負作者的苦心了。**何當**：何時能夠。冀望之詞。**剪**

燭：從前點蠟燭，燈蕊上結燈花，須不時剪去。此以暗示作長時間的談話。《峴傭說詩》謂此詩"曲折清轉"、"用意沉至"，乃是的評。

初起

本詩寫於大中七年（853）。來到四川已整整三年了，生活異常單調無聊，庸庸碌碌地混日子。詩人的才情和豪氣都快要消磨淨盡了，怎麼辦？漫漫的長夜，幾時才能看到光明啊——

想像咸池日欲光，五更鐘後更迴腸。[1]
三年苦霧巴江水，不為離人照屋梁！[2]

注釋

1　"想像"二句：夜，孤寂的夜，想像到那遙遠的日出之地——咸池中，朝陽光輝燦爛，即將升起；但五更鐘響過之後，就更令人迴腸百折了。兩句一曲折，詩人渴望著光明，嚮往著那東方神仙之地。一夜無眠，他等待著準備迎接朝陽。起牀後，卻聽到鐘剛打過五更，天還是黑沉沉的，要多久才能天亮！仕途上的失意，生活中的悲劇，敏感的詩人精神上受到嚴重的創傷，特別是所愛的妻子的去世，怎能不使他"更迴腸"啊！咸池：古代神話中的地名。《淮南子·天文》："日出於暘谷，浴於咸池，拂於扶桑，是為晨明。"屈原《離騷》："飲余馬於咸池兮。"

2   "三年"二句：三年來，愁雲苦霧，籠罩著巴江之水，即使太陽升起了，也不照到離人的屋樑上。兩句意更沉痛。清晨到來了，真的見到燦爛的陽光嗎？不！昏沉沉的白天，比黑夜更令人難受。因為在黑夜中，還可以有希望。希望，支持著人們度過那寂寞的長夜。但，等待得到的卻是"三年苦霧"！詩人在東川梓州幕中，無所作為，求進不得，求退不能，過著煩悶乏味的日子。故以"苦霧"喻之。**苦霧**：指連日累月久而不散的陰霧。前人云："養物為甘，害物為苦。"**照屋樑**：宋玉《神女賦》："耀乎如白日初出照屋樑。"太陽初出，在地平線附近，陽光從門窗射入，故能照著屋樑。

末兩句是川東一帶的實景，特別是暮春時候，陰雨苦霧，連月不開，實在令人沉悶。霧雨蔽日，古人常賦予"邪臣蔽君"的意義。在本詩中亦可能有此意。

宿駱氏亭寄懷崔雍崔袞

　　唐代多寫景的好詩。好詩，不一定要寫雄壯的
山川，遼闊的大海，荒涼的廣漠，這些崇高偉大的景
物。在詩中把"崑崙"、"泰岱"、"龍沙"之類的詞
語用濫了，往往會給讀者一種"大而空"的感覺，再
也激不起他們對具體形象的想像力了。明代的復古派
詩人就製造了不少仿唐的假古董，聽說現在有人嘗試
用電子計算機"創作"舊體詩詞，縱使成功，所得的
恐怕也不外是這些貨色。李義山這首小詩，所寫的只
是眼前的東西，他自己身旁的小天地，狹小的園亭、
池塘、枯荷，這些非常普通的景物。經詩人的巧手一
組織起來，就構成了清幽絕塵的意境。作者把自己個
人的寂寥之感，深深地打入讀者的心中，引起我們對
這孤獨而高傲的靈魂深切地同情。駱氏亭，或謂是長
慶年間濟源駱山人的池館，或謂是駱浚在長安春明門
外所築的臺榭。屈復《玉谿生詩意》云："詩有'隔
重城'，則春明門外之駱亭為是。蓋二崔方官於朝，
義山閒遊宿此，故懷之也。"崔雍字順中，崔袞字炳
章，是華州刺史崔戎之子，義山的從表兄弟。

竹塢無塵水檻清，相思迢遞隔重城。[1]
秋陰不散霜飛晚，留得枯荷聽雨聲。[2]

注釋

1   "竹塢"二句：在長滿竹子的山塢中，深靜無塵，臨水
    的亭子分外清幽。我相思之情啊，要飛向遙遠的地方
    去，可是卻阻隔著重重的城牆。這裏先點出駱氏亭。環
    境幽靜，詩人就更感到孤單，因而便深摯地想念起親友
    來了。紀昀說："相思二字微露端倪，寄懷之意全在言
    外。"所謂露端倪，就是把詩人寂寞之情、身世之感
    微微透露出來，而主要的是寓情於景中，以最後兩句
    寄意。塢（wù 勿）：指四面高而中間凹下的山地。水檻
    （jiàn 艦）：檻，欄杆。水檻指水邊有欄杆的亭榭。此指
    駱氏亭。迢遞：遙遠。重（chóng 蟲）城：一重又一重
    的城。長安在唐時有內城、外城。相思猶嫌隔，則其希
    望相見之情可想而知。

2   "秋陰"二句：秋空上的陰雲終日不散，飛霜的時節也
    遲了。留得凋殘的荷葉，讓人們在夜裏去聽那彷彿雨打
    枯荷的秋聲吧！上句寫秋日的天氣，下句寫一夜的秋
    聲。字面上似乎很淺近，含意卻深折有味。秋日溫暖的
    陰天，霜降肅殺之期推遲了，草木晚凋，留得殘荷。當
    晚留宿駱氏亭，只聽到荷塘中颯颯的風吹殘葉之聲，有
    如蕭瑟的風雨。前人把"聽雨聲"當作實寫秋夜聞雨，
    是誤解了詩意。作者並沒有直接向我們訴說相思之苦，

"留得殘荷聽雨聲"七字，已足千古。那是徹夜不眠的人，咬嚙著自己心靈的痛苦啊。它給讀者的是一種令人心酸的美的感受。這是中國古典詩歌中的"惡之花"。怪不得《紅樓夢》中飽受封建勢力壓抑的林黛玉會欣賞義山這首詩了。(見《紅樓夢》第四十回)

夢澤

　　大中二年（848），作者從南郡到桂州，代理昭平郡（今廣西平樂縣）守。春夏之間離桂北歸，五月至湖南潭州，在湖南觀察使李回幕中作短期逗留。秋初繼續出發，途經夢澤，寫了此詩。雲夢澤，是中國古代有名的大湖澤，在今湖南湖北之間，方圓千里。其遺跡為現在的洞庭湖和長江北的湖泊群。長江以北的湖澤稱為"雲澤"，長江以南的湖澤稱為"夢澤"。這是一首辛辣的諷刺詩，一方面是緬懷古跡，另一方面是抒寫對現實生活的感慨。詩意非常含蓄，引起讀者寬廣的聯想。

　　夢澤悲風動白茅，楚王葬盡滿城嬌。[1]
　　未知歌舞能多少？虛減宮廚為細腰。[2]

注釋

1　**"夢澤"二句**：望不到邊的夢澤中，悲風蕭瑟，吹動著衰枯了的白茅草。想到當年楚王的宮城中，埋葬了多少嬌美的宮女。詩人在夢澤中看到白茅蕭蕭，滿目淒涼，很有感觸，借此以起興。**白茅**：在沼澤地區生長的一種茅草。古代祭祀時，用裹束著的茅草置於杻中，以濾去酒中的糟粕。周朝時楚國每年要向周天子貢這種“包茅”。因以聯想起楚宮舊事。**楚王**：指楚靈王，是個荒淫昏暴的君主。《韓非子·二柄》：“楚靈王好細腰，而國中多餓人。”又《後漢書·馬援傳》附馬廖：“楚王好細腰，宮中多餓死。”“葬盡”，表示餓死者之多。句末的一個“嬌”字，有無限感愴，滿城的嬌娥，只餘得**纍纍荒塚**。

2　“未知”二句：真的不知道，她們還能禁得多少回歌舞？空自減省了宮中的膳食，去造就纖細的腰肢！兩句深諷。作者為宮女的愚昧和不幸而惋惜。這些節食束腰的女子，為了取得君王的寵愛而送掉自己的生命。她們不認識到自己奴隸的地位，不認識到自己向君王獻媚的可悲的實質。但，如果光只有這一點，這首詩也就沒有較高的價值。紀昀想挖掘本詩的意義：“繁華易盡，卻從當日希寵者一邊著筆，便不落弔古窠臼。”難道僅僅如此？屈復說：“制藝取士，何以異此，可嘆！”他從自己的切身遭遇聯想到封建社會中的科舉制度。人們白首一經，終生斷送。我們認為，飽經世故，受盡挫折的詩人，他所想到的可能會更深刻些。楚國宮女這個藝術形象，帶有更豐富的典型意義。在現實生活中，不是也有許多這樣的人嗎？他們為了邀歡爭寵，出賣靈魂，喪盡名節，到頭來也難以逃避歷史嚴正的裁判，落得個身敗名裂的下場。處在牛李兩黨的殘酷鬥爭的漩渦裏，作者是有非常深切的感受的。

本詩在藝術上也很有特色，以美麗的宮娥輕歌曼舞與大澤中白茅搖曳的荒涼景象相對照。辭意冷峻深切。"未知"與"虛滅"語氣曲折，諷刺入骨。

寄令狐郎中

　　義山青年時受知於令狐楚。十七歲時即在天平軍幕中作巡官。令狐楚親自指導義山寫文章，並令與其子令狐綯同學。義山後多次應舉，未被取錄。至開成二年（837），經令狐綯推薦，才登進士第。是年冬，令狐楚卒，先囑其代草遺表。次年，義山就婚於王茂元。令狐綯遂與交惡，但表面上還保持往來。這首詩是會昌五年（845），在河南洛陽作。時令狐綯任右司郎中。作者在詩中眷念舊友，懇切陳情。"一唱三嘆，格韻俱高"。

> 嵩雲秦樹久離居，雙鯉迢迢一紙書。[1]
> 休問梁園舊賓客，茂陵秋雨病相如。[2]

注釋

1　"嵩雲"二句：我悵望著嵩山上的白雲，想念著那秦川的林樹。幾年來，我們離居兩地，現在，收到您千里迢迢寄來的一紙書信。嵩（sōng 鬆）：中岳嵩山，在河南省登封縣北。詩中指作者所在的河南洛陽。秦：古地名，在今陝西甘肅一帶。詩中指令狐綯所在的京城長安。古人常以"雲"、"樹"表現兩地相思之情。如杜甫《春日懷李白》詩:"渭北春天樹,江東日暮雲。"**雙鯉**:古樂府《飲馬長城窟行》:"客從遠方來,遺我雙鯉魚。呼兒烹鯉魚,中有尺素書。"古時傳送的公文、信件,常用雕成魚形的木匣子夾著。後用"雙鯉"作書信的代稱。令狐綯知義山患瘵恙,先寄書信問候。

2　**"休問"二句**:不要再問訊那梁園中舊日的賓客——如今在茂陵家居臥病、淒涼地聽著秋雨的司馬相如了。兩句寫出與朋友離居後孤寂的生活。**梁園**:漢景帝時梁孝王的宮苑。《史記‧司馬相如列傳》載:司馬相如"事孝景帝為武騎常侍,非其好也。是時梁孝王來朝,從遊說之士齊人鄒陽、淮陰枚乘、吳莊忌夫子之徒,相如見而悅之,因病免,客遊梁,梁孝王令與諸生同舍"。這裏以梁孝王喻令狐楚。作者曾在令狐幕中數年,故以"舊賓客"自稱。**茂陵**:漢武帝的陵墓。《史記‧司馬相如列傳》載:"相如嘗稱病閒居,不慕官爵,拜為孝文園令,既病免,家居茂陵。"這裏茂陵指作者病居之地,令狐綯的來信中問到他的情況,義山就更有感慨了。"病相如",義山自比。時閒居多病,卜居東洛。有《上李舍人第二狀》云:"某自還京洛,常抱憂煎。骨肉之間,病恙相繼。"這首詩風格較高,以情韻動人。沒有義山某些詩中的委曲告哀,乞求援手的庸俗氣味。

191

杜司勳

　　義山是個愛才、重才的文人。他對同時代的杜牧，就很有好感，並極力推重。杜牧是晚唐時與李商隱齊名的詩人，後世把兩人合稱"小李杜"，以比盛唐的李白和杜甫。杜牧早年時就很有理想抱負，希望國家能重見貞觀開元之治。他特意注釋《孫子兵法》，以作為反對藩鎮割據的軍事理論指導，努力探研歷代盛衰之跡，以尋求救國救民的辦法。他的詩歌風格清新峻拔，能獨樹一幟。尤其是寫景抒情的七絕，情深韻遠，藝術性很高。杜牧在宣宗大中二年（848）初，曾任司勳員外郎兼史館修撰。義山在大中三年春在京兆府代理法曹參軍，作此詩。

> 高樓風雨感斯文，[1] 短翼差池不及群。[2]
> 刻意傷春復傷別，人間惟有杜司勳。[3]

注釋

1　**"高樓"句**：在高樓上，風雨如晦，四顧茫茫，因而對杜牧的詩文就有更深刻的感受。**風雨**：《詩·鄭風·風雨》："風雨如晦，雞鳴不已。"原為懷人之意。本詩中用以指懷杜牧。風雨，象徵時局的昏暗和不穩定。**斯文**：這些文章。王羲之《蘭亭敘》："後之覽者，亦將有感於斯文。"這句寫杜牧"傷春"之意。傷春，實際是哀時念亂。《楚辭·招魂》："目極千里兮傷春心，魂兮歸來哀江南。"

2 **"短翼"句**：他像翅膀短小、力量微弱的鳥兒，不能高翥遠飛，趕不上同群的伙伴。這句出《詩·邶風·燕燕》："燕燕于飛，差池其羽。之子于歸，遠送于野。瞻望弗及，泣涕如雨。"原詩是送別之詞。**差**（cī 疵）**池**：形容燕飛時尾羽參差不齊的樣子。這句寫杜牧"傷別"之意。亦以指他失意的遭遇和落落寡合的性格。

3 **"刻意"二句**：能夠著意去寫那些傷春傷別的詩歌，並賦予深意的，在人世間就只有杜司勳一人而已。杜牧多傷春怨別之作，人們每每不理解這些詩歌內在的意義，以致引起對杜牧詩的誤解，認為是表現封建文人庸俗的生活情趣。何焯説："高樓風雨，短翼差池，玉谿方自傷春傷別，乃彌有感於司勳之文也。"説得很中肯。兩位大詩人有著共同的憂國憂民的思想感情，也喜歡借傷春傷別的形式表現出來。這些作品繼承了杜甫詩的優良傳統，工於比興，言近旨遠，決不是空虛無聊的無病呻吟，而是有著深刻的現實意義的。**刻意**：極意，用盡心思。義山是杜牧的知己。在這裏點出"刻意"兩字，以強調杜牧作品的真實價值。

漢宮詞

　　道士的金丹，殺了不少皇帝。如英明的唐太宗，也不免服長生藥而死。唐武宗力闢佛教，卻是個迷頭迷腦的道教狂，他篤信神仙之說，會昌五年（845）春，在京城修築望仙臺，以冀仙人降臨。望了一年，仙人未到，自己卻已"升遐"了。本詩借漢武帝築集靈臺求仙不成，以諷刺唐武宗的執迷不悟。

　　青雀西飛竟未回，君王長在集靈臺。[1]
　　侍臣最有相如渴，不賜金莖露一杯？[2]

注釋

1　"青雀"一句：西王母的信使青雀向西飛去，至今猶未回來，只累得君王久久地在集靈臺中等待。青雀：據《漢武故事》載："七月七日，上於承華殿齋，忽青鳥從西來。上問東方朔，朔曰：'西王母欲來。'"集靈臺：在華陰縣界，漢武帝時建造。集靈，即集仙。唐時在長安華清宮長生殿側亦建有集靈臺。此用以指唐武宗在長安南郊新建的望仙臺。兩句借寫青雀不回以喻求仙無成。"深婉不露"。用筆曲折。

2　"侍臣"二句：君王的侍臣，最是有司馬相如那樣的消渴病，為什麼君王不賜給他一杯金莖仙露來醫治呢！**相如**：司馬相如，漢武帝時著名的辭賦作家。曾與卓文君在成都賣酒。患有消渴疾（即糖尿病）。**金莖**：指漢武帝建造的金銅仙人承露盤。《三輔故事》載："漢武帝以銅作承露盤，高二十丈，大十圍，上有仙人掌承露，和玉屑飲，以求仙也。"這裏用意深曲，侍臣眼前之渴不得治療，而皇帝卻終日作長生的妄想。作者以相如自比，渴望能幹一番事業，而君王不察。詩中以深婉之筆出之，神味最厚。後二句諸家解説不同，何焯云："諷求仙之無稽而賢才不得志也。"朱彝尊云："言好渺茫而恩不下逮，非專諷刺學仙也。"紀昀云："若能醫消渴，猶可冀飲之長生，何不以一盃試之？"以何氏之説較切本意。

隋宮

　　隋煬帝在兵戈漸起、感到京都洛陽已不是安全之地時，第三次南遊江都。依然窮奢極侈，縱欲拒諫，殺害忠良。他自己也感到日子不長了，時常對著鏡子嘆息：「好頭顱誰當斫之？」越是面臨滅亡，則越是瘋狂，他耗費了國家大量的人力、物力，給全國人民帶來了深重的災難。到最後，覆亡的命運也不免落到這個荒淫殘暴的皇帝頭上。義山此詩，只從南遊一事著筆，概括了豐富而深刻的內容。

　　乘興南遊不戒嚴，九重誰省諫書函？[1]
　　春風舉國裁宮錦，半作障泥半作帆。[2]

注釋

1　**「乘興」二句**：隋煬帝，乘著一時之興南遊江都，路上也不實行戒嚴。他在九重深宮中，哪裏管臣下奏上的諫書呢！**戒嚴**：警戒。指在特殊情況下所採取的嚴格的警戒措施。以前皇帝出巡時要戒嚴。**九重**：指帝王所居之處。《楚辭・九辯》：「君之門以九重。」**省**（xǐng醒）：省視。**諫書函**：用信袋子封起的諫書。《隋書・煬帝紀》：「大業十二年幸江都，奉信郎崔民象表諫，上大怒，先解其頤，乃斬之。"後又殺王愛仁等。首句寫煬帝的輕忽。次句寫煬帝的頑惡。

2　**"春風"二句**：為了在春風輕拂的時節出遊，竭盡了全國的人力、物力，裁製豪華富麗的宮錦，一半用來作騎馬用的障泥，一半用來作龍舟上的船帆。**宮錦**：按照宮中規定的式樣來製作的錦緞。**障泥**：馬韉。墊在馬鞍底，兩旁下垂用來擋蔽塵土。這裏點出"舉國"二字，十分深刻。傾全國之力，人民的疾苦可想而知了。何焯說："借錦帆事點化，得水陸繹騷，民不堪命之狀，如在目前。"詩人追述隋亡的歷史，希望唐王朝的統治者能吸取教訓，愛惜民力，以免重蹈亡隋的覆轍。

　　管世銘《讀雪山房唐詩鈔》論唐人七絕，盛稱李義山"用意深微，使事穩愜，直欲於前賢之外，另闢一奇。絕句秘藏，至是盡伸"。如此詩，可當之無愧。

柳

這是義山自傷遲暮之作。馮氏云：「初承梓辟，假府主姓（指柳仲郢）以寄慨，意兼悼亡失意言之。遲暮之傷，沉淪之痛，觸物皆悲，故措辭沉著如許，有神無跡，任人領味，真高唱也。」這一段分析極其精闢，的確是義山知己。

曾逐東風拂舞筵，樂遊春苑斷腸天。[1]

如何肯到清秋日，已帶斜陽又帶蟬？[2]

注釋

1　「曾逐」二句：輕盈的楊柳枝，曾被東風裊裊吹起，飄拂著輕歌曼舞的歡筵。那正是樂遊苑中令人柔腸百轉的芳春時節啊！樂遊苑：見《樂遊原》詩注。斷腸：猶言「斷魂」、「銷魂」。謂使人迴腸盪氣，不能自持。兩句寫楊柳生意榮茂的當春時節，用以暗示詩人自己少年時朝氣蓬勃，充滿幻想和信心的日子。

2　「如何」二句：為什麼居然會到了清秋的日子，疏疏的枝葉便映帶著斜陽，更加上淒切的寒蟬！肯：張相《詩詞曲語辭匯釋》：「肯，猶會也；亦猶至於也。……如何肯，猶云如何會也，意言春日如許風流，奈何會到秋

天，便斜陽暮蟬，如許蕭條也。"這兩句用"如何"、
"肯到"、"已帶"、"又帶"幾組虛詞。"轉折唱嘆，絃
外有音。"張采田謂其"含思宛轉，筆力藏鋒不露"。
良有以也。

端居

　　義山中年遊宦，久別妻子，忽忽寡歡，無以遣懷。此詩當是作客他鄉思家之作。前人激賞詩中"只有空牀敵素秋"的"敵"字，謂"險而穩"。然此詩實以整體意境見勝，非徒以練字為工者。

　　遠書歸夢兩悠悠，只有空牀敵素秋。[1]
　　階下青苔與紅樹，雨中寥落月中愁。[2]

注釋

1　**"遠書"二句**：親人從遠方寄來的書信，和我夜來的歸夢同樣地杳遠難憑，引起了悠長的思念。只有這空空的牀席匹敵秋夜的清寒。兩句指與家人別後多時，終日懷想，惟有中宵獨起，徘徊室內。"空牀敵素秋"句意極佳，描畫出一幅清冷的意境，更加深了懷人之意。
　　素秋：秋天。《初學記》卷三引梁元帝《纂要》："秋曰白藏，亦曰收成，亦曰三秋、九秋、素秋、素商、高商。"按：古代"五行"的說法，秋季色尚白，故稱"素秋"。

2　**"階下"二句**：屋外石階下的青苔和紅了葉子的樹木，在風雨中顯得淒涼冷落，在月色裏又令人悲愁。青苔和紅樹，是不眠時所見室外的景物。青苔，由於少人來往而滋生。紅樹，象徵衰颯的秋暮。這裏用“雨中”和“月中”兩詞，表現懷思已非一夕。把空間和時間都延伸了。**紅樹**：指秋天葉子變紅的樹。如楓樹、槭樹、柿樹等。

詠史

這是金陵懷古之作。三百年間，吳、東晉、宋、齊、梁、陳六個朝代皆建都在金陵，儘管這裏山川形勢險要，浩瀚的長江橫在城的北面，鍾山龍盤，石城虎踞。但這些腐朽的政權，始終無法逃脫滅亡的命運。詩中抒寫了作者對陳朝敗亡後的感想。

> 北湖南埭水漫漫，一片降旗百尺竿。[1]
> 三百年間同曉夢，鍾山何處有龍盤？[2]

注釋

1　"北湖" 二句：金陵城外的北湖和南埭唯見湖水漫漫，想像當年這裏遍地降旗，飄揚在高高的旗杆上。北湖，指金陵城北的玄武湖。是南朝訓練水軍的地方，也是南朝諸帝宴遊之所。**南埭**（lì 隸）：一說即雞鳴埭，在玄武湖北，據說齊武帝常攜宮女遊樂於此。一說是玄武湖上的水閘。上句以 "水漫漫" 三字，一筆抹去南朝的歷史，當年列艦滿湖，宴歌盈野的景象，如今安在？惟有碧水茫茫而已。意謂六朝之君，早已國亡身滅，徒留昔日繁華之地以為歷史的見證。下句用劉禹錫《西塞山懷古》詩意："一片降幡出石頭"，劉詩本詠東吳孫皓向晉軍投降之事。本詩用以指陳朝末代皇帝向隋軍投降。玄武湖在金陵城北，敵軍北來，必先至此。

2　　"三百"二句：三百年間，六個朝代更迭，如同短促的曉夢過去了。鍾山哪裏有龍盤那樣的險要形勢呢！三百年：從孫吳建國（222），歷東晉、宋、齊、梁、至陳滅亡（589）共三百六十七年，除去中間西晉建都洛陽的五十二年外，約三百年。鍾山：又名"蔣山"。即今南京市東的紫金山。宋人的《李白詩注》引《金陵圖經》云："石頭城在建康府上元縣西五里。諸葛亮謂吳大帝曰：'秣陵地形，鍾山龍盤，石城虎踞，真帝王之都也。'"所謂石頭城、建康、秣陵，皆南京的別名或古名。龍盤：指山脈形勢，如巨龍盤旋。兩句詩人提出論斷，説明儘管金陵形勢險要，亦不足恃。"何處有"三字甚有意味。

齊宮詞

　　大中十一年（857），詩人任鹽鐵推官，宦遊江東一帶（今南京、揚州等地區），那是所謂六代繁華的金粉之地。一個又一個短命的封建王朝走馬燈般更迭，那些末代皇帝更是荒唐得可以，試翻開南朝史的本紀，就可見到連正統的史書都載滿他們的劣跡穢行。下面抄錄幾則《南齊書》的《東昏侯本紀》，看看這個蕭寶卷是怎樣做皇帝的：「帝在東宮便好弄……嘗夜捕鼠達旦，以為笑樂。」即位後「唯親信閹人及左右御刀應敕等……日夜於後堂戲馬，與親近閹人倡伎鼓叫……置射雉場二百九十六處，……郊郭四民皆廢業，樵蘇路斷，……又於苑中立市，太官每日進酒肉雜肴，使宮人尾酤，潘氏為市令，帝為市魁、執罰，爭者就潘氏決判」。齊廢帝（死後被追封為東昏侯）蕭寶卷因荒淫昏亂而亡國。梁代的統治者依然重蹈故轍，到頭來也不免得到同樣的下場，詩人借寫齊梁盛衰之跡，以警告唐代後期的統治集團，希望他們能吸取歷史教訓。

　　永壽兵來夜不扃，金蓮無復印中庭。[1]
　　梁臺歌管三更罷，猶自風搖九子鈴。[2]

注釋

1 **"永壽"二句**:永壽殿的宮門,夜深不閉,連梁兵到來
也不知道。潘妃的金蓮細步,再也不印在宮殿上了。
永壽:齊宮名。齊廢帝為寵妃潘氏起神仙、玉壽、永
壽三殿,"刻劃雕綵……麝香塗壁,錦幔珠簾,窮極綺
麗"。**兵來**:指梁兵到來。永元三年(501)雍州刺史
蕭衍率兵攻建康。後登位,是為梁武帝。**夜不扃**(jiōng
坰):扃,關閉。齊叛臣王珍國、張稷等率兵入宮中。
是夜,帝在含德殿吹笙歌作《女兒子》,毫無防備,兵
至被殺。詩中就潘妃所居而言,故只提"永壽"。**金
蓮**:蕭寶卷鑿金為蓮花帖地面,叫潘妃在上面歌舞,
說:"此步步生蓮花也。"次句指齊亡後,宮殿荒涼,
再也不見潘妃妙曼的舞姿了。

2 **"梁臺"二句**:梁朝的宮城中,夜夜笙歌宴樂,直至三
更之後,還彷彿聽到風吹九子鈴的聲音。**梁臺**:即梁
宮。晉宋以後,稱禁省為"臺",稱禁城為"臺城"。
九子鈴:用金玉製的鈴子,用以裝飾宮觀的風檐。《南
史·昏侯本紀》:"莊嚴寺,有玉九子鈴,外國寺佛面
有光相,禪靈寺塔諸寶珥,皆剝取以施潘妃殿飾。"詩
中借九子鈴這樣細小的事物來寄寓一代興亡的盛概,小
中見大,意味深長。詩人沒有直接站出來發議論,只是
用對比的方法,前後映襯,來含蓄地表現主題,這種手
法是很高明的。九子鈴聲依舊,說明梁王朝的命運跟齊
王朝的命運也應沒有什麼不同。用意深刻警策,倍覺唱
嘆有情。姚培謙云:"荊棘銅駝,妙在從熱鬧中寫出。"

宮妓

中國典籍中很早就有關於機器人設想的記載。《列子‧湯問》云：周穆王西遊歸來，途中遇到有位名叫偃師的工匠，帶著一個自製的機器人，"鎮其頤則歌合律，捧其手則舞應節，千變萬化，惟意所適"。看來其智能水平可與美國影片《未來世界》中的七〇〇型機器人媲美。穆王與愛姬一起觀看它的表演，歌舞快結束時，機器人"瞬其目而招王之左右侍妾"，王大怒，欲殺偃師，偃師馬上把機器人拆開，穆王才高興地說："人之巧乃可與造化者同功乎？"義山此詩運用這個故事，揭露唐宮廷的秘密，所謂"中冓之言，不可道也；所可道也，言之醜也"。詩人巧妙地從側面輕點，故意把事情弄得撲朔迷離，引起讀者的深思。宮妓，指掖庭教坊中的女樂。

> 珠箔輕明拂玉墀，披香新殿鬭腰支。[1]
> 不須看盡魚龍戲，終遣君王怒偃師。[2]

注釋

1　"珠箔"二句：殿上輕巧透明的珠簾垂拂著白石的臺

階，宮妓在新建的披香殿裏，各自競賽著身段舞姿。**披香殿**：《三輔黃圖》謂是未央宮中的殿名。唐沿漢制，慶善宮中亦建披香殿。兩句寫宮廷中的歌舞場面。

2 **"不須"二句**：不須由頭到尾看完魚龍之戲，終歸會使到君王遷怒於優師的。**魚龍戲**：《漢書·西域傳贊》："作漫衍魚龍角抵之戲。"顏師古注："魚龍者，為舍利之獸，先戲於庭極，畢，乃入殿前激水，化成比目魚，跳躍漱水，作霧障日，畢，化成黃龍八丈，出水敖戲於庭，炫耀日光。"兩句意一轉，為什麼在這個歡樂的場面中，不能再看下去呢？下句借優師的典故從旁點出。我們想到屈原《九歌·少司命》中的兩句："滿堂兮美人，忽獨與余兮目成。"在熱鬧的歌舞表演中，正是傳送愛情的最好機會啊，怒優師雖是誤會，而宮闈之事也是難言的，這就引起讀者的會心微笑。楊億《談苑》云："予知制誥日，與余恕同考試，因出義山詩共讀，酷愛一絕云：'珠箔輕明拂玉墀'云云，擊節稱嘆曰：占人措辭寓意如此之深妙，今人感慨不已。"這位楊先生大概也是會心者吧！

宮詞

　　古代詩人多有宮詞之作。王昌齡是以寫宮詞名世的，王建詩集中有上百首宮詞。為什麼這一群被壓抑與被損害的婦女，會引起詩人那麼強烈的同情？從這裏可窺見封建時代文人的絕大悲劇！"君恩"、"得寵"、"失寵"，這一些詞語，不是宮女和文人所共用的嗎？文人和他們的文學作品，在君王的眼中，甚至比不上宮女和她們的笑靨！詩人即使"怨誹之極"，也不要"失優柔唱嘆之致"，在封建君王一人股掌之下，人們還有什麼獨立的人格可言？何焯謂此詩"用意最深，人人可解，故妙"。看來，他的確是能領會義山的本意。

> 君恩如水向東流，得寵憂移失寵愁。[1]
> 莫向樽前奏花落，涼風只在殿西頭。[2]

注釋

1　　"君恩"二句：君王的恩寵像水一樣浩蕩東流，得寵時擔憂君王感情的轉移，失寵時更是愁苦。兩句把宮女患得患失的矛盾痛苦的心情曲盡無餘了。"君恩如水"，四字很耐人尋味。在這主奴的關係中，哪裏有什麼真正的愛情可言！

2　"莫向"二句：請不要在酒筵前演奏一曲《梅花落》，啊！涼風正在宮殿的西邊吹呢！**花落**：指《梅花落》，笛曲名。唐代的《大角曲》中也有《大梅花》、《小梅花》等曲。兩句無理之極，把曲中的"花"和殿上的涼風聯繫起來，一虛一實。非獨是修辭手法上的巧妙，而且意味也很深長。把第二句的意思用形象表現出來，真是如怨如慕，如泣如訴，雖然沒有正面指斥君王的薄倖，但這更能激起讀者深切的同情。詩人把憂讒畏譏，惶惶不可終日的心情，都寄託在這位薄命的宮人身上了。江淹《擬班婕妤詠扇》詩："竊愁涼風至，吹我玉階樹，君子恩未畢，零落在中路。"可為這兩句的注腳。

代贈二首

　　義山的抒情七絕，纏綿往復，自成一格，非後人刻意摹擬者所能及。代贈二首，雖是無關宏旨之作，然情致深新，非尋常艷體可比。詩中所言的情事，日久失考，亦不必勉強指實是何人何事，直以字面釋之足矣。

一

　　樓上黃昏欲望休，玉梯橫絕月中鈎。[1]
　　芭蕉不展丁香結，同向春風各自愁。[2]

注釋

1　　"樓上"二句：代女方設言。女子在樓上盼望情人的到來。欲望還休，表現她的失望之情。玉梯橫絕，表示兩人被阻隔，不能相會。如《詩·鄭風·東門之墠》的"其室則邇，其人甚遠"。"月中鈎"，一本作"月如鈎"，意同。張先《一叢花》詞："梯橫畫閣黃昏後，又還是斜月朦朧"，暗用此詩意。

2 "芭蕉"二句：我們的心，像芭蕉的葉子，無法舒展開
　　來；像丁香的果實，緘結成團。一起對著春風，各自生
　　愁了。這裏分別以："芭蕉"、"丁香"喻雙方。

二

東南日出照高樓，樓上離人唱石州。[1]
總把春山掃眉黛，不知供得幾多愁。[2]

注釋

1 "東南"二句：用古樂府的詩意："日出東南隅，照我秦
　　氏樓。"遠行的人快別去了，唱一曲《石州詞》以寄離
　　情吧！石州：古樂府曲名，是戍婦思夫之作。

2 "總把"二句：總是把黛眉畫作春山的模樣，真的不知
　　道那春山，還能供得多少愁給人們啊！兩句非常婉曲有
　　味，把眉黛和自然界的春山故意混在一起寫。"供得幾
　　多愁"，表示離愁之多。自情人別後，少婦黛眉長蹙，
　　默默含愁。妙語雙關。金代元遺山《鷓鴣天・薄命妾
　　辭》云："天也老，水空流，春山供得幾多愁？桃花一
　　簇開無主，盡著風吹雨打休。"當自義山此詩引伸而成。

瑤池

　　皇帝總想把自己的生命永遠延續下去，好享千秋萬歲的洪福。唐帝自稱是老子的後代，老子又變成了妖道式的"太上老君"，於是，道教便成了國教，道士成了"國師"，一個又一個的皇帝都吃道士煉成的"金丹"而肉身成仙了。唐穆宗、唐文宗、唐武宗、唐宣宗，都是糊塗透頂的狂信者。李義山早年受過道教的影響，曾經入道，後來也接觸過一些道士，他對求仙的把戲也逐漸看清楚了，集中就有不少諷刺神仙迷信的詩歌，尤以這首《瑤池》最為著名。本詩沒有正面寫皇帝愚蠢的吃丹藥自殺行為，而借古代傳說西王母和周穆王相遇的故事，從側面寫出求長生的不可能，含意更深長有味。

　　瑤池阿母綺窗開，黃竹歌聲動地哀。[1]
　　八駿日行三萬里，穆王何事不重來？[2]

注釋

1　"瑤池"二句：西王母在瑤池上，推開彩繪的窗戶，向東方眺望。聽到了穆王留傳下來的"黃竹之歌"，悲哀的歌聲撼動著大地。**瑤池**：古代神話中西方的仙境，是西王母所居之地。**阿母**：西王母，漢代有人稱之為"玄都阿母"。據《穆天子傳》載：周穆王曾從鎬京出發，西遊至崑崙山上的仙人西王母之邦。西王母宴穆王於瑤池之上。臨別，西王母作歌以贈之曰："白雲在天，山陵自出。道里悠遠，山川間之，將（希望）子毋死，尚能復來。"穆王答歌曰："比及三年，將復（返）而野（您的國土）。"**黃竹歌**：《穆天子傳》載，周穆王的隊伍在到黃竹的路上"遇北風雨雷，有凍人"，穆王作《黃竹歌》三章以哀其民。兩句指周穆王離去後，西王母盼他回來，但穆王始終不見，徒聞黃竹哀歌。

2　**"八駿"二句**：穆王的八匹駿馬，本來跑得很快，一天可行三萬里，為什麼還不見他再來呢？**八駿**：傳說中穆王所乘的八匹駿馬。名赤驥、盜驪、白義、逾輪、山子、渠黃、華騮、綠耳。兩句有言外之意，即使如穆王，能親到崑崙，會見群仙的領袖西王母，也不免一死。連思憶他的西王母也無法使他延壽，何況是別的凡夫俗子呢。這無疑是對執迷不悟的求仙者當頭棒喝。詩中以詰問句作收，語更尖刻辛辣。

南朝

詠梁朝之事，也就是詠南朝。梁元帝蕭繹，初封相東王，鎮守江陵，後侯景叛亂時，他派王僧辯、陳霸先等討滅侯景，即位稱帝。兩年後，蕭詧與西魏合兵攻破江陵，元帝焚燬圖籍十四萬卷，後被俘殺。南朝各代均建都金陵（建康），唯元帝時定都江陵。本詩以元帝的徐妃半面妝之事，與"分天下"聯繫起來，妙語相關，可悟用事的活法。

地險悠悠天險長，金陵王氣應瑤光。[1]
休誇此地分天下，只見徐妃半面妝。[2]

注釋

1 "地險"二句：金陵的地勢險要，山嶺綿延；天塹長江，橫亘西北。傳說金陵有王氣，上應瑤光星象。**地險**：指金陵所謂"鍾阜龍盤，石城虎踞"的地理形勢。**王氣**：《太平御覽》引《金陵圖》云："昔楚威王見此有王氣，因埋金以鎮之，故曰金陵。秦併天下，望氣者言江東有天子氣，鑿地斷連岡，因改金陵為秣陵。"**瑤光**：北斗七星中斗柄最末一顆。古代將天空的星宿分為十二次，配屬諸國，以占候吉凶，稱為"分野"，吳

地屬斗宿分野，故云"應瑤光"。兩句寫南朝有山川之
險，上應天象。以反襯下文。

2　**"休誇"二句**：別誇耀這個地方中分天下，只是見到徐
妃的半面妝而已。**分天下**：過去認為長江天險，界限南
北，中分天下。**徐妃半面妝**：徐妃，梁元帝的妃子徐昭
佩。《南史》載：徐妃"無容質，不見禮。帝二三年一
入房。妃以帝眇一目，每知帝將至，必為半面妝以俟，
帝見則大怒而出"。這裏以半面妝比喻半壁山河。詩人
主張祖國的統一，對偏安一隅，自恃天險，不圖進取的
小朝廷尖刻地諷刺。前人有批評此二句為"纖佻之極"
的，大概是義山刺痛那些封建文人了吧。

韓冬郎即席為詩相送，一座盡驚。他日余方追吟"連宵侍坐徘徊久"之句，有老成之風。因成二絕寄酬，兼呈畏之員外。

義山對後學晚輩，總是熱誠地獎掖和幫助，一點兒也沒有擺老資格，更沒有所謂"文人相輕"的陋習，這種虛己憐才的態度，在古今來的文人中實在是極難能可貴的。韓冬郎，名偓，是義山的連襟韓瞻（字畏之）之子。他年少有捷才，詩歌的風格清新老健，度越流輩。義山對他極力推許，比之為南朝時著名的詩人何遜，而自己卻謙虛地自比為沈約。（何遜在詩歌上的成就比沈約高，歷史上已有定評。）在我們生活中，還有這樣的人，見到文學上的幼苗、新花，則偏要拚命壓抑，唯恐它成長後勝過自己，若讀到義山此詩，豈不愧死？此詩是義山在大中十年（856）初，由梓州返長安時所作。時年四十四歲。

一

十歲裁詩走馬成，冷灰殘燭動離情。[1]
桐花萬里丹山路，雛鳳清於老鳳聲。[2]

注釋

1. "十歲"二句：冬郎十歲時就能寫詩，才思敏捷，走馬
可成。他在夜深時，對著冷灰殘燭，觸動離情，寫詩贈
我。**裁詩**：猶言做詩。**冷灰**：指爐中燒後的殘灰。或謂
指燭芯的灰燼，誤。兩句追憶前事，大中五年（851）
秋，義山赴梓幕時，冬郎曾為詩相送。冷灰殘燭，暗
示當時心境。時義山妻王氏新逝，旋即遊蜀，故觸緒
淒涼。

2. "桐花"二句：在萬里迢迢的丹山路上，桐花爛漫，那
雛鳳的鳴聲，比老鳳的更為清亮。**桐花**：傳說中，鳳
凰只棲息在梧桐樹上，以桐實為食。"桐花"常與"鳳"
連文。薛道衡《梅夏應教詩》詩："集鳳桐花散。" **丹
山**：傳說中鳳凰來集之地。**雛鳳**：幼鳳。晉朝文學家
陸雲年幼時，閔鴻稱讚他說："此兒若非龍駒，當是鳳
雛。"此借指韓偓。**清**：指鳴聲清越。此以喻詩歌的風
格清新。**老鳳**：指韓瞻。詩意謂韓偓像丹山的幼鳳，正
在良好的環境中成長，他比父親更有才華，前途遠大。
題中"連宵侍坐徘徊久"，是韓偓贈義山之詩。今《翰
林集》、《香奩集》中無此句，當已佚。

二

劍棧風檣各苦辛，別時冰雪到時春。[1]
為憑何遜休聯句，瘦盡東陽姓沈人。[2]

注釋

1　"劍棧"二句：我行在劍閣的棧道上，您乘坐江上的帆
　　船，我們分手後各自勞碌苦辛；別離時是飛雪的嚴冬，
　　如今重見已是春天時候了。**劍棧**：指四川劍閣的棧道。
　　在峭岩陡壁上鑿孔，架木鋪板而成的架空的通道，自
　　陝西入四川必經此地。此寫義山赴蜀。**風檣**：猶言"風
　　帆"。此指韓瞻出任果州刺史，從水路前往。**冰雪**：
　　指大中五年冬相別時。**春**：指大中十年（856）春返長
　　安時。

2　"為憑"二句：我想請年青的何遜不要再作詩聯句，恐
　　怕會叫沈約苦思苦想，變得更瘦了。**憑**：請。**何遜**：
　　南朝詩人，八歲能賦詩。深為沈約稱賞，《南史》載：
　　沈約嘗謂遜曰："吾每讀卿詩，一日三復，猶不能已。"
　　義山亦有"沈約憐何遜"之句。**聯句**：根據同一詩題和
　　韻部，由兩人以上輪流賦句，連綴成篇。何遜集中有
　　《范廣州宅聯句》："洛陽城東西，長作今年別，昔去雪
　　如花，今來花似雪。"意與本詩"別時冰雪到時春"相
　　近，故有"休聯句"之語。**東陽**：南朝詩人沈約，曾為
　　東陽太守，嘗言己老病，"百日數旬，革帶常應移孔"。

義山以韓偓比何遜，以自己比沈約，並以為自己作詩不是韓偓的對手，對晚輩的推挽可謂不遺餘力了。韓偓後來能成為唐末的一大詩家，這與義山的教導和幫助是分不開的。義山稱道的"清"與"老成之風"，詩句清新流麗而又沉鬱頓挫，正是冬郎詩的特色。前人往往不重視韓偓詩的思想藝術成就，甚至謂其多"綺靡"之作，這是很不公允的。

西南行卻寄相送者

　　開成二年（837）冬，青年的詩人赴興元（今陝西省漢中市）令狐楚幕。本詩是途中寄給為自己送行的朋友之作。詩歌風格清新可喜，以情致見勝。

　　百里陰雲覆雪泥，行人只在雪雲西。[1]
　　明朝驚破還鄉夢，定是陳倉碧野雞。[2]

注釋

1　"百里"二句：百里秦川上，陰雲低壓，籠罩著廣闊的雪原，我這遠行的人，就在這雪原和陰雲的西面。兩句寫別後的環境氣氛，襯托出朋友間的互相思念。白茫茫的原野，把我們分隔開來了。

2　"明朝"二句：明朝把我的還鄉之夢驚醒的，一定是陳倉的碧野雞了。陳倉：古地名，在今河南省寶雞市東。據《漢書·郊祀志》載："秦文公獲若石於陳倉北坂城，祀之。其神來常以夜，光輝若流星，從東方來，集於祠城，其聲殷殷若雄雞，名曰陳寶。"碧野雞：漢宣帝登基時曾遣使益州求金馬碧雞之神。詩中合用之，以"碧野雞"稱陳倉之雞，語意巧妙。意謂今晚到達陳倉歇宿，夢到故鄉親友，但明朝定被雞聲驚醒。馬茂元先生云："末句揉合傳説與真實，表現夢魂惺忪迷離，和對陳倉的新奇印象。"甚是。

有感

　　這是義山的一首"論詩絕句"。詩中論述宋玉的辭賦,借以喻自己的詩作。前人謂"蓋為似有意寓,而實無所指者作解"。或謂"為無題作解"。自此說一出,義山詩的評論家便神經過敏起來,特別是碰到一些比較隱晦的詩作,都想方設法,解釋成有寄託的了。馮浩明目張膽地說:"穿鑿之譏,吾所不辭耳。""實有寄託者多,直作艷情者少。"張采田的《李義山詩辨正》更走到極端,幾乎把半部義山詩都看成是為令狐綯一人而作的了。義山此詩云:"楚天雲雨盡堪疑",一"盡"字,不過是詩人誇張之辭。我們對義山詩還是要具體分析,還它本來面目。

> 非關宋玉有微辭,卻是襄王夢覺遲。[1]
> 一自高唐賦成後,楚天雲雨盡堪疑。[2]

注釋

1　"非關"二句:並不是宋玉特別喜歡以微辭寄諷,而是因為楚襄王沉迷艷夢,終日難醒!宋玉:戰國時楚國的辭賦家,相傳為屈原的弟子。微辭:有兩意,一是指宛轉而巧妙的話。宋玉《登徒子好色賦序》:「玉為人體貌閒麗,口多微辭。」一是指隱含貶意的言辭。本詩中合用二意,指宋玉善於用婉妙的言辭以託諷。**襄王**:楚襄王。據說他曾與宋玉同遊雲夢澤。宋玉告訴他懷王曾遊高唐、夢巫山神女之事,王命玉作《高唐賦》。是夜,襄王寢後,果夢與神女遇。次日復命玉作《神女賦》。古來認為這兩篇賦都是託諷襄王荒淫的。杜甫《詠懷古跡》云:「雲雨荒臺豈夢思?」**覺**(jiào 教):醒來。

2　**「一自」二句**:自從《高唐賦》寫成之後,那些有關男女之情的作品便都被懷疑是有寄託的了。**楚天雲雨**:指文學作品中的性愛描寫。宋玉《高唐賦序》言楚王夢與神女相會高唐,神女自謂居於「巫山之陽,高丘之岨,旦為朝雲,暮為行雨,朝朝暮暮,陽臺之下」。後常以指男女合歡之事。

亂石

義山詩中頗多寫窮途失意之痛。大中二年（848）二月，鄭亞貶循州刺史，作者亦罷幕，索居無聊，想投靠湖南觀察使李回，而李卻不敢為之奏辟，遇合無緣，精神更是痛苦。這時所賦的詩篇"幽憶怨斷，恍惚迷離，其詞有文焉，其聲有哀焉"。如這首"亂石"詩，更是悲憤抑鬱。詩中以縱橫的亂石以喻當途的政客，對當時壓抑人才的黑暗的政治局面表示強烈的不滿。

> 虎踞龍蹲縱復橫，星光漸減雨痕生。[1]
> 不須併礙東西路，哭殺廚頭阮步兵。[2]

注釋

1　"虎踞"二句：一堆一堆的亂石，像伏著的老虎，蹲著的神龍，縱橫滿地，這些隕星的光輝漸減而生了雨蝕的痕跡。兩句描寫亂石的情況。**星光漸減**：意謂星隕而為石，其光漸減。古人常有"落星石"的傳說。**雨痕生**：暗喻這些亂石盤踞要路已經很久了。前人謂兩句"喻牛、李二黨，彼此傾軋。""一黨漸衰，而一黨又代起。"意亦近之，可參考。

2 **"不須"二句：**不須把東、西兩邊的道路都一起擋住呀，那就會叫廚頭的阮步兵慟哭死了。**阮步兵：**指東晉詩人阮籍。《晉書・阮籍傳》："籍聞步兵廚營人善釀，有貯酒三百斛，乃求為步兵校尉，遺落世事。"阮籍是個憤世疾俗的詩人，他能為"青白眼"，鄙視政治野心家司馬氏等一伙人，又擔心遭到呂安、嵇康等人被殺的命運，故用縱酒佯狂的方式來避免司馬氏對他的猜忌。**哭殺：**《晉書・阮籍傳》載：阮籍"時率意獨駕，不由徑路，車跡所窮，輒慟哭而返"。詩意謂亂石把所有的通路都堵住，那就不由不窮途慟哭了。這裏以阮籍自命，表現了詩人找不到出路時，極度痛苦的心情。

過楚宮

　　義山對妻子王氏的感情是十分真摯的，王氏去世後，他寫了不少悼亡詩。《上河東公啟》云："某悼傷以來，光陰未幾，梧桐半死，方有述哀。"詩人情之所鍾，不能自已。《玉谿生年譜會箋》編此詩於大中二年（848），謂是巴閬歸途作，疑非。今始定為大中五年（851）王氏卒後，義山赴東川柳幕，途經巫峽時作。

　　巫峽迢迢近楚宮，至今雲雨暗丹楓。[1]
　　微生盡戀人間樂，只有襄王憶夢中。[2]

注釋

1　"巫峽"二句：綿長高峻的巫峽，靠近舊日楚國的宮城。到今天，巫山上的雲雨，還遮暗那紅了葉子的楓樹林。**巫峽**：在今四川省巫山縣東，兩岸連山壁立，綿延達一百六十里。**楚宮**：楚國建都於郢，即今湖北省江陵縣西。**雲雨**：參看《有感》（"非關宋玉"）詩注。**丹楓**：巫峽兩岸多楓樹，秋後楓葉變紅。杜甫《秋興》詩："玉露凋傷楓樹林，巫山巫峽氣蕭森。"兩句追述楚宮舊事，説明男女之情是今古長在的。

2 "微生"二句：一般的人，都貪戀著人世間眼前的歡
樂，只有那楚襄王還在憶念著夢中的情景。詩中以"微
生"與"襄王"對照，暗示自己現在已無復人間之樂，
舊日的歡愉，已如一夢，卻令自己終生思憶。兩句感喟
無窮。文集補編有《獻相國京兆公啟》云："矧以游丁
鯤子，不忍羈孤。期既迫於從公，力遂乖於攜幼。安仁
揮涕，奉倩傷神。"其沉哀見諸楮墨，可想作者此時的
心境。

龍池

　　白居易作《長恨歌》，寫了流傳已久的唐玄宗和楊貴妃的戀愛故事，對這帝妃的悲劇表示了一定的同情。也對唐玄宗沉湎女色，荒廢政事，以至國家大亂有所諷刺和批判。但在揭露唐玄宗霸佔兒媳婦的中冓之醜時，還是遮遮掩掩的，只說到"楊家有女初長成，養在深閨人未識，天生麗質難自棄，一朝選在君王側"。不像義山此詩來得大膽、乾脆。楊貴妃小名玉環，是蜀州司戶楊玄琰之女，從小寄養在叔父楊玄珪家。開元二十三年（735），冊封為玄宗子壽王的王妃。她被玄宗看上了，在二十八年度為女道士，居太真宮，改名太真。天寶四年（745），正式冊封為唐玄宗的貴妃。義山詩對宮闈穢史的揭露，實質上就是對虛偽的封建倫理道德進行批判，把矛頭直指最高統治者。因此不免也激怒了一些衛道士，紀昀謂此詩"病與驪山有感詩同"，"既少含蓄，亦乖大體，此宜懸之戒律者"。馮浩攻擊它"大傷詩教"。這可以從反面證明義山這詩的力量了。

　　龍池賜酒敞雲屏，羯鼓聲高眾樂停。[1]
　　夜半宴歸宮漏永，薛王沉醉壽王醒。[2]

注釋

1　　**"龍池"二句**：玄宗在龍池畔設宴賜酒，張開雲母屏風，只聽到羯鼓的聲音高亢急驟，其他的樂聲都停息了。**龍池**：據《雍錄》載：玄宗為諸王時，故宅在京城東南角隆慶坊，宅中有井，井溢成池，號曰"龍池"。開元二年（714）七月，以宅為宮，是為興慶宮（今已闢為興慶公園）。**羯（jié 竭）鼓**：羯，中國古代民族名，源於小月氏，後散居上黨郡（今山西潞城附近）。羯鼓，是由羯族傳來的一種樂器。據南卓《羯鼓錄》載："羯鼓，其聲促急，破空透遠，特異眾樂。明皇（即唐玄宗李隆基）極愛之，嘗聽琴未終，遽止之曰：'速令花奴持羯鼓來，為我解穢。'"花奴：玄宗子汝陽王李璡的小名。兩句寫玄宗在宮中開熱鬧的家宴，興高采烈，以反襯後兩句。

2　　**"夜半"二句**：夜半後，宴罷歸來，更感到宮中的銅壺滴漏水聲綿長不絕。薛王痛飲後早已沉醉，而壽王卻終夜醒著。**宮漏**：即銅壺滴漏。古代宮中的計時器。**薛王**：唐玄宗之弟李業。封為薛王，與岐王等常侍奉玄宗飲宴。於開元二十二年（734）卒。《容齋續筆》謂楊貴妃於天寶二年（743）方入宮，義山此詩與史實不符。這未免過於膠柱鼓瑟，詩人微詞寄諷，不必拘於事實。且李業之子李琄已嗣位為薛王。故薛王亦可指李琄。**壽王**：玄宗子李瑁。先娶楊玉環為妃。後來玄宗另為他娶韋昭訓女為妃。此詩宋人稱為佳作，後兩句尤佳。"宮漏永"，覺得夜長難度，已從無眠者著筆。末句更以薛王與壽王對比，薛王於此事毫無干係，故飲得醉醺醺的，而壽王卻徹夜不眠。一"醒"字非常警策，可想像宮宴時壽王的痛苦心情。比《驪山有感》的"平明每幸長生殿，不從金輿惟壽王"諷刺得更深刻有力。清人吳騫《拜經樓詩話》稱讚此詩末二句"用巧而見工"，"得言外不傳之妙"。羅大經《鶴林玉露》亦稱此詩"其詞微而顯，得風人之體"。可謂有識。

常娥

這首名作沒有很僻的典故，在字面上本不難尋繹，但卻引起了注家種種的猜測，或謂"此悼亡之詩，非詠常娥"，或謂"自比有才調，翻致流落不遇也"。或認為這是對自己"依違黨局，放利偷合"的追悔，或認為是在嘲諷思凡的女道士，甚至乾脆自認不解，說"是何言歟？"詩中寫出了孤獨的主人公，終宵無寐，對著深遠而又神秘的夜空，觸起的悵惘悲涼的情緒。詩人感懷身世，表面上似乎是替常娥設想，而實際是抒寫自傷之情。從對面寫來，詩意更顯得深厚曲折。常娥：即嫦娥，姮娥，神話中的月亮女神，傳說她是夏代東夷族的首領后羿的妻子。

雲母屏風燭影深，[1] 長河漸落曉星沉。[2]
常娥應悔偷靈藥，碧海青天夜夜心。[3]

注釋

1　"雲母"句：獨坐在雲母屏風中，蠟燭的昏暗光影，使臥室內顯得更靜寂幽深。**雲母**：礦物名，主要的成份是硅酸鹽，有黑、白兩色，帶有深淺不同的褐色或綠色，能分剖成半透明的柔韌的薄片。古代常用作窗戶、屏風等的裝飾。雲母屏風，是貴重的陳設品，《西京雜記》記趙飛燕為皇后時，漢成帝送給她的妹子趙合德一副雲母屏風。首句寫詩中的抒情主人公深宵獨坐，孤寂地與殘燭相對。句中的"深"字，點出了由雲屏、燭影所構成的室內環境的幽寂。暗示了那位無眠的人，正深深地陷在追憶之中。

2　**"長河"句**：長長的銀河，逐漸西斜到天底；清晨時的星星，在曙色中也悄然隱沒了。**長河漸落**：秋天的夜晚，從地球上看來，銀河由天中向西移動，到清晨時，有一部分沉落在地平線下。**曉星沉**：指晨星的光輝漸淡，終於看不見了。或謂曉星指金星（啟明星），清晨時出現在東方。次句寫愁人的終夜無眠。窗外的景色變化，暗示時間的流逝，這難捱的一夜又過去了。

上兩句分別描寫室內，室外的環境，渲染孤寂的氣氛，表現主人公懷思之情。

3　**"嫦娥"一句**：嫦娥啊，您也許會後悔當午偷走了靈藥吧，如今，空對著碧海似的青天，一夜又一夜，您淒涼孤獨的心情該怎樣排遣呀！**偷靈藥**：故事見於《淮南子・覽冥訓》："羿請不死之藥於西王母，姮娥竊以奔月。"高誘注："姮娥，羿妻。羿請不死之藥於西王母，未及服之，姮娥盜食之；得仙，奔入月中，為月精。"這兩句是詩人在一宵痛苦的思憶之後產生的感想。他所想念的是誰，今已無法查考，也許是他逝去的妻子王氏，也許是他舊日的戀人宋華陽姊妹，但詩中卻沒有直接寫自己怎樣地追念，卻從對方著筆：愛人啊，你去了，你終於忍心地拋下我而去了。夜復夜，年復年，在漫長的日子裏，天上人間，遙遙相望，但又重聚無期，你想必跟我一樣，感到永生永世無法填補的空虛和孤寂吧！紀昀說："意思藏在上二句，卻從嫦娥對面寫來，十分蘊藉。"頗能會作者之意。

初食笋呈座中

　　年青的詩人，滿腔熱血，壯志凌雲，他要努力向上，他要發展自己，哪裏會想到世路的風波，前程的險惡呢？大和七年（833），義山二十一歲，座主令狐楚很賞識他，給以資裝赴京師應試。知舉賈餗不取。作者遂東遊鄭州、華州一帶，華州刺史崔戎送他到南山讀書。八年三月，崔戎調任兗海（今山東兗州西）觀察使，義山隨至兗州幕中，掌章奏之事。本詩當是此時之作，詩以初出林的新笋寓意，表現了詩人昂揚的意氣。

　　嫩籜香苞初出林，於陵論價重如金。[1]
　　皇都陸海應無數，忍剪凌雲一寸心！[2]

注釋

1　"嫩籜"二句：幼嫩的籜葉，香甜的笋心——新笋剛剛從竹林中採得，在於陵之地議價時比黃金還要貴重。**籜**（tuò 拓）：竹籜。主稈上的葉，與普通竹葉有明顯區別，籜葉縮小而無明顯的主脈，包裹著竹稈和笋。**苞**：指裹著的嫩笋。**於**（wū 烏）**陵**：古地名。漢代有於陵縣，唐時為長山縣（今山東鄒平縣東南），鄰近兗州。馮浩《玉谿生詩詳注》載：《竹譜》云：'般腸實中，為笋殊味'，注曰：'般腸竹生東郡緣海諸山中，有笋最美。'正兗海地也。"竹子主要分佈在長江流域以南，兗州地在黃河流域。竹子稀少，僅產剛竹等少數品種，故笋價昂貴。

2 **"皇都"二句**：大城市中應有很多水陸的美味食品，人們怎能忍心剪伐那有凌雲氣概的笋芽呢？**皇都**：京城長安。詩中泛指大都邑。**陸海**：陸地上盛產植物的豐饒之地。《漢書·地理志》："秦地有戶、杜竹林，南山檀柘，號稱'陸海'，為九州膏腴。"詩中指陸地和海中的物產。兩句抒寫感想。以伐笋喻自己初試落第，受到挫傷"凌雲一寸心"，語意雙關。心，指笋心，它有可能長成高聳入雲的綠竹，亦指詩人自己向上的志氣。詩意與李賀《昌谷北園新笋》詩："更容一夜抽千尺，別卻池園數寸泥"相近。錢泳《履園譚詩》云："詠物詩最難工，太切題則黏皮帶骨，不切題則捕風捉影，須在不即不離之間。"如義山此詩，可謂得之矣！

白雲夫舊居

　　義山深於師友之誼，集中每多懷舊之作。當時攻擊義山的人，往往說他"詭薄無行"，背令狐楚之恩。我們在這首七絕中，可看到作者對當時師友的一片真情。白雲夫，指令狐楚。《唐書‧藝文志》載："令狐楚表奏十卷，注曰：自稱《白雲孺子表奏集》。"夫，是對男子的尊稱。

> 平生誤識白雲夫，再到仙簷憶酒壚。[1]
> 牆外萬株人絕跡，夕陽惟照欲棲烏。[2]

注釋

1　"平生"二句：我生平誤識了白雲夫，如今再到他的舊居的簷下，便想起黃公的酒壚了。誤識：《會箋》引徐氏云："誤識，即'早知今日繫人心，悔不當初不相識。'深感之詞也。"仙：令狐楚已去世，故稱。酒壚：指"黃公酒壚"。壚，安放酒甕的土臺。《世說新語‧傷逝》載：王濬沖"乘軺車經黃公酒壚下過，顧謂後車客，'吾昔與嵇叔夜、阮嗣宗共酣飲於此壚……自嵇生夭，阮公亡以來，便為時所羈紲。今日視此雖近，邈若山河'"。後世因用"黃公酒壚"作悼念亡友之辭，馮氏云："憶酒壚，當與《九日》、《野菊》同看。《九日》詩有"曾共山公把酒巵"句，意謂指義山曾從令狐楚宴飲。亦可通。兩句寫重過令狐楚舊居。

2 **"牆外"二句：**牆外萬株楊柳，行人絕跡，慘淡的夕陽，只照著要歸巢的烏鴉。兩句寫舊居的冷落景象，以寄作者傷悼之情。屈復云："當時如不識（白）雲夫，則今日之樹絕人跡，殘照棲烏，景雖荒涼，何至傷心，故曰'誤識'。"甚得詩人深旨。

到秋

這是一首懷人的小詩，情致深美，含蓄有味，藝術性很高，是義山七絕中的佳作。馮氏系諸開成五年（840）江鄉之遊。張氏謂亦大中二年（848）巴閬遇合無成之慨。俱證據不足。

扇風淅瀝簟流離，萬里南雲滯所思。[1]
守到清秋還寂寞，葉丹苔碧閉門時。[2]

注釋

1. "扇風"二句：像扇子般的涼風颯颯地吹過，像長簟般的細雨閃著銀光。南望層雲萬里，我所思念的人留滯未來。淅瀝，象聲詞。常以形容風、雨、雪、落葉等聲音。流離：光彩閃耀貌。《漢書·揚雄傳》："曳紅采之流離兮。"詩中以扇和簟子比風雨。是義山慣用的修辭法。如"珠箔飄燈獨自歸"、"簟卷碧牙牀"之"箔"與"簟"，皆指雨。兩句寫新秋風雨，懷思故人。

2. "守到"二句：我在守候著，秋天來到了，心情更加寂寞。葉子紅了，苔蘚還是翠綠的，這正是我閉門獨處的時候。一"守"字，加深懷人之意。春天過去了，夏天也過去了，又是一個新秋，我還在等待著她的到來。末句"葉丹苔碧"四字,畫出一幅閉門寂寞之景。如前人所云:"不言愁而愁自見。"收得含蓄有味。與《華師》詩:"院門晝鎖迴廊靜,秋日當階柿葉陰"有異曲同工之妙。

樂遊原

　　楚國的逐臣屈原，在江畔徘徊瞻眺，對著西斜的紅日，發出深沉的喟嘆：“欲少留此靈瑣兮，日忽忽其將暮。吾令羲和弭節兮，望崦嵫而勿迫。路曼曼其脩遠兮，吾將上下而求索。”日月不淹，時不我待；草木凋零，美人遲暮。千百年來多少有至情至性的詩人，都為此而黯然神傷，嘆息下淚。義山登樂遊原，秋風日暮，影隻形單，撫今追昔，無限感慨。他也在曼聲低吟著：

　　萬樹鳴蟬隔斷虹，樂遊原上有西風。[1]
　　羲和自趁虞泉宿，不放斜陽更向東！[2]

注釋

1　“萬樹”二句：千萬樹寒蟬淒咽，雨過後，林外輝映著一道斷虹。啊，西風，終於吹來了，吹到樂遊原上！首句寫鳴蟬與暮虹，是眼前景物。在熱鬧中更寓悲涼之意。紀氏謂“首句太湊”，實不解此。“斷”字，影宋本作“岸”，今從馮本。

2　“羲和”二句：太陽神羲和，只管自己在虞淵歇宿，不肯讓斜陽再回到東邊。羲和：神話傳說中之日神，給太陽駕車子。《初學記》引《淮南子》許慎注:"日乘車,駕以六龍,羲和御之。" **虞泉**:即"虞淵"。避唐高祖李淵名諱而改。神話傳說中日落的地方。《淮南子・天文訓》:"日至於虞淵,是謂黃昏。" 向秀《思舊賦》:"於時日薄虞淵,寒冰淒然。" 兩句深慨時光的流逝與作者《謁山》詩:"從來繫日乏長繩,水去雲回恨不勝。"意同。

暮秋獨遊曲江

　　這首短詩，很像南朝的樂府，也像宋代的小詞，"不深不淺，妙有餘味"，是義山集中仿效民間歌謠成功之作。廉衣竟詆之曰："漸近潑調"。不知"潑"字何指。

　　荷葉生時春恨生，荷葉枯時秋恨成。[1]
　　深知身在情長在，悵望江頭江水聲。[2]

注釋

1　"荷葉"二句：起處極似民歌。重點在一"恨"字。"荷葉生"與"荷葉枯"，表示時間的流逝，而人之"恨"，始終不消，逼出第二句。

2　"深知"二句：我深深地知道，只要此身還在，則情長在、恨難平！惆悵地眺望著江邊——那永不歇止的江水啊，永遠在撼人心絃的波聲！兩句無限深情。"深知"句可謂驚心動魄，一字千金，比諸"春蠶到死絲方盡，蠟炬成灰淚始乾"亦未必遜色。有時肆口而出，直道胸臆的詩句要比經錘鍊而成的更能感人。前人多以江水喻愁，漸成俗調，而此詩末句只輕輕一點，則味美於回了。

賈生

　　賈誼，這位有才華而得不到發揮的青年政論家，千多年來，一直被無數的詩人歌詠著。這個所謂"懷才不遇"的題材是很不容易寫好的。許多舊文人只是著眼於賈生的窮達命運、或是指斥皇帝的昏庸、或是惋嘆賈誼的早逝，千篇一律，毫無新意，而義山卻能別出機杼。詩中寫了個素稱賢明的漢文帝，他欣賞賈生的才調，親自召見並虛心地向賈生求教，傾聽這位青年的議論，直到夜深時分還談興未已。看來這位英主是多麼汲汲求賢啊！究竟是怎樣呢？我們認真地讀讀這首七絕吧——

　　宣室求賢訪逐臣，賈生才調更無倫。[1]
　　可憐夜半虛前席，不問蒼生問鬼神。[2]

注釋

1　　"宣室"二句：漢文帝在宣室中訪求賢士，征詢逐臣；這時，賈生的才氣縱橫，無與倫比。**宣室**：西漢未央宮前殿的正室，此借指漢朝朝廷。《史記・屈原賈生列傳》載："賈生徵見。孝文帝方受釐，坐宣室。"**釐**（xī 希）：胙肉，祭過神的福食。**逐臣**：被貶謫的臣子。賈誼在漢文帝時曾任太中大夫，後遭讒毀，被貶作長沙王太傅。此時文帝把他召回長安，在宣室接見。**賈生**：指賈誼。**才調**（diào 掉）：才情，才氣。**無倫**：無比。

2　**"可憐"二句**：最令人惋惜的是：漢文帝跟他談到夜半時分，枉自留神傾聽，坐位前移，卻不問蒼生的大事，而問起鬼神的本原來。**可憐**：義同"可惜"。**夜半虛前席**：《史記‧屈原賈生列傳》："至夜半，文帝前席。既罷，曰：'吾久不見賈生，自以為過之，今不及也'。"**虛**：徒然；空自。**前席**：古人席地而坐，談話投機時，身體不自覺地前傾挪動，靠近對方。**蒼生**：百姓。**不問蒼生**：不詢求有關國計民生的大計。**問鬼神**：《史記‧屈原賈生列傳》："孝文帝方受釐，坐宣室。上因感鬼神事而問鬼神之本，賈生因具道所以然之狀。"時文帝剛舉行過祭祀，故問及鬼神的本原。這兩句深刻地揭露了漢文帝對賈生"知遇"的實質。在封建統治者的眼中看來，有才之士充其量只不過是一部活辭典，以備隨時翻揄之用，文帝在這次召見中，只問這些無關宏旨的問題，絲毫也沒談到改革政治，更說不上採納臣下的進步的政見了。賈誼的《治安策》、《過秦論》中許多卓越的政論，如削弱諸侯王的勢力，鞏固中央集權，加強對匈奴的抗禦，發展農業生產等，都沒有受到真正的重視。皇帝的求賢愛才，只不過是個幌子罷了。詩歌雖是諷詠史事，其中實有作者本人懷才不遇的感慨。晚唐的皇帝服藥求神仙，荒廢政事，不問民間疾苦，比諸漢文帝有過之而無不及。本詩末句，亦有深諷在焉，故更覺韻味深長，耐人尋繹。

舊將軍

　　唐武宗會昌年間，李德裕為相，採取了一系列維護國家統一，打擊藩鎮割據勢力的措施。會昌三年（843）二月，李德裕舉薦的將領石雄在黑山大破回鶻，烏介可汗受傷逃遁。四年二月，石雄復率兵入潞州，執昭義軍叛將郭誼等送京師。唐宣宗大中初年，全部抹殺了會昌將相的功勳。李德裕被貶崖州，石雄亦飲恨而死。義山此詩借詠兩漢史事，揭露封建統治者對功臣良將的壓抑和迫害，對李德裕、石雄等表示了深切的同情。

　　雲臺高議正紛紛，[1] 誰定當時蕩寇勳？[2]
　　日暮灞陵原上獵，李將軍是舊將軍！[3]

注釋

1　“雲臺”句：漢宮的雲臺上，人們正紛紛在高談闊論。
　　雲臺：據《後漢書》載：漢明帝永平三年（60），“圖畫建武（漢光武帝劉秀的年號）中二十八將於南宮雲臺”。高議：指在朝者對畫像人選問題的評議。江淹的信中有“高議雲臺之上”的句子。詩中以雲臺畫像暗指

245

大中二年（848）七月朝廷續畫功臣像於凌煙閣之事。唐太宗曾畫功臣二十四人於凌煙閣。宣宗以「中興」之主自命，續畫三十七人之圖像。當時朝議紛紛，竟無一人為李德裕、石雄等會昌將相說句公道話。故《舊唐書·李德裕傳贊》云：「嗚呼煙閣，誰上丹青？」「高議」、「紛紛」四字，表現了詩人的嘲諷和憤慨。

2　「誰定」句：誰人評定當年的將士抗擊敵人的功勳？定：確定；判定。接上句「高議」，指功臣的名單由某些人一手包辦，確定下來，而真正有功勳的人卻不入選。蕩寇勳：指漢朝名將飛將軍李廣抗禦匈奴的功績。詩中用以喻李德裕、石雄等人平叛之事。

3　「日暮」二句：黃昏日暮，李廣在灞陵的原野上打獵，誰管這位李將軍是舊將軍呢？灞陵：漢文帝的陵墓，在長安東南。兩句出《漢書·李將軍列傳》：李廣在戰爭中屢建奇勳，但始終未得封侯，屏居藍田南山中，日以射獵自遣。嘗夜從田間飲，還至亭中，被灞陵醉尉呵止。李廣的從人說：「故李將軍。」尉說：「今將軍尚不得夜行，何『故』也！」兩句借李廣的遭遇，寫出會昌將相被擯斥的情事，為李德裕等人深抱不平。

李衞公

這首詩表現了義山對李德裕的深切的同情，詩意感慨萬千，而以含蓄的筆法寫來，更覺情真意厚。特別是末句以景語、麗語作結，反襯了被貶者的悲涼的心境，更令人低徊不已。李衞公，即李德裕（787-849），字大饒，趙郡（治所在今河北趙縣人。李吉甫之子。武宗會昌年間居相位，力主削弱藩鎮割據勢力，曾佐武宗討平擅自襲任澤潞節度使的劉稹，進封衞國公，後遭牛僧孺集團中人的打擊，貶崖州（今廣東海南瓊山縣東南）司戶。義山在為鄭亞代擬的《會昌一品集序》中，曾大力稱頌李德裕的功勳，謂為"萬古之良相"。在李德裕罷官失勢後，仍在詩中捲懷不已，不以當時的"成敗"論人，這也可見義山的政治品質。

　　絳紗弟子音塵絕，鸞鏡佳人舊會稀。[1]
　　今日致身歌舞地，木棉花暖鷓鴣飛。[2]

注釋

1　"絳紗"二句：李衞公當年絳紗帳中的門下之士，早已音塵斷絕，而舊日的鸞鏡佳人，也會面稀少了。**絳紗**：即絳紗帳。紅色的帳帷。《後漢書·馬融列傳》載：馬融“常坐高堂，施絳紗帳，前授生徒，後列女樂”。後因以“絳紗”、“絳帳”為師長或講座的代稱。含有尊敬稱美之意。義山《過故崔兗海宅》詩云：“絳帳恩如昨，烏衣事莫尋。”**弟子**：生徒。此指李德裕的追隨者。**鸞鏡**：妝鏡。**佳人**：指李德裕的侍妾。近人謂史載李德裕“後房無聲色娛”。陳寅恪先生《李德裕貶死年月及歸葬傳說考辨》亦謂李德裕南遷，家屬百口隨行。故謂佳人指李蘲中志同道合的朋友。可備一說。然作詩不同於考據，容有想像餘地。

2　“今日”二句：在今日，置身於嶺南歌舞之地，卻見到木棉花暖，鷓鴣亂飛的景象。**歌舞地**：指廣州。南越王趙佗曾在此建國。**木棉**：樹名。春末開花，花大，紅色。**鷓鴣**：鳥名。古人常將木棉、鷓鴣作為嶺南風物的代表。結句寫嶺南美麗的景物，頗有“雖信美而非吾土”之慨。屈復《玉谿生詩箋》謂本詩結句用李德裕的“不堪腸斷思鄉處，紅槿花中越鳥啼”之意。

漫成五首

　　這是義山"一生吃緊之篇章"。楊致軒云："此五首乃玉谿生自敘其一生蹤跡。"詩歌繼承了杜甫《戲為六絕句》的傳統，用詠史的方法來抒發感慨和議論。五章中有起有結，有分有合，一、二兩章敘述自己和令狐楚的關係，感嘆自己政治上的失意，第三章詠娶王茂元女事，代妻致不平之意，第四、五章熱情地讚美會昌將相，對李德裕表示深切的懷念。前兩章和結兩章相互對應。中一章承上啟下，結構嚴謹，深得聯章之法。這組詩在語言藝術上也較成功，用詞準確，音節瀏亮，特別重視虛字的使用，使詩意開闔跌宕，"有唱嘆神韻"。詩題"漫成"，猶云隨手而成，如散文中的"隨筆"。

一

沈宋裁辭矜變律，王楊落筆得良朋。[1]
當時自謂宗師妙，今日惟觀對屬能。[2]

注釋

1 "沈宋"二句：沈佺期和宋之問遣辭造句而為詩，矜誇
　自己創製的"變律"；王勃和楊炯下筆作文，彼此切
　磋，喜得好友。**沈宋**：指初唐詩人沈佺期和宋之問。他
　們都是宮廷文人，繼承和發展了六朝時詩歌藝術的創作
　經驗和方法，對律詩和絕句的規範化作出了一些貢獻。
　他們的詩屬對精切，音調諧暢，有較高的文字技巧。時
　人稱之為"沈宋體"。**矜**（jīn 今）：自尊自大，自誇。
　變律：變革了的詩律。指沈宋在詩歌的平仄、對仗方面
　的創作實踐。**王楊**：初唐詩人王勃和楊炯，他們與盧照
　鄰、駱賓王號稱"四傑"。王、楊正處於新舊詩體的過
　渡時候，他們的創作既有齊梁綺靡的餘風，又有盛唐詩
　的清新、高朗的格調。詩中的沈、宋、王、楊比令狐
　楚，隱有貶意。令狐楚為文章，工於"今體"，對偶精
　切，音律流美。如沈、宋等人之"變律"。

2 "當時"二句：當時他們也自認為有文壇宗師之高妙，
　但如今看來只不過是善用對仗罷了。**宗師**：受人尊崇，
　被奉為師表的人。《後漢書·朱浮傳》："尋博士之官，
　為天下宗師。"義山曾隨令狐楚受章奏之學。《樊南甲
　集序》云：樊南生（義山自指）"以古文出諸公間。後
　聯為鄆相國（令狐楚）、華太守（崔戎）所憐，居門下
　時，敕定奏記，始通今體"。**對屬**（zhǔ 燭）：詩文中撰
　成對偶句。駢體文（今體）多用四言六言的句子對偶排
　比。如柳宗元《乞巧文》中所謂"駢四儷六，錦心繡
　口"。《樊南甲集序》云"有請作文，或時得好對切事"。

兩句是對令狐楚徒工於章奏文字技巧的不滿，對自己的從學頗為追悔。或謂全首乃義山自指，或謂指令狐綯，細審"宗師"二字，則可悟其非。

二

李杜操持事略齊，三才萬象共端倪。[1]
集仙殿與金鑾殿，可是蒼蠅惑曙雞！[2]

注釋

1　**"李杜"二句**：李白和杜甫持筆作詩，才具約略相等，天、地、人"三才"和間萬物都在他們的作品中呈露出來。**操持**：指操持筆墨。猶杜甫《戲為六絕句》之"縱使盧王操翰墨"意。**三才**："才"亦作"材"。《易‧繫辭》："有天道焉，有人道焉，有地道焉，兼三才而有之。"**端倪**：頭緒。兩句歌頌李杜的才華和創作。隱以李、杜自比。

2　**"集仙殿"二句**：杜甫在集仙殿上、李白在金鑾殿上，雖有過際遇，但到頭來，卻由於像蒼蠅聲擾亂了晨雞聲那樣，被小人排擠，終不被皇帝重用。**集仙殿**：後改名"集賢殿"。《舊唐書‧杜甫傳》載：天寶十三年（754），杜甫進《三大禮賦》，受到玄宗賞識，命待制集賢院，召試文章。**金鑾殿**：《唐書‧李白傳》載：天寶初年，賀知章向玄宗舉薦李白。召見於金鑾殿。論當世事，奏頌一篇，帝賜食，親為調羹。上句以兩殿名，概括李杜之受知於皇帝。**可是**：卻是。**蒼蠅惑曙雞**：《詩·齊風·雞鳴》："雞既鳴矣，朝既盈矣。匪雞則鳴，蒼蠅之聲。"本詩以蒼蠅喻阿諛讒諂之徒，以曙雞喻李杜。《會箋》云："二章言李杜當日齊名四海，而皆不能翱翔華省，豈亦有如我之遭毀淪落耳？'蒼蠅惑雞'，比黨人排笮也。"

<h1 style="text-align:center">三</h1>

生兒古有孫征虜，嫁女今無王右軍。[1]
借問琴書終一世，何如旗蓋仰三分？[2]

注釋

1　"**生兒**"二句：男兒生世，古時曾有像孫征虜那樣的英雄人物；但如今嫁女，已難找到像王右軍那樣的風流佳婿了。**孫征虜**：指孫權。《三國志·孫權傳》載："曹公（曹操）表權為討虜將軍，領會稽太守，屯吳。""生兒"句：《三國志·吳志·孫權傳》裴松之注引《吳曆》云："曹公出濡須，作油船，夜渡洲上。權以水軍圍取，得三千餘人。公見舟船器仗、軍伍整肅，喟然嘆曰：'生子當如孫仲謀！'"**王右軍**：王羲之，曾為晉右軍將軍。**"嫁女"句**：見《晉書·王羲之傳》載："太尉郗鑒使門生求女婿於導（王導），導令就東廂遍觀子弟。門生歸，謂鑒曰：'王氏諸少並佳。然聞信至，咸自矜持；惟一人在東牀坦腹食，獨若不聞。'鑒曰：'正此佳婿耶！'訪之，乃羲之也。遂以女妻之。""今無"，含意是"今有"。詩人就婚於王茂元。此以王羲之自比。隱有自負才情之意。

2 **"借問"二句**：我想請問一下：好像王羲之那樣，以琴書自樂，終其一生，能不能比得上孫權那樣黃旗紫蓋，建功立業，三分天下呢？**琴書**：代"文藝"。王羲之是中國著名的書法家，後世稱為"書聖"。在政治上並無建樹。**旗蓋**：《三國志·吳志·孫權傳》注引《吳書》云："紫蓋黃旗，運在東南。"意謂東南方出現了黃旗紫蓋狀的雲彩，就是帝王的象徵。**仰**：瞻仰；仰望。詩中此字承上啟下，既指仰觀旗蓋，亦指欽仰三分天下之功業。**三分**：魏、吳、蜀鼎足三分天下。此首感激王茂元的知己。"兩世節鉞，不取將種，竟贅窮酸。"王氏是將門之女，嫁了書生。丈夫仕途蹭蹬，她也甘於食貧。義山《與同年李定言曲水閒話戲作》詩云："海燕參差溝水流，同君身世屬離憂。相攜花下非秦贅，對泣春天類楚囚。"可見義山對就婚王氏帶來的後果是感到非常苦惱的，但他並沒有後悔，對妻子的感情也越來越深厚。何焯云："當時蓋以其委身武人為恥，下二句自為分辨也。"未免把義山的人格看得太低了。

四

代北偏師銜使節，關東裨將建行臺。[1]
不妨常日饒輕薄，且喜臨戎用草萊。[2]

注釋

1　"代北"二句：石雄率領偏師在代州之北抗敵有功，領
了使節的頭銜。他這位當年關東的裨將終於建立了行
臺。代：代州。在今山西北部代縣。偏師：指全軍的一
部分，以別於主力。銜：領銜。這裏作動詞用。使節：
石雄因功被提拔為豐州都防禦使。關東：指函谷關以東
的地區。裨將：副將。裨，助也，相副助也。石雄是徐
州人，少時投軍，曾為下級將佐。行臺：在外地的最高
軍事機構。石雄後任晉絳行營節度使、河中節度使等
職。兩句歌頌石雄的功績。據《舊唐書·石雄傳》載：
會昌初年，回鶻入寇。三年正月，天德行營副使石雄自
選勁騎，在月黑之夜，潛師襲回鶻首領烏介可汗的牙
帳，斬首萬級，生擒五千。

2　"不妨"二句：不妨他平日受盡別人的風言冷語，最令
人高興的是能在戰場上提拔出身草野的英雄。饒：任；
儘。張相《詩詞曲語辭匯釋》："饒，猶任也；儘也。假
定之辭。凡文筆作開闔之勢者，往往用饒字為曲筆以墊
起之。"輕薄：菲薄。石雄出身微賤，在重門第的朝
中，自然被人看不起。臨戎：臨兵；臨戰。草萊：猶

"草茅"。在野的，未出仕的。《漢書·蔡義傳》："臣山東草萊之人。"詩中指石雄。據《舊唐書·石雄傳》：會昌三年（843）四月，昭義鎮節度使劉從諫死，其姪劉積自任兵馬留後，自主澤潞軍務，抗拒朝命。李德裕舉薦石雄，代李彥佐為晉絳行營節度使。石雄引兵度烏嶺，攻破五砦，斬獲千計。兩句讚美李德裕為相時，能不拘一格，任用賢才，以成大功。張采田云："代北使節，謂破烏介；關東行臺，謂平澤潞，皆指石雄。雄本系寒，又為衛公所特賞，及衛公罷相，僅除龍武統軍，怏怏而卒，始終不負恩知，故特表之。"

五

郭令素心非黷武，韓公本意在和戎。[1]
兩都耆舊皆垂淚，臨老中原見朔風。[2]

注釋

1　"郭令"二句：郭令公的素心並不是要窮兵黷武的，韓國公的本意是要跟異族和好。**郭令**：指郭子儀（698-781）。郭子儀在安祿山叛亂時，任朔方節度使，在河北擊敗史思明。肅宗時，任關內河東副元帥，率兵收復長安、洛陽，使唐王朝政權得到穩定。肅宗乾元元年（758）進中書令。**素心**：平素之心，本心。**黷**（dú 讀）

武：濫用武力；好戰。據《舊唐書・郭子儀傳》載：代宗時僕固懷恩叛變，糾合回鶻、吐蕃攻唐，郭子儀親自說服回鶻統治者，與唐聯兵以拒吐蕃。德宗時，遣韋倫為使至吐蕃，郭子儀作盟誓之書，談判成功，雙方又一度和好。故義山稱美其"不黷武"。**韓公**：指張仁愿。《舊唐書・張仁愿傳》謂：神龍中張仁愿為朔方總管，築三受降城於河北，使突厥不敢南侵，景龍二年（708）封韓國公。**和戎**：古代謂與別族維持和平的關係為"和戎"。《左傳・襄公四年》："無終子嘉父，使孟樂如晉，因魏莊子納虎豹之皮，以請和諸戎。"詩中以郭子儀、張仁愿比李德裕。據《舊唐書・李德裕傳》載：文宗大和五年（831）九月，"吐蕃維州守將悉怛謀請以城降……盡率郡人歸成都。德裕乃發兵鎮守，因陳出攻之利害。時牛僧孺沮議……乃詔德裕卻送悉怛謀一部之人還維州，（吐蕃）贊普得之，皆加虐刑"。此事後來被政敵作為攻擊李德裕的藉口。大中元年（847）正月，人赦，制文也針對李德裕，謂："國家與吐蕃甥舅之好，自今後邊上不得受納投降人。"故義山特標舉出"非黷武"、"和戎"來為李德裕力辨。

2　**"兩都"二句**：西都和東都的父老都流下淚來——唉！想不到等到晚年，在中原方能看到北方的恢復！**兩都**：東西兩都。指長安和洛陽。**耆**（qí 其）**舊**：指年高而有聲望的人。**朔風**：北風。詩中指北方的民族風習。兩句指大中三年（849）吐蕃衰弱，自動把秦、原、安樂三州及石門等七關歸還唐朝之事。詩意謂：如果當初用李德裕的遠謀宏略，那麼河湟地區早就恢復了，哪裏要等到如今臨老才見到呢？這就是父老"垂淚"之故。一結用意很深。李德裕是個有遠見的政治家，當時接納維州，目的是"欲經略河湟，須以此城為始"，"可減八處鎮兵，坐收千里舊地。臣見莫大之利，乃為恢復之基"。（李德裕《奏論》中語）李德裕又指示巡邊使劉濛："緣邊諸鎮，各宜選練師徒，多蓄軍食，使器甲犀利，烽火精明，密為制置，勿顯事機。"大中年間的執政者卻鼠目寸光，竟害怕"發兵枝梧，駭動京國"，這怎不令詩人扼腕嘆息呢。

花下醉

這是別有深情的佳作。詩人愛惜年華，對自然之美有特別強烈的感受。詩中所表現的並不是那種慨嘆"浮生若夢，為歡幾何"（李白《春夜宴從弟桃花園序》）的消極之情。詩歌"含思宛轉，措語沉著"，有較強的藝術感染力。

> 尋芳不覺醉流霞，倚樹沉眠日已斜。[1]
> 客散酒醒深夜後，更持紅燭賞殘花。[2]

注釋

1　"尋芳"二句：我在尋覓美麗的春花，不知不覺地喝醉了，倚着花樹，沉沉睡去，日已西斜了。流霞：神仙中傳說的仙酒名。《抱朴子·袪惑》："仙人但以流霞一杯，與我飲之，輒不飢渴。"義山《武夷山》詩亦云："只得流霞酒一杯，空中簫鼓幾時回？"兩句寫遊春賞花，歡飲至醉。"不覺"二字極妙。暗示景色之美。"倚樹"二字，寫出眷戀之情。"醉"字，含意相關，亦因酒而醉，亦為花所陶醉。

2　"客散"二句：詩人持燭賞花，是為了追回在醉眠中耽誤了的時間，更是為了獨個兒清靜地享受生活之美，這是那些喧囂的酒客所不了解的。蘇軾《海棠》詩有句云："只恐夜深花睡去，故燒高燭照紅妝。"當從此化出。馬位《秋窗隨筆》謂義山之句"有雅人深致"，東坡之句"有富貴氣象"，"二子愛花興復不淺"。

悼傷後赴東蜀辟至散關遇雪

大中五年（851）夏秋間，義山妻王氏卒。不久，作者即被柳仲郢辟為節度書記。本詩是赴東川途中遇雪，懷念亡妻之作。短短二十字，把個人身世的飄零、景況的孤獨和對亡妻深切的憶念都寫出來了。散關：即大散關，在陝西寶雞縣西南。

> 劍外從軍遠，無家與寄衣。[1]
> 散關三尺雪，回夢舊鴛機。[2]

注釋

1　"劍外"二句：我遠道從軍，要到劍閣之外；這時，已沒有家人為我寄寒衣了。**劍外**：劍，指劍閣，是自陝西入四川的一條棧道。李白《蜀道難》："劍閣崢嶸而崔嵬。一夫當關，萬夫莫開。"劍外，泛指東川地區。**從軍**：指赴節度使幕。**與（yù 預）**：給。

2　"散關"二句：來到散關，大雪三尺。夜裏卻夢到妻子在織機前為我趕製寒衣。**鴛機**：織機。紀昀說："'回夢舊鴛機'，猶作有家想也。"無家人作有家想，其愴痛可知。猶陳陶《隴西行》："可憐無定河邊骨，猶是春閨夢裏人"之意。

樂遊原

　　這一首小詩，歷來的評論家多認為是哀時之作。何焯云：「遲暮之感，沉淪之痛，觸緒紛來，悲涼無限。嘆時無宣帝可致中興，唐祚將淪也。」但我們細味詩意，似無這樣複雜的感情，詩中只不過是記一次登覽的情況，抒發詩人留連光景的感喟而已。樂遊原：在長安東南，據《兩京新記》載：漢宣帝樂遊廟，一名「樂遊苑」，亦名「樂遊原」，基地最高，四望寬敞。漢唐以來，是長安士女節日遊樂的好去處。作者尚有《樂遊原》七絕云：「萬樹鳴蟬隔斷虹，樂遊原上有西風。羲和自趁虞泉宿，不放斜陽更向東。」與本詩大旨相同。

> 向晚意不適，驅車登古原。¹
> 夕陽無限好，只是近黃昏。²

注釋

1　「向晚意」二句：先點出登覽的原因。傍晚時候，情緒有些不愉快，不如到外邊散散心。紀昀說：「第一句，倒裝而入」，顯然是曲解了。「驅」與「登」兩字，用兩個表示速度和趨向動詞，筆力很勁，也有氣勢。**古原**：指樂遊原，從宣帝建樂遊廟，至此已有九百年了。

2　　"夕陽"二句：極力讚嘆晚景之美。無限好，並不光是寫夕陽，而是寫在夕陽餘輝照耀下，塗抹上一層金色的世界。詩人在樂遊原上，縱目平川，俯瞰長安，祖國壯麗的山河，引起了強烈的美的感受。所以，他才發出這深沉的慨嘆——只是近黃昏！可惜啊，多美的景色，太陽，您慢一點兒沉下去，讓我多欣賞一會兒吧！詩人站在樂遊原的高處，無限低徊留戀。這兩句詩，在美學上的價值更大於強加給它的思想價值。一切奮發向上的人，絕不會讀了它而產生空虛之感，相反，會更激勵自己，更愛惜時光，不辜負這無比壯美的黃昏好景。"天意憐幽草，人間重晚晴。"這兒哪有一點衰颯沒落的情調！

聽鼓

　　五言絕句，篇幅短小，是最難成功的詩體。什麼"功力"、"學問"，在這二十個字中實在擺弄不出，許多"資書為詩"的詩人，洋洋灑灑，動輒百韻，但往往翻遍他們的詩集，都找不出一首像樣的五絕來。寫五絕，要單行直下，貫串一個中心，切忌破碎。我們看看這首《聽鼓》：

　　　　城頭疊鼓聲，城下暮江清。[1]
　　　　欲問漁陽摻，時無禰正平！[2]

注釋

1　"城頭"二句：詩人聽到了城牆上不停的鼓聲，這是誰敲擊的？為什麼？沒有正面作出回答。第二句，寫城下的景色。"暮江清"三字，使我們展開想像：悲壯蒼涼的鼓聲，飛越過蕭瑟的江水，迴蕩在空曠無邊的原野上。下句緊連著首句，烘染氣氛。**疊鼓**：《李衛公兵法》："鼓三百三十三槌為一通。鼓止角動，吹十二聲為一疊。"

2　"欲問"二句：您想要學《漁陽摻》嗎？啊，在這個時候，再也沒有像禰正平這樣的人了！末二句出《後漢書·禰衡傳》：禰衡，字正平，善擊鼓。曹操召為鼓史，著岑牟單絞之衣，為漁陽摻撾，容態有異，音節悲壯。禰（nǐ 你）衡：東漢末年人，有文才，放縱不羈。不肯巴結權貴。後被江夏太守黃祖所殺。**漁陽摻**（càn 燦）：鼓曲調。曹操想折辱禰衡，故意叫他做鼓史，而禰衡卻泰然自若地擊鼓。結果弄得曹操也有點尷尬，懂得侮人者必自侮的道理。詩人慨嘆無禰正平，正是以禰正平自況。表示自己有滿腔的積憤，希望能像禰正平那樣，能借擊鼓來發洩一下。這種“孤憤”之情，在義山不少作品中都可體現出來。

憶梅

　　寫五言絕句，宜有勁直之氣，四句一意貫串，不枝不梧，這是唐人的正格。但義山此詩，意思極曲折，而又不流於散漫破碎，小詩中可見大手筆。作者大中五年（851）到梓州，在柳仲郢幕中，一住幾年，心情很不好，大中七年編定《樊南乙集》，自序云：“三年已來，喪失家道，平居忽忽不樂。”這時期寫的詩都充滿著惘然失意之感。

　　　定定住天涯，依依向物華。[1]
　　　寒梅最堪恨，常作去年花！[2]

注釋

1　“定定”二句：我流落天涯，想不到要定居下來，如今，無限深情地嚮慕著早春時候美好的風物。兩句寫作者到東川之後的感受。“住天涯”是無可奈何之事，但總是希望能看到光明的前途。詩人把自己的心事寄託在“物華”之中，充滿著柔情，去欣賞那芳春的景物。

2　“寒梅”二句：寒梅呀，最惹起我無窮的悵恨，為什麼老是在去年開花呢？這裏“常作去年花”五字，包含著深深的怨憤。寒梅在隆冬開花，春天，萬花開放的時候，它早已花盡葉成蔭了。誰知道，這"物華"並不是屬於自己的。詩人看著欣欣向榮的春景，益覺自己的失意無聊，這也不是劉禹錫"病樹前頭萬木春"之意嗎？所以就不由得不懷念起逝去的歲月來了。

漫成三首 (選一)

曹丕《典論·論文》云："文人相輕，自古而然"，真是令人觸目傷心之語。難道當了"文人"就一定要"相輕"嗎？事實往往如是，尤其是封建時代的文人和那些自命為"文人"的人。義山是吃盡了這文人相輕的苦頭的，所以感受就更深切。他渴望能有知己朋友同情他、關懷他，在學問上互相切磋，共同進步。願前輩的文人，對後學更多的鼓勵和扶持。義山在開成三年（838）應博學宏詞科考試，先為考官周墀、李回所取，復審時被人誣陷，"有中書長者曰：'此人不堪，抹去之'"。（見義山《與陶進士書》）有感而作是詩。

> 霧夕詠芙蕖，何郎得意初。[1]
> 此時誰最賞？沈范兩尚書。[2]

注釋

1　**"霧夕"二句**：在輕霧迷離的良夜，寫了詠荷花的好詩。這是年青的何遜最得意的時候。首句用何遜的佳作：《看伏郎新婚詩》："霧夕蓮出水，霞朝日照梁。何

如花燭夜，輕扇掩紅妝？」這一年，義山赴涇原（涇
州故治在今甘肅涇縣北）節度使王茂元幕，茂元愛其
才，以女嫁之。王是李黨中人，義山因此而招致牛黨令
狐綯等人的忌恨，說他背恩，千方百計排斥他。「霧夕」
句，當是指就婚王氏之事。才子新婚，其得意可想而
知。何郎：何遜，字仲言。六朝時著名的詩人。

2　「此時」二句：這個時候，誰人最賞識他呢？就是沈約
和范雲兩位尚書了。沈：沈約。據《南史》載：「沈約
嘗謂遜曰：『吾每讀卿詩，一日三復猶不能已。』」可見
其傾倒之至。范：范雲。《南史》：「何遜，字仲言，八
歲能賦詩，弱冠舉秀才。范雲見其對策，大相稱賞，結
為忘年交。」尚書：官名。是協助皇帝處理政務的高級
官員。沈約曾領中書令遷尚書令，范雲曾領太子中庶子
遷尚書右僕射。詩中以沈約、范雲指周墀、李回。當時
周墀為集賢學士，李回以庫部郎中知制誥。周於是年權
判西詮，李充宏詞考官。義山為所考取，注擬上聞，故
有知己之感。其《與陶進士書》云：「周、李二學士以
大德加我。」即指此。

天涯

　　多愁善感的詩人啊，為什麼您如此的哀傷？芳春
麗日，鶯語花開，一切美好的景物，都勾起了您的愁
緒，您能有幾多淚水，灑遍這個充滿著不幸和痛苦的
世界啊！在這首詩中，流露出詩人對生活極度失望之
情。希望讀者在欣賞藝術作品時，不要被"惡之花"
式的頹廢美俘擄了。

> 春日在天涯，天涯日又斜。[1]
> 鶯啼如有淚，為濕最高花。[2]

注釋

1　**"春日"二句**：在這美好的春日裏，我流落在天涯。
　遠望天邊的紅日——它早已西斜了！這裏重複了
　"日""天涯"三字，但含義卻有不同。上句的"日"指
　日子，下句的"日"，指太陽；上句的"天涯"，泛指
　遙遠的地方；下句的"天涯"，指具體的天邊。這裏迴
　環重疊，以取得視覺上和聽覺上的效果。詩人此時流寓
　在桂州。

2　**"鶯啼"二句**：聲聲啼喚著的黃鶯兒呀，如果您有淚水
　的話，請為我滴在枝頭上最高的花朵上吧！誰人在舊體

詩詞中讀過這樣美的句子？杜甫《春望》詩：“感時花
濺淚，恨別鳥驚心。”淚濺到花上，也只是直寫。詩
人蠟炬成灰，淚已流乾，只有託啼鶯寄恨了。“最高花”
三字，無理之極。正如屈復所云：“不必有所指，不必
無可指，言外只覺有一種深情。”這種韻外之致，蕩氣
迴腸，往往會令人不能自持，溺而不返。**最高花**：樹梢
頂上的花，也就是開到最後的花。表示春天已過盡，美
好的事物即將消逝，鶯兒的啼聲也倍覺哀切了。

早起

　　這首小詩與《天涯》（"春日在天涯"）詩意境相類，但沒有那種愴痛欲絕之情。詩中隱含著不平和憤激，失意的詩人害怕孤獨，企羨美好的事物，渴望著能分享春之歡樂。但，美好的芳春是屬於他的嗎？

> 風露澹清晨，簾間獨起人。[1]
> 鶯花啼又笑，畢竟是誰春？[2]

注釋

1　**"風露"二句**：細風輕露，使春日的清晨顯得更加恬靜，在簾間有個剛起牀的孤獨的人。澹（dàn 淡）：安靜。這裏作使動詞用。**獨起人**，詩人自指。兩句先描繪出寂寥的環境氣氛。

2　**"鶯花"二句**：黃鶯兒在鳴囀，花兒也開放了。這個美麗的春天，究竟是屬於誰人的呢？以反詰句作收，有味外之旨。黃庭堅《送賈使君》詩："春入鶯花空自笑"，正從此化出。本來，鶯花不是屬於任何人的，取之無禁、用之不竭的自然景物，在詩人的移情作用之下，都塗上了主觀的色彩，成為那些春風得意的人的私產了。屈復云："言如此鶯花非我之春，其困厄可不言而喻。"

271

細雨

　　古來詠雨的詩很多，都不外從雨的形狀，雨中的
景物和作者的感受去著筆。像杜甫的 "霧交纔灑地，
風逆旋隨雲"（《晨雨》）、"入空纔漠漠，灑迥已紛
紛"（《喜雨》）、劉復的 "如煙飛漠漠，似露濕萋萋"
（《春雨》）、韋應物的 "漠漠帆來重，冥冥鳥去遲"
（《賦得暮雨送李曹》）等，雖是名句，但我們讀起來
總感到欠缺了些什麼，大概就是這些詩句忽視了形象
思維的運用，詩人的主觀感情沒有很好地融進藝術形
象之中，因而詩歌顯得感情冷漠。義山此詩，想像奇
特，構思新穎，短短的二十個字，就構成一幅絕美的
畫圖：

> 帷飄白玉堂，簟卷碧牙牀。[1]
> 楚女當時意，蕭蕭髮彩涼。[2]

注釋

1　"帷飄" 二句：細雨，被微風吹動，像一幅垂下的簾帷
　　飄拂在白玉堂前；像一張巨大的珍簟，從碧天中橫捲下
　　來。簟（diàn 店）：竹蓆子。牙牀：用象牙雕刻為裝飾

的臥牀。兩句描繪得非常形象生動。詩人把細雨比喻作巨大的帷幕和蓆子，一是從平面觀，一是從側面觀，構成了三維空間。正所謂的"蓆天幕地"，表現了細雨空濛無際之狀。白玉堂和碧牙牀，指神仙之境，並不是詩人居處的地方。

2　**"楚女"二句**：這恰像楚地女神當時的情事——紛披的長髮，潤澤而清涼——正在她新沐之後。**楚女**：楚國的神女。屈原嘗描寫神女的濯髮，《離騷》："夕歸次於窮石兮，朝濯髮乎洧盤。"《九歌·少司命》："與女沐兮咸池，晞女髮兮陽之阿，望美人兮未來，臨風怳兮浩歌。"詩人以神女剛洗過的光潤的長髮比喻細雨。想像她在神仙之府中寂寞的情懷，頗有點自況之意。末二句使人"探之茫茫，索之渺渺，雖極雕肝鏤腎，亦終惝恍而無憑"。虛中有實，這正是詩人匠心獨運之處。

滯雨

這首小詩，含意曲折，而詩人卻平順自然地寫來，可見大手筆。思鄉之作，古來無數，但很少有像此詩結句那樣的深曲渾厚。

> 滯雨長安夜，殘燈獨客愁。[1]
> 故鄉雲水地，歸夢不宜秋！[2]

注釋

1 "滯雨"二句：長安之夜，聽著那連綿不斷的雨聲，殘燈獨對，留滯異鄉的客子，怎能不觸緒生愁呢？兩句點出時間、地點、環境，烘托出抒情主人公的心情，句子精煉。

2 "故鄉"二句：啊，我的故鄉，那美麗的雲水之地，今夜的歸鄉之夢，大概是不大適宜於這個秋天吧！**故鄉：**作者原籍在懷州河內（今河南省沁陽縣），後遷居鄭州滎陽。滎陽北接黃河，南有少陘、浮戲、嵩高等山，風景優美，故稱"雲水地"。全詩的重點在"不宜秋"三字，秋夜懷鄉，不宜歸夢，作者以此表達一夜思鄉不眠之意。另外"不宜秋"亦與"雲水"之意相聯。蕭瑟的秋日，暮雲迢遞，流水嗚咽，更增獨客之愁。詩意深長，調高韻勝。

柳枝五首

　　柳枝，這個聰明美麗而又有藝術氣質的少女，是義山的第一知己。義山詩素稱難解，而柳枝能欣賞它，這使我們寂寞的詩人感到異常的驚喜。本詩的序，就像一首優美的散文詩：妙齡女子的懷春，青年男子的鍾情，邂逅和愛慕，心靈上的交流，密約和幽會，機緣的錯失，淡淡的、然而是永久的追思。這是義山最用意的作品。語言也很簡練，可見義山的古文根柢的深厚。五首古絕句，極力摹擬六朝樂府的風格。多用"比興"之法，在藝術效果上似隔一層，不及長序的真切動人了。

序

　　柳枝，洛中里娘也。父饒好賈，[1] 風波死湖上。其母不念他兒子，獨念柳枝。生十七年，塗妝綰髻，未嘗竟，已復起去。吹葉嚼蕊，調絲擫管，[2] 作海天風濤之曲，幽憶怨斷之音。居其傍，與其家接，故往來者，聞十年尚相與。疑其醉眠夢

斷不娉。[3] 余從昆讓山，比柳枝居為近。他日春曾
陰，讓山下馬柳枝南柳下，詠余《燕臺》詩。柳枝
驚問：“誰人有此？誰人為是？”讓山謂曰：“此吾
里中少年叔耳。”柳枝手斷長帶，結讓山為贈叔乞
詩。[4] 明日，余比馬出其巷。柳枝丫鬟畢妝，[5] 抱
立扇下，風障一袖，指曰：“若叔是？後三日，鄰
當去濺裙水上，以博山香待，[6] 與郎俱過。”余諾
之。會所友有偕當詣京師者，戲盜余臥裝以先，
不果留。雪中讓山至，且曰：“為東諸侯取去矣。”
明年，讓山復東，相背於戲上，[7] 因寓詩以墨其故
處云。

【釋文】

　　柳枝，是洛陽城里巷中的姑娘。父親是位富有的
商人，外出時因風波覆舟而溺死湖上。她的母親不很
掛念別的子女，獨獨寵愛柳枝。柳枝十七歲了，對塗
妝、挽鬢這些女孩子的事兒，總不大耐煩，往往未打
扮完就起來到室外，欣賞園子裏美麗的花草，吹響葉
兒，嚼碎花蕊，或是調弄琴絃、拿起簫管，奏出天風
海濤般氣象壯闊的曲子和哀怨欲絕的樂音。我居住在
她附近，和她家互通音問，十年中一直有交往。人們

對她終日如醉如癡地沉迷於藝術中很不理解，未有人聘娶她。我的堂兄讓山，跟柳枝是緊鄰，有一天，春陰濃密，讓山繫馬在柳枝家南的柳樹下，吟詠著我的《燕臺》詩。柳枝聽到了，吃驚地問：「是誰能有這樣的詩情？是誰寫出這樣的詩句？」讓山對她說：「這是同里中我年輕的堂弟寫的。」柳枝扯斷自己長長的衣帶，打了個結兒，請讓山轉贈堂弟乞詩。第二天，我和讓山並馬出到巷中。看到柳枝梳著雙鬟，妝扮得很整齊，交著手臂站在門扇下，春風吹拂她的衣袖。她指著我說：「這位就是嗎？三天後，我準備到洛水邊湔裙，拿著博山香爐子等著，請您一起去吧。」我答應了。恰巧有位朋友要跟我一起到京城的，開玩笑地偷偷帶走了我的行李，我就不能再逗留了，只好趕著同去。雪中，讓山到來說：「柳枝被東諸侯娶去了。」明年，讓山又到東邊，跟我在戲上分別，因此作了詩，題寫在舊日的地方。

注釋

1　**饒**：饒益，富裕。**好賈**（hào gǔ 耗古）：賈，指設肆售貨的商人。好賈，即善於作買賣。《韓非子‧五蠹》：「長袖善舞，多錢善賈。」

2　**吹葉嚼蕊**：女孩子愛花草的小動作。傅玄《笳賦》：「吹葉為聲。」《舊唐書‧音樂志》：「銜葉而嘯，其聲清震，

橘柚尤善。"現在的小孩子亦常捲橘柚葉而吹。搣（yè
葉）：用手指按捺。

3　**相與**：相交往。朱注謂"夢"字下一本有"物"字。**娉**
（pìn 聘）：娉娶；娉妻。以上數句文字很艱澀，或疑有
脫字。

4　**手斷長帶**：古人好在衣帶上題詩，故柳枝以為贈。**結**：
打結。表示"結愛"。

5　**丫鬟**：朱注引陳啟源曰："丫鬟，謂頭上梳雙髻，未適
人之妝也。"

6　**鄰**：鄰居。這裏當是柳枝自稱。**濺**（jiān 煎）**裙**：同
"湔裙、古代風俗，在正月底到水邊洗裙子，以湔袚不
祥。《玉燭寶典》載："元日至晦日並為酺食，士女湔裙
度厄。"**博山**：博山爐。其形如山狀，中有孔，可透香
氣。南朝樂府《楊叛兒》曲："歡作沉水香，儂作博山
爐。"文中博山爐當有暗示男女幽會之意。馮浩曰："蓋
約之私歡也。"

7　**相背**：指分手。**戲**（yī 希）**上**：地名。《史記索隱》："戲
上在新豐縣東二十里戲亭北。"

———

　　花房與蜜脾，蜂雄蛺蝶雌。[1]
　　同時不同類，那復更相思？[2]

注釋

1　**"花房"二句**：雌的蛺蝶，棲息在花房中，雄的蜜蜂，居住在蜜脾裏。**花房**：指在花朵中的空處。**蜜脾**：蜜蜂營造連片的窠房，釀蜜其中，其形如脾狀，故稱。義山《閨情》詩："紅露花房白蜜脾，黃蜂紫蝶兩參差。"詩中以雄蜂自喻，以雌蝶喻柳枝。

2　**"同時"二句**：它們雖同時相處，卻不同種類，哪能夠再惹起相思呢？兩句謂自己與柳枝，現在已身份不同，地位不同，無法再相好了。元遺山《鷓鴣天》詞："雌蝶雄蜂枉斷腸。"即此意。

二

本是丁香樹，春條結始生。[1]
玉作彈棋局，中心亦不平。[2]

注釋

1　**"本是"二句**：她本來是棵丁香樹，春天抽條後，丁香結就生出來了。**丁香**：一名"丁子香"。桃金娘科常綠喬木，夏季開花，淡紫色。《本草》謂"其子出枝蕊上，如釘子"。義山亦有《待贈》詩云："芭蕉不展丁香結，同向春風各自愁。"此以丁香結喻情結。

2 "玉作"二句：用玉製成彈棋的棋盤，它的中心也是不平的啊！**彈棋**："碁"同"棋"。古代的棋類遊戲。相傳西漢成帝時劉向仿蹴鞠之體而作。《後漢書·梁冀傳》注引《藝經》："彈棋，兩人對局，白黑棋各六枚，先列棋相當，更先彈也。其局以石為之。"唐代增為二十四棋。今已失傳。在古樂府詩中常以"棋"諧"期"之音。如《子夜歌·今夕已歡別》："明燈照空局，悠然未有期"（"油燃未有棋"）。**局**：棋局，棋盤。近年考古發現得棋局實物，正方，中央隆起，如覆鍋狀。故云"中心亦不平"。詩中以棋局的不平喻自己心中不平。

三

嘉瓜引蔓長，碧玉冰寒漿。[1]
東陵雖五色，不忍値牙香。[2]

注釋

1 "嘉瓜"二句：好瓜拖著長長的瓜蔓，像碧玉浸在冰涼的水中。**蔓長**：屈復云："蔓長喻思長。"**碧玉**：古樂府有《碧玉歌》云："碧玉破瓜時，郎為情顛倒，芙蓉陵霜榮，秋容故尚好。"義山詩中的"碧玉"有雙關意，既以形容嘉瓜之狀，亦以暗喻柳枝。古樂府《碧玉歌》："碧玉小家女，來嫁汝南王。""破瓜"，俗以瓜字

可分為二八字，故以十六為破瓜之年。"瓜"字亦有雙
關意。冰：朱注：去聲。用鎮物使之冷凍。古代習慣，
夏天吃瓜果，常先用冰或井水冷之。故有"浮瓜沉李"
之說。

2 　"東陵"二句：東陵侯的好瓜雖然五彩奪目，但我卻不
忍去嘗試它。東陵：《史記》載：邵平，故秦東陵侯，
秦破，為布衣，貧，種瓜於長安門東，瓜美，故時俗謂
之"東陵瓜"。阮籍《詠懷》之六："昔聞東陵瓜，近在
青門外，連畛距阡陌，子母相鉤帶。五色曜朝日，嘉賓
四面會。"東陵，本侯爵。詩中亦以借指娶柳枝的"東
諸侯"。值：逢著，遇到。兩句寫詩人對所慕者的憐惜
之情。

四

> 柳枝井上蟠，蓮葉浦中乾。[1]
> 錦鱗與繡羽，水陸有傷殘。[2]

注釋

1 　"柳枝"二句：柳樹的枝條，蟠屈在井上，蓮葉在小浦
邊枯萎。上句寫柳枝。朱注："言種非其所。"意謂
柳枝委身東諸侯，如在井中蟠屈，不得自由。下句寫
自己。

2 "**錦鱗**" 二句：這時候，錦繡般美麗的魚和鳥，無論在水中，在陸上都受到傷殘了。**錦鱗繡羽**：指魚、鳥。鮑照《芙蓉賦》："戲錦鱗而夕映，曜繡羽以晨過。" 兩句意謂：棲息在柳枝上的鳥兒和遊戲在蓮葉上的魚兒都受到惡劣環境的影響。

五

畫屏繡步障，物物自成雙。[1]
如何湖上望，只是見鴛鴦？[2]

注釋

1 "**畫屏**" 二句：無論在畫屏中，在錦繡的步障上，所有的生物都成雙成對的。**畫屏**：彩繪的屏風。**步障**：用以遮蔽風塵或視線的一種屏幕。

2 "**如何**" 二句：唉！為什麼向湖上眺望，只見對對的鴛鴦在游翔？四句意謂，物物成雙，而自己形單影隻，因此舉目堪傷。

韓碑

這是義山詩的名篇鉅製。清勁的風格，深廣的內容，都與題意相稱。前人認為本詩刻意摹擬韓愈的《石鼓歌》，這只是皮相之言。義山畢竟是個真正的詩人，他懂得每一位作家，都應有自己獨特的藝術風格。清人屈復說：此詩"生硬中饒有古意，甚似昌黎（韓愈）而清新過之"。（《玉谿生詩意》）所謂清新，主要是指詩歌的語言風格而言，全詩一氣貫串，筆墨淋漓。"直書其事，寓言寫物。"純用"賦"體，而不像《石鼓歌》那樣多用"比"法。語言散文化的程度更過於韓詩，沒有使用古字僻字，也沒有詰屈聱牙的詞句。這是本詩在藝術上的特色。韓碑，指韓愈的《平淮西碑》。唐代自睿宗始設河西節度使。玄宗時，於各軍事重鎮分設節度使，方鎮勢力漸強，地方官亦受其節制。安史亂後，中央集權更為削弱。河朔三鎮已成割據之勢，節度使職位成為世襲或由部將竊據。齊魯、江淮一帶的武將也多仿效，形成"天下盡裂於方鎮"的局面。藩鎮間或互相攻戰，或起兵抗唐，人民遭到兵禍連結和殘酷剝削壓迫之苦。唐憲宗元和十二年（817），宰相裴度任用大將李愬，率兵討伐淮西吳元濟的叛軍。李愬善於觀察形勢，選擇戰機，撫養士卒，對降將李祐等推誠相待，在隆冬雪夜潛師以襲，攻克蔡州，生擒吳元濟。韓愈作了《平淮西碑》，歌頌這一場反對藩鎮割據，維護國家統一的戰爭。韓碑中突出讚美宰相裴度決策統率之功。後有人認為碑文不實，沒有肯定李愬的功績，向皇帝提出申訴。憲宗因命推倒此碑，磨去韓愈的碑文，由翰林學士段文昌重撰文勒石。義山此詩，極力推崇韓碑，認為韓愈強調裴度的首功，是合理的。裴度是宰相、統帥，國家安危，繫於一身。在一場戰爭中，主帥能正確地作出戰略決策，是戰爭取得勝利的最重要的關鍵。淮西平後，河北藩鎮非常恐慌，紛紛表態服從中央。唐王朝政權得到暫時的穩定。作者能從大原則上著眼，正見他對歷史問題的卓識。義山的詠史詩，多有感而發。李德裕在武宗會昌年間居相位，力主削弱藩鎮，曾親自部署作戰方案，討平擅自襲任澤潞節度使的劉稹。作者曾在《會昌一品集序》中極稱李德裕平藩鎮的"第一功"。對宣宗貶逐李德裕等功臣良將表示不滿。本詩借韓碑之事以寄對當前政治局面的深慨。

元和天子神武姿，彼何人哉軒與羲。誓將上雪列聖恥，坐法宮中朝四夷。[1] 淮西有賊五十載，封狼生貙貙生羆。不據山河據平地，長戈利矛日可麾。[2] 帝得聖相相曰度，

賊斫不死神扶持。腰懸相印作都統，陰風慘
澹天王旗。[3] 愬、武、古、通作牙爪，儀曹外
郎載筆隨。行軍司馬智且勇，十四萬眾猶虎
貔。[4] 入蔡縛賊獻太廟，功無與讓恩不訾。[5]
帝曰："汝度功第一，汝從事愈宜為辭。" [6]
愈拜稽首蹈且舞："金石刻劃臣能為。古者世
稱大手筆，此事不繫於職司，當仁自古有不
讓。" 言訖屢頷天子頤。[7] 公退齋戒坐小閤，
濡染大筆何淋漓。點竄堯典舜典字，塗改清
廟生民詩。[8] 文成破體書在紙，清晨再拜鋪丹
墀。表曰：臣愈昧死上，詠神聖功書之碑。[9]
碑高三丈字如斗，負以靈鼇蟠以螭。句奇語
重喻者少，讒之天子言其私。長繩百尺拽碑
倒，麤砂大石相磨治。[10] 公之斯文若元氣，先
時已入人肝脾。湯盤孔鼎有述作，今無其器
存其詞。[11] 嗚呼聖皇及聖相，相與烜赫流淳
熙。公之斯文不示後，曷與三五相攀追？[12] 願
書萬本誦萬遍，口角流沫右手胝。傳之七十
有三代，以為封禪玉檢明堂基。[13]

注釋

1 "元和"四句：元和的天子，有著神聖英武的姿質，他
是什麼人呢？好比軒轅皇帝和伏羲氏。發誓要洗雪以往
歷代皇帝所蒙受的恥辱，端坐在法宮之中，使四夷來朝
中國。四句讚美唐憲宗奮發有為，雪恥立極的精神。**元
和**：唐憲宗李純的年號。**彼何人哉**：是古代漢語中慣用
語句，表示讚嘆之意。**軒**：軒轅氏，即黃帝。傳說中中
原各族的共同祖先。**羲**（xī 希）：伏羲氏。神話中人類
的始祖，教民漁獵畜牧。詩中用"軒"與"羲"代表三
皇五帝。**列聖恥**：列聖，列代皇帝。"恥"，指玄宗、肅
宗、代宗、德宗、順宗等歷朝皇帝受到藩鎮的欺侮。如
玄宗時的安史之亂，德宗時的朱泚之亂，皇帝都倉皇出
逃。後來多次的平叛戰爭都遭到失敗。強調一個"恥"
字，以為下文平淮西張本。何焯說："筆筆挺拔，步步
頓挫，不肯作一流易語。"**法宮**：指宮中路寢正殿，是
皇帝治理政務之地。**四夷**：指中國東、南、西、北四境
的外族。韓愈《平淮西碑》："既定淮蔡，四夷畢來，遂
開明堂，坐以治之。"

2 "淮西"四句：亂臣賊子，割據淮西已近五十年，老狼
生了貙，貙又生了熊羆。他們雖是盜賊，卻不佔據荒山
野水，而佔據肥沃的平地；蓄養士兵，長戈利矛，氣焰
薰天，彷彿要把太陽都趕跑。這裏寫吳元濟割據淮西的
猖獗情況。**淮西**：今河南東南部地區。唐代置彰義軍節
度使，轄下申、光、蔡三州。**五十載**：從唐代宗大曆年
間，李希烈叛亂據淮西，歷陳仙奇、吳少誠、吳少陽至

吳元濟，約四十年。本詩云“五十載”乃據韓碑序：“蔡帥之不廷授，於今五十年。”包括大曆初年李忠臣鎮守蔡州的時間在內。**封狼**：大狼。**貙**（chū 樞）：獸名，似貍而大。**羆**（pí 皮）：即人熊。此以野獸喻藩鎮的兇殘跋扈。**日可麾**（huī 揮）：麾，通“揮”、“撝”。據《淮南子‧覽冥訓》載：“魯陽公與韓構難，戰酣日暮，援戈而撝之，日為之反三舍。”這裏指吳元濟氣焰囂張，自恃兵力強盛，膽敢對抗朝廷。把叛軍寫得越強，就越顯出裴度平淮西的功績。

以上八句寫憲宗英明奮發，決心討賊和藩鎮長期割據的情況。

3　　**“帝得”四句**：皇帝得到了賢明的宰相名叫裴度，裴度被刺客砍傷，大難不死，全靠天神保佑。他腰裏懸掛著宰相的大印，兼做了都統。出征時，陣陣陰風捲起皇帝的旌旗。這裏寫憲宗命令宰相裴度討伐淮西叛軍。**度**：裴度，唐朝著名的政治家，字中立，河東聞喜（今屬山西）人。貞元進士，由監察御史累遷御史中丞，力主削平藩鎮。晚年因宦官專權，憤而退居洛陽。次句指元和十年（815）六月，藩鎮遣刺客暗殺了主戰的宰相武元衡。時任御史中丞的裴度，“傷首墮溝中，度氈帽厚，得不死”。三天後，憲宗命裴度為中書侍郎，同平章事（即宰相）。**斫**（zhuō 酌）：砍。**都統**：唐代中後期，設諸道行營都統，為各道出征兵的統帥，又在各道上設都統。元和十二年七月，裴度自請往淮西前線督戰，憲宗命充淮西宣慰招討處置使。當時，已有都統韓弘，故度辭招討之名，仍行使統帥職權。故詩中謂"作都統"，指裴度的實權。**陰風慘澹**：寫出征時森嚴、肅穆的氣氛。十四萬人馬在行進時，唯聽到風吹旗幟之聲。**天王**：指皇帝，憲宗親往通化門檢閱送行，並派三百騎衛從征。

4　**"愬武"四句**：李愬、韓公武、李道古、李文通，作麾下戰將，儀曹的員外郎帶了筆墨跟隨。行軍司馬韓愈機智勇敢，十四萬戰士如老虎貔貅。這裏寫裴度出征時的戰將、士卒，並點出作碑人韓愈。**愬**：李愬。在元和十一年被任為唐、隨、鄧節度使，率兵討吳元濟。**武**：韓公武，淮西都統韓弘之子。以兵萬三千會於蔡州外。**古**：李道古。元和十一年，為鄂岳觀察使。**通**：李文通。元和十年二月，為壽州團練使。**牙爪**：比喻武臣和輔佐的人。《詩‧小雅‧祈父》："祈父，予王之爪牙。"爪牙，古時並非貶義。據韓碑載："光顏、重胤、公武合攻其北，道古攻其東南，文通戰其東，愬入其西。"**儀曹**：官名。魏晉以後，祠部所屬有儀曹，掌吉凶禮制，後世因稱禮部郎官為儀曹。《舊唐書》："以司勳員外郎馮宿、禮部員外郎李宗閔皆兼侍御，從度出征。"**行軍司馬**：軍府之官，參預軍事計劃。時韓愈兼御史中丞，充彰義軍行軍司馬。他曾向裴度請求自提五千兵，從小路偷襲蔡州，裴度沒有同意。**虎貔**（pí 皮）：老虎和貔貅。比喻勇猛的將士。

5　**"入蔡"二句**：攻入蔡州城，生擒了吳元濟，獻俘到太廟中。裴度的功勳無人可及，皇帝對他的恩遇也無法估量。元和十二年十月，李愬執吳元濟，送到京師長安，憲宗親臨興安門受俘。以元濟獻於太廟，號令於市斬之。兩句寫裴度功勞之大，無與倫比。在平淮西之戰中，裴度一力主持，運籌帷幄，作出決策，又親臨前線，整頓軍容紀律，對戰爭勝利起決定性作用。元和十三年二月，以平淮西功，加金紫光祿大夫，弘文館大學士，賜勳上柱國，封晉國公。**太廟**：皇帝的祖廟。**不訾**（zī 資）：同"不貲"。不可計量。

以上十句，敘述憲宗令裴度為宰相、兼任統帥，率兵討平吳元濟的功績。

6 **"帝曰"二句**：皇帝說：你，裴度，功勞第一；你，行軍司馬韓愈，應該寫記功的文章。紀昀云："層層寫下，至'帝曰'二句，群龍結穴，此一篇之主峰"，這很有見地。作者特別指出，裴度的"功第一"，完全是憲宗的意見。韓愈撰寫碑文，並無私心，以說明後來推碑之非。**從事**：漢代三公及州郡長官皆自辟僚屬，多以從事為稱。韓愈在平淮西役中，任行軍司馬，職位相當於從事中郎。《舊唐書·韓愈傳》載："淮、蔡平，十二月，隨度還朝，以功授刑部侍郎，仍詔撰《平淮西碑》。"

7 **"愈拜"六句**：韓愈下拜叩頭，手舞足蹈之後說：製作金石碑文，這件工作我能承擔，古來撰述被世人稱為"大手筆"的文章之事，往往不交給有關部門來進行。遇到應做的事，從來的賢人是不會推讓的。說完後，皇帝頻頻地點頭同意。詩句理直氣壯，一瀉無餘，完全是散文的句法。**稽**（jī 積）**首**：古時的一種跪拜禮，叩頭到地，是九拜中最恭敬的。《周禮‧太祝》："九拜，一曰稽首。"賈公彥疏："其稽，稽留之字，頭至地多時，則為稽首也。……臣拜君之拜。"**蹈且舞**：舞蹈，古代臣子朝見皇帝時，手舞足蹈的儀節。**金石刻劃**：指在銅器、碑碣上刻寫歌功頌德的文章。**大手筆**：煌煌巨製，大文章。指有關朝廷大事的文字。**職司**：指朝廷中專門負責具體工作的部門。這裏指唐代專司撰述的集賢院、宏文館等。"不繫於職司"，說明撰碑文事關緊要，故不作日常事務處理，不交給文學侍從之臣來做。韓愈是御史中丞，執法之官，不屬文學之臣。**當仁不讓**：《論語‧衛靈公》："子曰：'當仁不讓於師'。"朱熹注："當仁，以仁為己任也；雖師亦無所遜。言當勇往而必為也。"**頷**（hàn 憾）：下巴。這裏作動詞用，點頭。**頤**（yí宜）：下巴。頷頤，即點頭以示賀許。

以上八句，敘述韓愈奉憲宗之命撰寫碑文。

8　　**"公退"四句**：韓愈退朝後，齋戒沐浴，獨處小坐之中，飽蘸大筆，縱橫揮灑，筆墨淋漓。變換《堯典》、《舜典》上的字句，刪改《清廟》、《生民》等詩篇，寫成古雅的文辭。這裏寫韓愈寫碑文的經過。**齋戒**：素食、沐浴。清心潔身，以示莊敬。**閣**（gé 格）：同"閣"。**濡染**：潤濕。**淋漓**：詩中指筆墨酣暢，揮灑自如，盡情盡致。**點竄**：在文章中刪字為點，添字為竄。**堯典、舜典**：皆《尚書》的篇名。**清廟、生民**：《詩經》的兩篇頌詩。詩中指韓愈撰寫的碑文摹擬古代經籍的文體，力求高古典雅。亦指韓碑具有"史筆"，像司馬遷寫作《史記·五帝本紀》時，把《堯典》、《舜典》上的文字，稍加修改，補綴成篇。

9　**"文成"四句**：碑文撰成後，用破體書法寫在紙上，清晨上朝時再三跪拜，把文卷鋪在宮殿的臺階上。奏表說："臣子韓愈昧死上言。"這篇文章，歌頌朝廷神聖的功業，把它書寫在石碑上。這裏寫文章寫成，進上皇帝。**破體**：張懷瓘《書斷》："王獻之變右軍（王羲之）行書，號曰'破體書'。"這是書法中的一種變體。**昧死上**：即冒死上言，是秦漢時臣子向皇帝奏事時的慣用語。

10　**"碑高"六句**：石碑高三丈，字大如斗，碑下有靈鼇背負著，碑上有螭龍蟠繞。文句奇特，語意深刻，能理解它的人很少。有人向皇帝進讒言，說韓愈撰碑有私心，因而用百尺長繩把碑拉倒，用粗砂大石把刻字磨去。這裏寫立碑和推碑的情況。**靈鼇**（áo 敖）：神龜。指贔屭（ㄅㄧ ㄒㄧ 閉係）古代習慣把碑下的石座雕作贔屭的形狀，取其力大能負重之意。**螭**（chī 癡）：古代傳說中一種沒有角的龍。**喻**：明白，理解。**讒**：說別人壞話。《舊唐書·韓愈傳》："詔愈撰《平淮西碑》，其辭多敘裴度事，時先入蔡州擒吳元濟，李愬功第一。愬不平之。愬妻（唐安公主之女）出入禁中，因訴碑文辭不實。詔令磨愈文。憲宗命翰林學士段文昌重撰文勒石。"詩言"讒之天子"，指此事。**治**（chí 持）：整治。前人云：句奇語重，"四字評韓文，即自評其詩"，甚是。

11 "**公之**"四句：韓公這篇碑文，像天地的元氣，在起初時已沁入了人們的肝脾，正如湯盤，孔鼎上有古聖賢著述的文字，現在器雖不存，而銘文仍萬古流傳。這裏抒發感慨。**元氣**：指天地間的精神。**湯盤**：相傳是商湯沐浴用的盤，上有三句非常有意義的銘文："苟日新，日日新，又日新。"成為千古傳誦的警句。**孔鼎**：指孔子先世正考父的鼎。上亦有銘文。

以上十八句敘述撰碑、樹碑和推碑的經過，抒發了作者的感想。

12 "**嗚呼**"四句：啊，聖明的皇帝和賢能的宰相，顯赫的聲威，互相輝映，淳正光明的風氣流佈世上。韓公這篇碑文如果不傳示後世，朝廷的功業怎能跟三皇五帝相媲美呢！**聖皇**：指唐憲宗。**聖相**：指裴度。**烜**（xuān 宣）**赫**：形容聲名或氣勢很盛。**淳熙**：正大光明。**曷**（hé合）：何。怎麼。**三五**：指三皇五帝。**攀追**：趕上。追隨。

13 "**願書**"四句：我希望能把它抄寫　萬本，吟誦一萬次。直到口角上流下涎沫，右手生了胼胝。它好比是傳下來的第七十三代的封禪書，這塊碑石可以作為封禪時的玉檢和明堂的基石。**胝**（zhì 枝）：胼胝，手腳皮膚的老繭。**七十有三代**：《史記‧封禪書》："古者封泰山，禪梁父者，七十二家。"這裏把唐代算進去，作為七十三代。**封禪**（shàn 善）：古代帝王到泰山築壇祭天曰"封"，在山南梁父山上辟基祭地曰"禪"。**玉檢**：古人封禪，書於玉牒，覆以玉檢。《封禪儀》云：玉檢

"其印齒如璽，纏以金繩五周"。**明堂**：古代天子宣明政教的地方，凡朝會及祭祀、慶賞、選士、養老、教學等大典均在其中舉行。

此詩聲韻音節亦奇拗可喜，如"封狼生貙貙生羆"，七字全平聲，"帝得聖相相曰度"，七字全仄聲。宋代蘇軾、黃庭堅諸家常用此法。

無題四首（其四）

詩中寫了兩種不同社會地位的女性的生活和命運。一是貴族少婦，在天朗氣和的暮春時節，和丈夫出外遊樂，笙歌宴飲，無憂無慮，一是貧家的老處女，無媒難嫁，憔悴自傷。詩人用傳統的比興手法，抒寫了自己仕宦上欲進無門，失意遲暮的痛苦。

> 何處哀箏隨急管？櫻花永巷垂楊岸。[1] 東家老女嫁不售，白日當天三月半。[2] 溧陽公主年十四，清明暖後同牆看。[3] 歸來展轉到五更，梁間燕子聞長嘆。[4]

注釋

1　“何處” 二句：從哪兒傳來陣陣清亮的箏聲和急促的管樂？——啊，那是在櫻花怒放的深巷中，垂楊輕拂的河岸上！哀：指聲音的高亢清亮，而不是悲哀之意。如古樂府《子夜四時歌》：“春林花多媚，春鳥意多哀。春風復多情，吹我羅裳開。”管：古代竹製的吹奏樂器。如簫、笙、笛等。永巷：深長的街巷。兩句先寫出春日美好的氣氛。嬌花媚柳，急管繁絃。以反襯三、四句，

294

烘托五、六句。

2　"東家"二句：在東郊的貧家中有位姑娘，年紀大了，
　　還嫁不出去。這正是麗日當天的暮春時候啊！**東家**：
　　宋玉《登徒子好色賦》："臣里之美者，莫若臣東家之子
　　（指女子）。"**老女**：古樂府《捉搦歌》："老女不嫁，蹋
　　地喚天。"兩句寫老處女的婚嫁失時，以抒發詩人自己
　　的遲暮之感，這是傳統的托喻手法。

3　"溧陽"二句：溧陽公主才十四歲，在清明回暖的日
　　子，與丈夫家人一起在圍牆裏觀賞春景。**溧**（lì栗）**陽
　　公主**：梁簡文帝的女兒。《南史》載：溧陽公主，簡文
　　帝女也。年十四，有美色。侯景納而嬖之，大寶元年
　　（550）三月，"請簡文禊宴於樂遊苑"。在這裏泛指當
　　時的貴家婦女。兩句回應一、二句。用年輕的富貴人家
　　女子與貧家老女對照。**同牆看**：此指東家老女在清明暖
　　後，隨俗遊春，也在圍牆裏看花。

4　"歸來"二句：這位貧家的姑娘回家後，整夜輾轉無
　　眠，直到天亮，只有屋梁間的燕子聽到她長長的嘆息。
　　兩句寫東家老女出外見到貴家少婦賞春的情景，觸動身
　　世之感，徹夜不寐，而自己的痛苦心情又無人可告，無
　　人理解。

　　全詩對比鮮明。一邊是年少得意，家世煊赫；一
邊是年長難嫁，寂寞窮愁；一邊是全家遊宴，聽曲看
花；一邊是獨出無聊，自傷遲暮。如前人所云："無
題諸詩，大抵祖述美人香草之遺，以曲傳不遇之感，

故情真調苦，足以感人。"薛雪《一瓢詩話》亦云："此是一副不遇血淚，雙手掬出，何嘗是艷作？"唯黃子雲《野鴻詩的》痛詆義山云："玉谿無題詩，千妖百媚"、"思無不邪……余恐惑於美人香草之說，亦為侈淫妖冶之詞，而乖夫子思無邪之旨"。儼然以衛道者自居，血口噴人，何損於義山之一毫哉！

燕臺四首

　　這是義山艷體詩中的極筆。為柳枝所深賞。其佳處"首在哀感頑艷動人；其次練字調句，奇詭波峭，故能獨有千古"（《李義山詩辨正》）。前人每謂此詩"純用長吉體"，亦衹皮相之言。李賀詩風格奇崛苦峭、意境淒慘幽冷，感情激憤悲鬱，冥冥孤詣，嘔心而出。至於抒寫情愛，實非所長。義山的古體詩，吸取了李賀詩中的某些特點，再加以齊梁濃艷的風調，詞語華麗典雅，蘊蓄著無限深情。可謂出於藍而勝於藍，決非長吉所能限圍的。唐代以來，不少自稱學"長吉體"的，只曉得掇捨李賀詩的辭藻，勉強剪貼成篇，優孟衣冠，可厭可鄙。試讀義山之作，就可知道應如何處理繼承和創新的關係，義山之所以成為義山，能卓然自樹於唐代文藝之林，其原因也在於此。

　　《燕臺》詩，《會箋》定為開成五年（840）之作。謂"四章蓋皆為楊嗣復而作"。"感兼家國，而以遭際離合之恨緯之。"並斷言："集中凡關於家國身世，隱詞詭奇，無不類此。若判作艷情，則大謬矣！"把好端端的戀愛詩歪曲至此！我們現在必須把這些"索隱派"的孤臣孽子的陰魂驅散，讓義山詩恢復其本來面目。

春

　　風光冉冉東西陌，幾日嬌魂尋不得。[1] 蜜房羽客類芳心，冶葉倡條偏相識。[2] 暖藹輝遲桃樹西，高鬟立共桃鬟齊。[3] 雄龍雌鳳杳何許？絮亂絲繁天亦迷。[4] 醉起微陽若初曙，映簾夢斷聞殘語。[5] 愁將鐵網罥珊瑚，海闊天翻迷所處。[6] 衣帶無情有寬窄，春煙自碧秋霜白。[7] 研丹擘石天不知，願得天牢鎖冤魄。[8] 夾羅委篋單綃起，香肌冷襯琤琤珮。[9] 今日東風自不勝，化作幽光入西海。[10]

注釋

1　"風光"二句：美好的春光緩緩地流去，它將消逝在東西的徑路上——隨著她漸行漸遠了。這幾天來，芳魂何在？我千萬遍追尋，也見不到她的蹤影。兩句是全組詩的總冒。寫春殘人別，引起刻骨的相思。**冉冉**（rǎn染）：慢慢地，漸進貌。**陌**（mò墨）：田間的小路或城中的街道。**嬌魂**：指自己所戀的女子。

2　"蜜房"二句：在花叢中那些翩翩飛舞的小仙子，它們最能了解芳春的情意。每一片鮮潔的葉子，每一根柔美的枝條，它們全都認識。**蜜房**：蜂巢。**羽客**：神話中的

298

飛仙。詩中指蜂、蝶之類的有翅昆蟲。**冶葉倡條**：猶言"野草閒花"。兩句追憶當日尋春的情景。

3　**"暖靄"二句**：和煦的煙靄，籠罩著斜日的餘輝，就在桃樹的西邊——她，挽著高高的鬟髻，含笑站著，跟美麗的桃花齊併。**靄**：同"靄"。雲霧之氣。暖靄，春日晴暖時的輕煙薄霧。**桃鬟**：指桃花繁密，如人的髮鬟。何焯云："以桃膠約鬟髻也"，非是。兩句寫初見時的情態。

4　**"雄龍"二句**：但是，雄龍和雌鳳，依然兩相分隔，杳遠難期。使人心緒如柳絮般歷亂、游絲般紛繁。**雄龍雌鳳**：猶《柳枝》詩的"蜂雄蛺蝶雌，同時不同類"之意。"雄龍"自指。"雌鳳"以喻所戀的人。兩句意謂相見後仍不能相親，故心情惝怳迷亂。

5　**"醉起"二句**：薄醉醒來，黃昏夕照像黎明曙色那樣映著重簾，夢覺後還聽到自己依微的囈語。**微陽**：夕陽。馬戴《楚江懷古》詩："微陽下楚丘。"兩句寫無聊獨臥，夢也難尋。

6　**"愁將"二句**：我滿腹愁緒，想要用鐵網掛罥起珊瑚，但大海是那麼遼闊，天空中烏雲翻滾，早已迷失方向和處所了。**"愁將鐵網"句**：《新唐書·拂菻國傳》："海中有珊瑚洲，海人乘大舶墮鐵網水底。珊瑚初生磐石上，白如菌，一歲而黃，三歲赤，枝格交錯，高三、四尺。鐵發其根，繫網舶上，絞而出之。"義山《碧城》詩云："玉輪顧兔初生魄，鐵網珊瑚未有枝。"兩句意謂想要像搜羅珍奇那樣追求她，但終難成事。

7 **"衣帶"二句**：無情的衣帶，總隨著人腰圍變化而或寬或窄。春煙空自晴碧，很快又見到遍地白茫茫的秋霜了。上句寫因相思而瘦損。下句謂無心欣賞美好的景物，一任春去秋來。前人評曰："景自韶麗，心自悲涼。""春"、"秋"兩字，點出自春至秋漫長的思念。

8 **"研丹"二句**：丹砂可以研碎，石塊可以劈開，我的心依舊是鮮紅堅定的，但老天爺卻不知道，希望能有"天牢"把我的冤魄牢牢鎖住。**研丹擘（bò 柏）石**：《呂氏春秋》："石可破也，而不可奪堅；丹可磨也，而不可奪赤。"詩意謂心如丹赤石堅。**冤魄**：朱鶴齡注引孟康曰："情不得伸，故曰冤魄。"上句寫自己堅貞的愛情。"天不知"，頗有《離騷》："怨靈脩之浩蕩兮，終不察夫民心"之意。下句謂神思迷亂，如屈原之"魂魄散佚"，故願得天牢以鎖之。這是"誠極而悲"之語。

9 **"夾羅"二句**：昔日的夾羅衣服已委置在箱篋中，只穿著單薄的輕綃獨自起來，芳香的肌膚有點微冷，襯著琤琤的玉珮。兩句謂羅衣已換，芳春將逝，而相思之情，無人可告。

10 **"今日"二句**：我的冤魄禁不起今日勁吹的東風，化作一道幽光，相隨著飄到西海。兩句寫自己執著的追求，如《離騷》之："路漫漫其脩遠兮，吾將上下而求索。"此首寫跟戀人別後的相思。《李義山詩辨正》："通篇皆狀苦思癡想，惆悵恍惚，真深於言情者，宜柳枝聞而驚嘆歟？"

夏

　　前閣雨簾愁不卷，後堂芳樹陰陰見。[1] 石
城景物類黃泉，夜半行郎空柘彈。[2] 綾扇喚風
閶闔天，輕幰翠幕波淵旋。[3] 蜀魂寂寞有伴
未？幾夜瘴花開木棉。[4] 桂宮留影光難取，嫣
薰蘭破輕輕語。[5] 直教銀漢墮懷中，未遣星妃
鎮來去。[6] 濁水清波何異源？濟河水清黃河
渾。[7] 安得薄霧起緗裙？手接雲軿呼太君。[8]

注釋

1　　**"前閣"二句：**春去了，前閣外苦雨如簾，終日不卷，
　　　令人愁悶欲絕；卻見到後堂的芳樹，枝葉陰陰。兩句寫
　　　初夏的景色。**"雨簾"**，義山好用簾帷喻雨。詠雨詩如：
　　　"帷飄白玉堂"、"珠箔飄燈獨自歸"皆是。**"不卷"**，意
　　　謂久雨不晴。

2　　**"石城"二句：**石頭城的景物，彷彿像陰間似的淒黯。
　　　行人在夜半彈柘，也是徒然的。**石城：**石頭城，即金
　　　陵。今江蘇南京市。當是詩人所往之地。**黃泉：**指人死
　　　後埋葬的地穴。亦指陰間。《左傳·隱公元年》："不及
　　　黃泉，無相見也。"宋玉《諷賦》："君不御兮妾誰怨？
　　　死日將至兮下黃泉。"詩中以襯托抒情主人公生離死
　　　別的悲懷。**行郎：**行人。詩人自指。**柘彈**（zhè dàn 蔗

但）：柘，植物名，亦名"黃桑"，葉可餵蠶。"柘彈"，朱注引《文選》注：《古史考》云："柘樹枝長而勁，鳥集之將飛，柘起彈鳥，鳥乃呼號。"《西京雜記》："長安五陵人以柘木為彈，真珠為丸，以彈鳥雀。"兩句寫觸景生悲。夜半彈柘，表示無所獲得。

3　"綾扇"二句：繚綾的扇子，漾起清風，像從天門上吹至，輕帷翠幕波浪般翻動旋捲。綾扇：點出"夏"字。閶闔（chāng hé 昌盒）：傳說中的天門。《離騷》："吾令帝閽開關兮，倚閶闔而望予。"兩句寫詩人夏夜獨臥，風動帳帷。

4　"蜀魂"二句：她到了南方，在寂寞中有沒有女伴呢？這幾夜在蠻煙瘴霧中木棉花怕又開了。蜀魂：指杜鵑鳥，參見《錦瑟》詩注。本詩以喻女子的飄泊無依。瘴（zhàng 帳）：瘴氣。南方山林間濕熱蒸鬱之氣，能致人疾病。瘴花：指南方的花，詩中謂木棉花。兩句想像女子已到南方，寂寞無伴。

5　"桂宮"二句：她的影子留在月宮中，清光難以收取。她嫣然一笑，芳香四溢，如同蘭花初放，輕輕自語。桂宮：傳說月中有桂，故月宮亦稱"桂宮"。嫣（yān 煙）：美好貌，常指笑容。宋玉《登徒子好色賦》："嫣然一笑。"蘭破：蘭花綻開。詩中用以形容女子啟唇細語。曹植《洛神賦》："含辭未吐，氣若幽蘭。"兩句想像戀人的所在，癡想和她共語。

6　"直教"二句：真的要叫銀河墜入我的懷中，不要使織女老是這樣來了又去。銀漢：銀河。星妃：織女。詩中以喻所戀者。**鎮**：長；久。兩句希望戀人能到來相會。留下來，永不分離。馮浩云：「使長在懷抱則可至秋矣。」

7　**「濁水」二句**：濁水和清波的源頭是沒有什麼不同的，但後來濟河的水清，而黃河的水卻變渾濁了。**濟**（jǐ擠）：水名，古四瀆之一。《尚書‧禹貢》：「導沇水，東流為濟，入於河。」兩句謂二人本來出身一樣，現在卻界限分明，無法在一起了。

8　**「安得」二句**：怎能夠見到薄霧升起在她的緗裙間，我手接雲車呼喚著她的名字！**緗裙**：淺黃色的裙子。**雲軿**（píng 平）：軿，古代婦女所乘坐的有帷幕的車。雲軿，指仙人所乘的雲車。朱注引陶弘景《真誥》：「駕風騁雲軿。」**太君**：太，至高至極；君，道教中的尊稱。太君，泛稱神仙。詩中指所戀者。兩句冀望愛人忽然從天而降，親近相語。

全首是別後想像之辭。希望能相會訴情。

秋

月浪衝天天宇濕，涼蟾落盡疎星入。[1] 雲屏不動掩孤嚬，西樓一夜風箏急。[2] 欲織相思花寄遠，終日相思卻相怨。[3] 但聞北斗聲迴環，不見長河水清淺。[4] 金魚鎖斷紅桂春，古時塵滿駕鴦茵。[5] 堪悲小苑作長道，玉樹未憐亡國人。[6] 瑤琴愔愔藏楚弄，越羅冷薄金泥重。[7] 簾鈎鸚鵡夜驚霜，喚起南雲繞雲夢。[8] 雙璫丁丁聯尺素，內記湘川相識處。[9] 歌脣一世銜雨看，可惜馨香手中故。[10]

注釋

1. **“月浪”** 二句：秋月的光華，像浩淼的波浪，衝刷著天空，整個天空都濕遍了。直到涼月落盡，疏星才照進房中。**涼蟾**：涼月。傳說月中有蟾蜍，故稱。兩句寫秋夜的景色，點出相思的環境。“落盡”，暗示不眠中時間的流逝。

2. **“雲屏”** 二句：牀前的雲母屏風，靜悄悄地遮蔽著我孤獨的哀傷。在西樓上，終夜聽到簷底風箏急驟的響聲。**雲屏**：雲母屏風。參見《常娥》詩注。**顰**：同“嚬”，顰眉，皺起眉頭，表示不愉快、痛苦。**風箏**：懸掛在屋檐下的金屬片，風起作聲，故稱“風箏”，也叫“鐵馬”。兩句寫終夜無眠，獨自痛苦的情景。

3. **“欲織”** 二句：我想織成相思的花樣寄給遠方的情人，但終日的相思卻生出深深的怨恨。《李義山詩辨正》云：“言我欲寄書問詢，而無如終日思怨，兩情不能遙達。”

4. **“但聞”** 二句：只是彷彿聽到北斗星座迴旋時的響聲，

而看不到銀河清淺的流水。**迴環**：旋轉。北斗星座圍繞
北極星旋轉。詩中亦以表示時間的流逝。**長河**：銀河。
《古詩十九首》：「河漢清且淺，相去復幾許？盈盈一水
間，脈脈不得語。」「不見長河」，意謂連隔水遙遙相望
也不可得。

5　**「金魚」二句**：門上的銅魚鎖，隔絕了丹桂園中的春
色。久遠的灰塵撲滿了室中的鴛鴦茵褥。**金魚**：金魚
鑰，即銅鎖。其形如魚，故稱。**紅桂**：即丹桂。木樨
中的一種，花紅色。**古時**：即「故時」，「舊時」。**鴛
鴦茵**：繡有鴛鴦圖案的茵褥。《西京雜記》：「飛燕為皇
后，其女弟上遺（贈送）鴛鴦褥。」上句寫別後重門深
鎖的孤寂的環境。下句謂再也不能歡會了。

6　**「堪悲」二句**：最令人傷悲的是美麗的小苑變成了長
路，一曲《玉樹後庭花》，誰去同情那亡國的人啊！上
句寫當時歡愉之地，已淪為荒蕪的道路。下句寫不堪回
首之慨。**玉樹**：即《玉樹後庭花》。古曲名，參見《南
朝》詩注。**亡國人**：指陳後主。詩中以自喻。

7　**「瑤琴」二句**：瑤琴安靜和美的樂音中，蘊含著悲怨的
楚聲。穿著薄薄的越羅衣，已有些寒冷，衣上的泥金也
覺沉重了。**瑤琴**：飾以美玉的琴。**愔愔**：安靜和悅。
《左傳·昭公十二年》：「祈招之愔愔，式昭德音。」杜
預注：「愔愔，安和貌。」嵇康《琴賦》：亂曰：「愔愔
琴德，不可測兮。」**楚弄**：弄，樂曲。嵇康《琴賦》：「改
韻易調，奇弄乃發。」楚弄，是楚國的樂音。**金泥**：即
「泥金」。顏料名，用金箔和膠水製成的金色顏料。朱注

305

引《錦裙記》：“惆悵金泥簇蝶裙。”詩中指在羅衣上用泥金繪畫的圖案。兩句寫獨坐無聊，彈琴自遣。

8　**“簾鈎”二句**：在簾鈎邊的鸚鵡，夜晚因霜重而驚啼，喚起我正繞著雲夢澤的魂夢。**南雲**：陸機《思親賦》：“指南雲以寄欽。”義山《到秋》詩：“萬里南雲滯所思。”亦以南雲表思念之意。**雲夢**：雲夢澤。參見《夢澤》詩注。據宋玉《高唐賦》謂楚王曾夢與神女相會於雲夢之高唐。詩中以指幽歡之夢。義山《少年》詩：“別館覺來雲雨夢”，與本詩同意。兩句謂鸚鵡不禁宵寒而啼喚，驚醒自己的綺夢。

9　**“雙瑲”二句**：我用丁丁地鳴響的雙玉瑲附在書信中寄給她，信裏記著我們在湘江相識的情事。**雙瑲**：瑲，古時女子的耳飾。參見《春雨》詩注。**丁丁**（zhēng 爭）：象聲。形容玉互相碰擊的聲音。**尺素**：書信。古以絹帛書寫，通長一尺，故稱。兩句寫準備寄信給情人。

10　**“歌唇”二句**：她看我的信時，定然清淚如雨，流到她那慣於歌唱的唇邊，多麼可惜啊，美好的馨香，就在她手中成為過去的了。兩句是想像女子接信之詞。“一世”，表示相思的長久。“馨香”，指芬芳的信箋。詩中用以暗示愛情。“故”，表示愛情的逝去。《李義山詩辨正》：“此二句暗逗下篇，四首章法相生，學者細閱之，可以悟作詩之法。”

全篇寫秋夜不寐相思之情。

冬

　　天東日出天西下，雌鳳孤飛女龍寡。¹ 青
溪白石不相望，堂中遠甚蒼梧野。² 凍壁霜華
交隱起，芳根中斷香心死。³ 浪乘畫舸憶蟾
蜍，月娥未必嬋娟子。⁴ 楚管蠻絃愁一槩，空
城舞罷腰支在。⁵ 當時歡向掌中銷，桃葉桃根
雙姊妹。⁶ 破鬟委墮凌朝寒，白玉燕釵黃金
蟬。⁷ 風車雨馬不持去，蠟燭啼紅怨天曙。⁸

注釋

1　　"**天東**" 二句：太陽從天東出來，又在天西沉下去了，
雌鳳孤獨地飛翔，女龍也失去了配偶。**雌鳳**：疑為 "雄
鳳" 之誤。鳳凰，古代傳說中的神鳥，雄者曰鳳，雌者
曰凰，詩中以雄鳳與女龍（雌龍）相對，猶《柳枝》詩
的 "蜂雄蛺蝶雌。同時不同類，那復更相思？" 之意。
兩句寫冬日短景無多，雙方依然乖隔。

2　　"**青溪**" 二句：如同青溪小姑和白石郎那樣兩不相見，
她的堂中比蒼梧之野更為遼遠。**青溪白石**：古樂府《神
絃歌》中有《青溪小姑》和《白石郎》曲。《青溪小姑》
云："開門白水，側近橋梁，小姑所居，獨處無郎。"
《白石郎》二首云："白石郎，臨江居。前導江伯後從
魚。" "積石如玉，列松如翠。郎艷獨絕，世無其二。"

小姑無郎猶"女龍寡"之意。兩句寫無法見面,室邇
人遠。

3　"凍壁"二句:在冰凍的牆壁上凝結著霜晶,交錯著隱
隱現出。花樹的芳根折斷,香心已死。兩句寫冬日嚴
寒之景,以喻愛情幻滅,相思無益。《古詩為焦仲卿妻
作》:"今日大風寒,寒風摧樹木,嚴霜結庭蘭。"與此
同意。

4　"浪乘"二句:枉自乘坐著畫船去尋訪月宮,但嫦娥
也不一定像她那樣美麗。浪:隨便;空自。畫舸(gě
葛):有彩繪的大船。嬋娟:美好貌。嬋娟子:美女。
兩句寫對月懷人,以月娥反襯情人的美。

5　"楚管"二句:楚地的笙簫、南方的琴瑟,都一例使各
自生愁。她在空城舞罷,也應為我消瘦,只剩一捻腰肢
猶在。楚:指湖北、湖南一帶。或謂義山時在湖南。
蠻:泛指中國南方。疑為女子所在之地。腰支:即腰
肢。兩句寫別後彼此相思,無心作樂。

6　"當時"二句:回想當時的歡樂,已隨掌中舞歌而消
逝,再也沒有桃根桃葉兩姊妹那樣的美人了。掌中:
相傳趙飛燕體態輕盈,能舞於掌上。《南史‧羊侃傳》:
"舞人張淨琬,腰圍一尺六寸,時人咸推能掌上舞。"
疑詩人所戀者是舞女,故有"舞罷腰支在"之語。桃葉
桃根:桃葉,晉王獻之的侍妾名。其妹名桃根。古樂府
有《桃葉歌》云:"桃葉復桃葉,桃樹連桃根。相憐兩
樂事,獨使我殷勤。"相傳為獻之所作。

7　"破鬟"二句:她的髮鬟,梳成了倭墮髻式,顫抖在清

晨的寒氣中，上面有白玉的燕釵和黃金的蟬飾。**破鬟**：未詳。疑即"雙鬟"，分作兩邊，故稱曰"破鬟"。**委墮**：即"倭墮"、"髻"，髮髻名。古樂府《陌上桑》："頭上倭墮髻，耳中明月珠"。崔豹《古今注‧雜注》："倭墮髻，一云墮馬之餘形也。"**蟬**：女子頭上的飾物，如蟬形。兩句寫女子在冬晨中孤獨自憐之狀。

8　"風車"二句：在風雨中，車馬沒能夠把她帶走。獨對著蠟燭，空啼紅淚，哀怨地待到天明。兩句寫無法與所戀者雙飛，只餘得終生的幽怨。**風車雨馬**：傅休奕《吳楚歌》（一作《燕美人歌》）："雲為車兮風為馬。"

本篇寫戀愛的絕望。

　　組詩四章，分詠春、夏、秋、冬四時情事，以概盈年累歲的相思。錢氏云："語艷意深，人所曉也。以句求之，十得八九；以篇求之，終難了了。"以選注者的淺學，恐亦未能會作者的深意，定貽大方之譏。茲錄馮浩注解於下，以供讀者參考。馮浩曰："解者各有所見，未能合一，愚則妄定之若是：首篇細狀其春情怨思；次篇追敘當時夜會；三篇彼又遠去之嘆；四篇我尚羈留之恨。每章各有線索，否則時序雖殊，機杼則一，豈名筆哉！總因不肯吐一平直之語，幽咽迷離，或彼或此，忽斷忽續，所謂善於埋沒意緒者。"又云："其為學仙玉陽東時有所戀女冠耶？"

無題二首 （選一）

這是義山早年的詩作。他寫了一位聰明美麗的姑娘成長的過程。她的姿容和才能很早就顯露出來，她也認識到自己具有這些美好的質素。獨處在深閨之中，年紀漸大，免不了要考慮將來的出路和前途。誰掌握自己的命運？這位姑娘不能不擔心下淚了。詩中所寫的少女，可以說是作者的影子。義山自小有凌雲之志，他在《上崔華州書》中說：“五年讀經書，七年弄筆硯”，九歲後由從叔“親授經典，教為文章”，十六歲著《才論》、《聖論》，以古文出諸公間，為士大夫所知。年青的詩人，熱情奔放，自負才華，希望能實現自己的政治理想，幹一番迴天轉地的大事業。但自己又出身微寒，父親只是個小小的縣令，兼以早逝，“家徒索然”。“四海無可歸之地，九族無可倚之親。”唐代重視門第，不是名門望族出身的讀書人，是很難順利地踏上仕途的。本篇吸取了古代民歌的創作手法，如《古詩為焦仲卿妻作》：“十三能織素，十四學裁衣，十五彈箜篌，十六誦詩書，十七為君婦⋯⋯”直起直收，獨成一格。結尾也含蓄有味。《玉谿生年譜會箋》定為唐文宗大和元年（827）、義山十六歲時作。

八歲偷照鏡，長眉已能畫。[1] 十歲去踏青，芙蓉作裙衩。[2] 十二學彈箏，銀甲不曾卸。[3] 十四藏六親，懸知猶未嫁。[4] 十五泣春風，背面鞦韆下。[5]

注釋

1　"八歲"二句：小姑娘八歲時，就愛偷偷地照鏡子，彎長的眉毛，已堪描畫了。這裏寫女孩很早就懂事，顧影自憐。"偷"字生動地表現出她自知美麗時，羞怯的心情。畫：古代女子以黛飾眉，稱為"畫眉"。

2　"十歲"二句：十歲時，春日踏青郊遊，採摘芙蓉花來裝飾她的裙裳。踏青：春天到郊野遊覽。各地有以正月初八，或二月二日、三月初三為踏青節。舊俗以清明節為踏青節。裙衩（chà 岔）：指下裳。古人常以芳草象徵人的品格情操。屈原《離騷》："製芰荷以為衣兮，集芙蓉以為裳。不吾知其亦已兮，苟余情其信芳。"

3　"十二"二句：十二歲時，學習彈箏，非常用功，套在指上的銀甲也顧不得解下來。兩句寫少女學習音樂藝術的勤勉。銀甲：用骨或金屬製的爪子，套上指上撥絃。卸：除下。

4　"十四"二句：十四歲時，就要藏在閨中迴避六親，但猜想到父母還不打算許嫁。六親：六種親屬，古來說法不一。《漢書·賈誼傳》："以奉六親。"王先謙補注謂：

諸父、諸舅、兄弟、姑姊（父親的姊妹）、婚媾（妻的家屬）、及姻婭（夫的家屬）。古代禮教要求女子居於深閨，連關係最親的男性戚屬都要迴避。詩中"懸知"兩字把少女待嫁的心情刻劃得很細膩。作者《別令狐拾遺書》云："生女子，貯之幽房密寢，四鄰不得識，兄弟以時見。"即此意。

5　"十五"二句：十五歲時，經常對著春風低泣，背著女伴，獨自站在鞦韆架下。兩句寫少女年紀漸長，日更懂事，精神苦悶。對自己的前途惴惴不安，無法掌握個人的命運，更不知將來出嫁後的遭遇。收處見出作者的本意，有不盡之妙。

房中曲

　　認真地把這首詩讀完，再讀兩遍、三遍……一縷幽思，不知從何而生，膚寸而合，展懷而出，俄而，瀰漫四方，充塞天地，這是人類的至性至情啊！朱彝尊評此詩云："言情至此，奇闢千古所無"，亦未為過譽。大中五年（851），春，義山時自徐州盧弘正幕歸，罷職還京，補太常學士，未久，妻王氏卒。此詩當為悼亡之作。在藝術風格上專意效法李賀，峭澀哀艷，寓意深隱。是"長吉體"中的佳作。

　　薔薇泣幽素，翠帶花錢小。[1] 嬌郎癡若雲，抱日西簾曉。[2] 枕是龍宮石，割得秋波色。[3] 玉簟失柔膚，但見蒙羅碧。[4] 憶得前年春，未語含悲辛。歸來已不見，錦瑟長於人。[5] 今日澗底松，明日山頭蘗。[6] 愁到天地翻，相看不相識！[7]

注釋

1　"薔薇"二句：那美麗的薔薇花上，清露如泣，幽意無限。長長的綠楊枝在飄拂著，花兒像銅錢般細小。幽

素：幽意素心。意指深刻而素潔的精神。**翠帶**：楊柳的
　　條枝，細長如帶。李賀《春懷引》：「柳結濃煙香帶重。」
　　兩句寫清晨所見幽艷之景。

2　**「嬌郎」二句**：這位俊美的男子在站著，癡癡地——像
　　天上凝聚不動的雲朵，他在堂西簾下，等待到清晨日
　　出。**嬌郎**：詩人自指。古人將愛婿稱為嬌客，可意會
　　之。兩句寫悲極如癡的神情。「癡若雲」三字，比喻奇
　　特。「抱日」，承「雲」字，猶言「迎日」。「曉」字透
　　露出一夜無眠之意。

3　**「枕是」二句**：他的枕頭是龍宮的神石，能分得那秋波
　　的碧色。**龍宮石**：《玉堂閒話‧息壤記》云：「禹堙洪水
　　至荊州，見有海眼，泛溢無垠，禹乃鑴石造龍之宮室，
　　實於穴中，塞其水脈。」**秋波**：比喻女子的眼睛。謂其
　　如秋水般清澈明亮。兩句意謂不眠時，覺得玉枕分外堅
　　硬，聯想到水中的龍宮石，再想到亡妻的容貌。

4　**「玉簟」二句**：在牀上潔淨的蓆子上，已沒有了她柔潤
　　的體膚，只見到鋪著碧綠的羅被。兩句寫物在人亡。詩
　　意與「欲拂塵時簟竟牀」相近。
　　以上四句倒敘不眠之夜的所見所感。或謂寫曉臥所見。
　　未合。

5　**「憶得」四句**：回想起前年春天，與妻子分別，未曾相
　　語，已含悲辛。如今歸來，再也見不到她了，只見到橫
　　躺著的錦瑟，像人體那樣修長。**錦瑟**：參見《錦瑟》詩
　　注。四句語淺而情深。「錦瑟」句尤為感人。

6　**「今日」二句**：今日像澗底的青松，鬱鬱難以自拔；明

日卻像山頭的黃蘗，心中滋味更苦。**潤底松**：左思《詠史》詩：「鬱鬱潤底松。」**蘗**（bò 柏）：亦稱「黃柏」落葉喬木。樹皮可入藥，味苦。在古樂府詩中常以之喻人的心苦。如「黃蘗向春生，苦心隨日長」。「高山種芙蓉，復經黃蘗塢。」

7　**"愁到"二句**：啊，真怕到那天翻地覆的時候，我們彼此相看，卻再也不認識了。**天地**：諸本作「天池」。張采田云：「『天池』當作『天地』，空說方佳。」今從張說。兩句設想非常奇特，想像到曠劫重生，天地翻覆之日，怕的是前因已昧，難證今生。相愛的人，已不復相識。這真是千古所無的徹骨情語。古樂府《上邪》詩：「上邪，我欲與君相知，長命無絕衰。山無陵，江水為竭，冬雷震震，夏雨雪，天地合，乃敢與君絕。」從正面立言，語氣堅決。而本詩從反面立言，語氣沉痛。同樣深情，各具特色。

海上謠

　　李賀的古體詩，是唐詩藝術的一個高峰。這位天才卓絕的青年詩人，在詩歌的語言藝術上大膽創新，苦思冥想，戞戞獨造，他直接承祧屈原《楚辭》的浪漫精神，益以漢魏詩歌的風骨及六朝樂府艷體綺麗的詞藻，鎔鑄成獨具面目的新詩，那幽渺神秘的意境、新奇瑰異的語言都令千百年來的讀者心醉神迷。即使在當時也有不少詩人很佩服他。義山的創作也深受其影響，這首《海上謠》和《射魚曲》、《無愁果有愁北齊歌》、《宮中曲》等都是典型的"長吉體"詩。張采田云："玉谿古體雖多學長吉，然長吉語意峭艷，至於命篇尚不脫樂府本色；義山宗其體而變其意，託寓隱約，恍惚迷幻，尤龥昌谷（即李賀）而上之，真騷（指《楚辭》）之苗裔也。視錦囊中語（指李賀詩）青出於藍，後人不得相提並論也。"學習前人，而又不被前人所束縛，吾於義山亦無譏焉。

　　桂水寒於江，玉兔秋冷咽。[1] 海底覓仙人，香桃如瘦骨。[2] 紫鸞不肯舞，滿翅蓬山雪。[3] 借得龍堂寬，曉出撲雲髮。[4] 劉郎舊香炷，立見茂陵樹。[5] 雲孫帖帖臥秋煙，上元細字如蠶眠。[6]

注釋

1　**"桂水"二句**：桂海的水，比江水還更寒冷，月亮中的玉兔兒，也在深秋的清寒中幽咽無聲。**桂水**：即"桂海"。江淹《袁太尉淑從駕詩》云："文軫薄桂海。"李善注："南海有桂，故云桂海。"詩人這時在桂管觀察使鄭亞幕中。桂州亦近海。首句點題。**冷咽**（yè謁）：寒顫噎聲。如北朝樂府《隴頭歌辭》："寒不能語，舌捲入喉"意。

2　**"海底"二句**：我來到海中尋覓仙人，只見到桃樹枝葉凋零，像一簇簇枯瘦的骨頭。上句出《漢書·郊祀志》："燕昭使人入海求蓬萊、方丈、瀛洲諸仙人及不死之藥，皆在焉。未至，望之如雲，及到，三神山反居水下。"此指求仙可望而不可即。**香桃**：蟠桃。指不死之藥。《拾遺記》謂西王母曾將萬歲冰桃送給周穆王。詩意似諷皇帝的求仙。集中《昭肅皇帝輓歌辭》有"海迷求藥使，雪隔獻桃人"之句。説明費盡心機尋求仙藥而終無所得。

3　**"紫鸞"二句**：紫鸞也被凍僵而不能舞了，牠的翅膀上積滿了蓬山的冰雪。**紫鸞**：傳説中的鳳凰一類的神鳥，善舞。**蓬山**：蓬萊仙山。

4　**"借得"二句**：在海中借得寬闊的龍宮居住，清早起來就梳弄自己濃密的頭髮。**龍堂**：指海龍王的殿堂。**撦**（shé舌）：用手抽點成批或成束物的數目。**雲髮**：指年輕時如雲般濃密的頭髮。古人常以髮的疏密來表示人的年紀。李白《將進酒》："君不見高堂明鏡悲白髮，朝如

317

青絲暮成雪。"捋髮意是唯恐老去。

5 "劉郎"二句：漢武帝劉徹敬禮拜神仙的香炷還在，但
不多久，就見到茂陵的墓樹已長成了。劉郎：指劉徹。
李賀《金銅仙人辭漢歌》有句云："茂陵劉郎秋風客，
夜聞馬嘶曉無跡。"香炷（zhù 柱）：指線香。《漢武內
傳》："七月七日燔百和之香以待王母。"茂陵：漢武帝
的陵墓，在長安市郊。兩句謂求仙無用，到頭來不過是
一坏黃土。朱鶴齡注："言其死之速。""立見"二字，
諷刺深刻有力。

6 "雲孫"二句：漢武帝的子子孫孫，現在都服服帖帖地
長眠在秋煙瀰漫的原野中。那些上元真經的細字像黑壓
壓的蠶子般眠縮著。雲孫：指遠代的子孫。《爾雅·釋
親》："曾孫之子為玄孫，玄孫之子為來孫，來孫之子為
昆孫，昆孫之子為仍孫，仍孫之子為雲孫。"帖帖：安
靜帖服之狀。上元：上元夫人，女仙。據說是老子的弟
子，曾陪同西王母到漢宮中，與漢武帝相會宴飲。《漢
武內傳》載：上元夫人曾授武帝以金書秘字八甲、靈飛
十二事，武帝"奉以黃金之箱，封以白玉之函，珊瑚為
軸，紫錦為囊，安著柏梁臺上"。蠶眠：《書斷》："魯秋
湖飯蠶，作蠶書。"此指道家經典以蠶書寫成。朱鶴齡
云："言武帝雲孫皆盡，此上元蠶書亦安在哉。"《資治
通鑒·會昌六年》載：宣宗即位後，即受三洞法籙於衡
山道士劉玄靜。本詩可能有感於此而作。近人亦有謂諷
唐憲宗命方士柳泌采藥臺州之事，並說以"桂海"隱喻
臺州（今浙江臨海一帶），可備一說。

驕兒詩

　　義山是個慈祥的好父親。半生坎坷失意的詩人，自然會把全副希望寄託在下一代的身上。詩意"懇懇勤勤，讀之藹然可想"。我們自然會聯想到左思的《嬌女詩》和陶潛的《責子詩》。詩中生動地描繪了一個天真爛漫、活潑聰明的小孩子的形象，他會講故事、扮鬼臉、騎竹馬、撲柳絮，還會做戲、拜佛，還學會撒潑耍賴。做父親的在一旁含著微笑去觀察他的愛子，忽然一陣心酸——這孩子將來會不會像自己那樣："憔悴欲四十，無肉畏蚤虱？"他懇切地告誡兒子：不要死讀書以求功名，要有真實本領，為國立功。

　　袞師我驕兒，美秀乃無匹。[1] 文葆未周晬，固已知六七。[2] 四歲知姓名，眼不視梨栗。[3] 交朋頗窺觀，謂是丹穴物。[4] 前朝尚氣貌，流品方第一。[5] 不然神仙姿，不爾燕鶴骨。[6] 安得此相謂，欲慰衰朽質。[7]

注釋

1 **“袞師”二句**：袞師是我最疼愛的兒子，又漂亮又秀氣，沒有別的孩子能比得上。**袞（gǔn 滾）師**：義山之子。《唐書》本傳不載。元辛文房《唐才子傳》載：白居易極喜商隱文章，謂曰：“我死後，得為爾兒足矣。”袞師或即白之後身也。此委巷瑣談，不足深考。

2 **“文葆”二句**：當他還裹在繡花包被中未滿周歲，就已經知道“六”“七”了。**文葆**：即“文褓”。繡花的褓衣。**周晬（zuì 醉）**：周歲，嬰孩第一個生日。白居易《與元九書》說自己在兩歲時已識“之”、“無”二字，即本詩“識六七”之意。誇讚小孩子的聰明。

3 **“四歲”二句**：四歲時就知道自己的名姓，不再眼睜睜地望著梨子栗子等果品了。意謂袞師從小懂事，不貪吃。
上四句反用陶潛《責子》詩意：“雍端年十三，不識六與七；通子垂九齡，但覓梨與栗。”

4 **“父朋”二句**：我的朋友很注意觀察袞師，認為他將來定是人中之鳳凰。**丹穴物**：《山海經》載：丹穴之山出鳳凰。詩中以比人才出眾的人物。

5 **“前朝”二句**：在六朝重視儀容風度的時代，袞師定是第一流的人物。**前朝**：指魏晉南北朝。時士大夫很注重人的儀表談吐，並常品評等第。

6 **“不然”二句**：他要不就是神仙的姿容，要不就是貴人的骨相。**燕鶴骨**：古代骨相學以“燕頷鶴步”為貴相。

7 **“安得”二句**：但怎麼能這樣誇獎呢？無非是想安慰我

320

這衰朽無用的人罷了。時義山才三十七歲，即自謂「衰朽質」，可能飽經憂患，精神衰弱，體質很差。故年未五十而逝。田蘭芳評曰：「不自信，正是自矜。」甚會作者之意。

以上一段寫衰師的聰慧和親友對他的誇獎。

　　青春妍和月，朋戲渾甥侄。[1] 繞堂復穿林，沸若金鼎溢。[2] 門有長者來，造次請先出。客前問所須，含意不吐實。[3] 歸來學客面，閹敗秉爺笏。[4] 或謔張飛胡，或笑鄧艾吃。[5] 豪鷹毛崒屼，猛馬氣佶傈。截得青筼簹，騎走恣唐突。[6] 忽復學參軍，按聲喚蒼鶻。[7] 又復紗燈旁，稽首禮夜佛。[8] 仰鞭胃蛛網，俯首飲花蜜。欲爭蛺蝶輕，未謝柳絮疾。[9] 階前逢阿姐，六甲頗輸失。[10] 凝走弄香匳，拔脫金屈戍。[11] 抱持多反側，威怨不可律。[12] 曲躬牽窗網，鉻唾拭琴漆。[13] 有時看臨書，挺立不動膝。[14] 古錦請裁衣，玉軸亦屢乞。[15] 請爺書春勝，春勝宜春日。[16] 芭蕉斜卷箋，辛夷低過筆。[17]

注釋

1. **「青春」二句**：在美麗溫暖的春月，孩子結伴玩耍，不分舅甥叔侄的輩份。**青春**：春天草本生長，一片青葱，故稱春季為「青春」。

2. **「繞堂」二句**：往來亂跑，繞過廳堂，又穿過林子，鬧聲像銅鼎中的開水翻溢似的。**金鼎**：銅鼎，古代的炊具，三足或四足。

3. **「門有」四句**：門外有大人來訪時，衮師急忙要先去迎接。客人上前問他喜歡什麼，他卻隱藏心意，不把實話說出。**造次**：匆忙；輕率。

4. **「歸來」二句**：送客歸來，衮師便學著客人的樣子，衝開門跑進來，捧著阿爸的手板。**闔**（wěi委）：開門。**敗**：破壞。「敗」，破門而入。**笏**：古代大臣上朝拿著的手板。

5. **「或謔」二句**：他有時嘲笑客人像張飛那樣大鬍子，有時嘲笑客人像鄧艾那樣結結巴巴。**謔**（xuè）：戲謔；開玩笑。**胡**：同「鬍」。或謂用作「煳」，面色黝黑。這是傳說中的張飛形象，與史傳所載不同，故近人以此作唐代已有三國故事演唱的佐證。**鄧艾**：三國時魏大將。《世說新語·言語》：「鄧艾口吃，語稱艾艾。」

6. **「豪鷹」四句**：他像雄鷹羽毛聳峙，又像駿馬般氣概不凡——砍下了青竹子，騎上竹馬任意衝撞。**崱屴**（zé lì則力）：山峰聳立之狀。**佶傈**（jí lì吉栗）：雄壯。**篔簹**（yún dāng云當）：大竹名。前兩句寫驕兒騎竹馬的姿態。

7　　"忽復"二句：他有時學做參軍戲，摹仿演員叫喚蒼
　　　鶻。**參軍**：官名。唐制，諸衛及王府官俱有錄事參軍
　　　事等，簡稱"參軍"。本詩中指唐代滑稽劇參軍戲的角
　　　色。參軍戲常由"參軍"和"蒼鶻"兩個角色扮演。

8　　"又復"二句：又在紗燈的旁邊，學大人叩頭夜間拜
　　　佛。**稽**（qǐ 啟）**首**：古時的一種跪拜禮，叩頭到地，是
　　　九拜中最恭敬者。

9　　"仰鞭"四句：舉起鞭子來牽取蜘蛛網，低下頭來吸
　　　嚐花蜜。他要跟蝴蝶兒比輕盈，要和柳絮賽快捷。**罥**
　　　（juàn 捲）：掛；絆。**爭**：較量。**謝**：讓。四句寫驕兒在
　　　戶外嬉戲。

10　"階前"二句：他在臺階前遇到阿姊，跟她賭賽"六甲"
　　　輸了。**六甲**：古代術數的一種。紀昀謂指"雙陸"，白
　　　黑兩方各用六子賭勝負。或謂即干支六十甲子。姊弟比
　　　賽書寫。

11　"凝走"二句：硬是要走去翻弄阿姊的妝匣，把匣子的
　　　鉸鏈都拗斷了。**凝**（nìng）：堅持；硬要。**匣**，鏡匣。
　　　用以梳妝。**屈戌**：又作"屈膝"。用於屏風、門窗、櫃
　　　匣等物的一種金屬零件，由兩片組成，可轉折。今稱為
　　　"鉸鏈"或"合頁"。

12　"抱持"二句：阿姊抱開他時，他掙扎反覆，發怒威嚇
　　　他，也無法制止。**律**：約束。上六句寫袞師與阿姊賭賽
　　　輸後撒賴的情狀。

13　"曲躬"二句：彎著身子去拉窗子的網格，把口水吐在
　　　琴上來拭亮表漆。**躬**：身體。**窗網**：籠在窗上網狀紋的

格子。**峈**（kè 克）：吐唾沫的聲音。兩句寫袞師愛琴，故拉窗紗、吐口水來擦亮它。並非如前人謂是撒嬌。

14 **“有時”二句**：有時候，他看大人臨寫碑帖，挺直腰桿，兩膝不動。據元王惲《玉堂嘉話》：“商隱字體絕類《黃庭經》。”《黃庭經》，相傳是王羲之所書小楷。

15 **“古錦”二句**：他拿著古錦，要裁做書衣；見到玉軸，也想要索取。“衣”，指包書卷的布帛。**玉軸**：唐人的寫本裝成卷帙，每卷有根木軸，兩端嵌玉頭。兩句寫袞師愛書。

16 **“請爺”二句**：請求父親書寫春勝，他知道春勝上要寫“宜春”的字樣。**春勝**：即“春旛”。唐時風俗，立春日剪綵為小幡，上寫“宜春”二字，戴在家人頭上，用以表示迎新。

17 **“芭蕉”二句**：斜捲著的箋紙如未展的芭蕉葉，低低地遞過來的筆像含苞待放的辛荑花。**辛夷**：亦作“辛荑”。又名“木筆花”。未放時花形似飽蘸水的毛筆頭。**過筆**：馮注引《舊唐書．柳公權傳》云：“宣宗召昇殿御前書，宦官捧硯過筆。”過筆，蓋古語也。猶今之言遞筆。

以上十句寫袞師的秀慧，對音樂、文字、書籍的愛好。引出下文關於讀書的議論。

至此為第二段。從各方面寫驕兒聰明伶俐、天真可愛的情態。

爺昔好讀書，懇苦自著述。憔悴欲四十，無肉畏蚤虱。[1] 兒慎勿學爺，讀書求甲乙。[2] 穰苴司馬法，張良黃石術。[3] 便為帝王師，不假更纖悉。[4] 況今西與北，羌戎正狂悖。[5] 誅敕兩未成，將養如癕疾。[6] 兒當速成大，探雛入虎窟。[7] 當為萬戶侯，勿守一經帙。[8]

注釋

1　"爺昔"四句：你的父親從前喜歡讀書，勤苦地著述，如今快四十歲了，只落得獨自憔悴消瘦，害怕蚤虱嚙咬。是年作者三十七歲，依舊沉屈下僚。"蚤虱"，當是比喻那些讒害自己的小人。據《南史·文學傳》載："卞彬仕不遂，著蚤虱等賦，大有指斥。"

2　"兒慎"二句：孩子你千萬不要學父親那樣去讀書應舉，以求甲乙科名。甲乙：唐代科舉制度，明經有甲乙丙丁四科，進士有甲乙二科。經策全通者為甲第，策通四、帖過四以上為乙第。

3　"穰苴"二句：你應該去學學司馬穰苴的兵法和張良得黃石公真傳的戰術。穰苴（ráng jū 攘疽）：春秋時齊景公的大將。姓田。曾任大司馬之職，故世稱"司馬穰苴"。齊威王命人總結古代司馬兵法，附穰苴於其中，因號曰"司馬穰苴法"。張良：漢高祖的主要謀臣之一。據《史記·留侯世家》載：張良在年青時曾遊下邳，遇一老人黃石公授與《太公兵法》，説："讀此，則為王者師矣！"

4　"便為"二句：只要這樣，就能做帝王之師，不須依靠別的更細微詳盡的學識了。**假**：憑藉；借助。**纖悉**：瑣碎。四句鼓勵兒子去讀兵書，以學得輔助帝王的真實本領。

5　"況今"二句：何況現在國家的西方和北方，羌戎正在猖狂地叛亂。**羌戎**：指當時西北邊境的少數民族如党項及回鶻等。據《資治通鑒》記載：在大中年間，吐蕃曾誘党項羌及回鶻餘眾攻河西等地區。**悖**（bó 勃）：違背；忤逆。

6　"誅赦"二句：無論是用征討或是安撫的辦法都未有成效，好比養癰為患，將成痼疾。**將養**：將息調養。**痼**（gù 固）：積久難治的病。

7　"兒當"二句：孩子啊，你要快快長大，為國家深入虎穴，探得虎子，徹底削平叛亂。**虎窟**：《後漢書·班超傳》："不入虎穴，焉得虎子。"虎窟，比喻危險的境地。

8　"當為"二句：你應當以武功博取萬戶侯，不要死抱著一部經書。據《後漢書·韋賢傳》載："鄒、魯諺曰：'遺子黃金滿籯，不如一經。'"籯（yíng 迎）：竹箱子。詩中説"勿守一經"，正針對此諺而言。封建時代許多讀書人，白首一經，恥言功利，誤國害民，禍莫甚焉！**帙**：包裹書卷的套子。

　　至此為第三段。寫自己的感慨和對驕兒的期望。

行次西郊作一百韻

　　這是義山詩的長篇鉅製。唐文宗開成二年（837）冬，作者從興元（今陝西省漢中市）返回長安，途經長安西郊地區，親眼看到當時國計民生衰敗的情況，引起了有正義感的詩人對國事強烈的憂憤，寫下這首有深廣的現實意義的詩歌。詩中追述了百年來唐代社會的盛衰的歷史，揭露了唐王朝內部各種腐敗的情況，指出國家致亂的根本原因就是當權者的倒行逆施。作者大膽地譴責朝中尸位素飧的“謀臣”，把批判的矛頭指向了最高統治者，這在當時是難能可貴的。

　　詩歌夾敘夾議，結構嚴謹。直接繼承了漢魏詩歌的優良傳統，我們試讀譚干粲的《七哀詩》、曹操的《苦寒行》、蔡琰的《悲憤詩》，即可知義山此作的“風骨”所自。本詩在構思佈局上亦受杜甫《北征》詩的影響，氣勢磅礴，波瀾壯闊，在晚唐詩中是獨一無二的名作。

　　本詩語言質樸，以“賦”體為主，有散文化的傾向。何焯云：“不事雕飾，是樂府舊法。唐人可比唯老杜《石壕》諸篇。《南山》（韓愈詩）恐不及也。”次：

停留。指在旅行或行軍途中。西郊：長安西的郊畿地區。一百韻：兩句一韻，一百韻即二百句、一千字。本詩"真"、"文"、"元"、"寒"、"刪"、"先"合韻。

蛇年建丑月，我自梁還秦。[1]南下大散關，北濟渭之濱。[2]草木半舒坼，不類冰雪晨。又若夏苦熱，燋卷無芳津。[3]高田長檞櫪，下田長荊榛。[4]農具棄道傍，饑牛死空墩。[5]依依過村落，十室無一存。存者皆面啼，無衣可迎賓。[6]始若畏人間，及門還具陳。[7]

注釋

1　"蛇年"二句：在丁巳年十二月，我從梁地回到秦地。**蛇年**：開成二年丁巳，巳在十二生肖當中屬蛇，故稱。**建丑**：北斗星的斗柄所指為建，夏曆正月曰建寅，推至臘月為建丑。**梁**：梁州，唐時治興元府。**秦**：秦州，詩中指長安。

2　"南下"二句：自南向北，下大散關（今陝西寶雞市西南），再渡過渭水。**濟**：渡。**渭**：渭河。發源甘肅渭源縣，東南流入陝西，經寶雞、眉縣至長安南，在潼關附近流入黃河。以上四句敘述旅行的時間和途程。

3　"草木"四句：草木多因天旱而表皮開裂，不像冰封雪覆的冬景；卻似在夏日酷熱的天時被曬枯捲縮，缺少水份的滋潤。**舒坼**（chè 撤）：開裂。**燋**（jiāo 焦）：通"焦"。韓琦《苦熱》詩："陽烏自燋鑠。"**津**：水液。

4　**"高田"二句**：地勢高的田上長了槲樹和櫪樹，地勢低的田上長滿了荊棘和榛木。**槲**（hú 斛）：野生樹木。葉可餵柞蠶。**櫪**：即櫟樹、柞樹。**榛**（zhēn 臻）：落葉灌木。**荊榛**：泛指叢生的荊棘。兩句互文見義。

以上六句寫久旱後土地荒蕪，雜木叢生。

5　**"農具"二句**：農具拋棄在路邊，飢餓的耕牛死在荒廢的土堆畔。**墩**（dūn 敦）：土堆。

6　**"依依"四句**：我懷著惆悵難捨的心情經過村落，十家人中沒有一家存在；倖存的人都背面而哭，沒有衣裳穿來迎接賓客。**依依**：依戀貌。詩中指思緒萬千，不忍即時離去。**面啼**：猶言"背啼"。面，通"偭"，以背相向。《史記·項羽本紀》："顧見漢騎司馬呂馬童，曰：'若非吾故人乎？'馬童面之。"

7　**"始苦"二句**：開始時好像怕別人問他什麼，等到客人入門後，還是詳細地訴說出來。

以上八句寫農村破產、人民困苦的情況。

上文為第一段。描述作者在京城外所見農村荒涼破敗的景象，從村民的話引入第二段。

　　右輔田疇薄，斯民常苦貧。[1] 伊昔稱樂土，所賴牧伯仁。[2] 官清若冰玉，吏善如六親。[3] 生兒不遠征，生女事四鄰。[4] 濁酒盈瓦缶，爛穀堆荊囷。[5] 健兒庇旁婦，衰翁舐童孫。[6] 況自貞觀後，命官多儒臣。例以賢牧伯，徵入司陶鈞。[7]

注釋

1　"右輔" 二句：在右輔地區的田地本來貧瘠，那裏的人民經常苦於窮困。**右輔**：京城附近的地區稱為 "輔"。漢代長安有三輔，曰京兆尹、左馮翊、右扶風。長安以西一帶屬右扶風，故稱 "右輔"。

2　"伊昔" 二句：從前這地方之所以被稱為樂土，全靠牧伯的仁德。**伊**：發語詞。無具體意義。**樂土**：安樂的地方。《詩·魏風·碩鼠》："逝將去女（汝），適彼樂土。"**牧伯**：古時州牧與方伯的合稱。指封疆大吏，泛指地方上最高行政長官，如府尹、觀察使等。

3　"官清" 二句：地方官清寒素潔得像冰玉，做吏的和善慈愛得像六親。**六親**：六種親屬。參見《無題》："十四藏六親" 句注。

以上六句起追敍盛唐之政，官吏清廉。

4　"生兒" 二句：生了兒子，長大後不用去遠征；生了女兒，長成了嫁給近鄰。杜甫《兵車行》詩："生女猶得嫁比鄰，生男埋沒隨百草。"**事**：服侍。女子嫁後侍奉翁姑、丈夫。

5　"濁酒" 二句：家釀的濁酒盛滿了瓦缶，陳年朽爛了的穀物堆滿了糧倉。**濁酒**：未漉過的酒。**缶**：瓦制的盛酒器。**荊囷**：用荊條編成的圓柱形儲糧物。杜甫《憶昔》詩："公私倉廩俱豐實。"

6　**"健兒"二句**：壯健的男子還養活著妾婦，衰邁的老翁在撫愛著小孫孫。**旁婦**：即外婦，側室。在正妻之外還能養外婦，説明生活富裕。**舐**（shì 氏）：伸出舌頭來舔。詩以"老牛舐犢"形容撫愛之狀。

以上六句寫當時人民生活豐饒快樂。

7　**"況自"四句**：況且在貞觀之後，朝廷任用官吏多是文臣，照例把賢能的封疆大吏調入中央執政。**貞觀**：唐太宗年號（627-650）。**儒臣**：古稱博士官為"儒臣"，後泛指讀書人或有學問的大臣。**徵**：召。**司**：掌管。**陶鈞**：製陶器所用的轉輪。古人以製陶者轉動陶鈞以喻治理國家。杜甫《瞿唐懷古》："疏鑿功雖美，陶鈞力大哉！"**司陶鈞**：指做宰相。此四句為過渡句，承上啟下。讚美盛唐時文人當政的措施。

至此為第二段第一節。追敍盛唐時期國家安定、人民休養生息的情況，點出其根源是宰相和地方官吏的賢明廉潔。何焯云："宰相不選牧伯是此詩發憤大旨。"

　　降及開元中，奸邪撓經綸。[1] 晉公忌此事，多錄邊將勳。[2] 因令猛毅輩，雜牧昇平民。[3] 中原遂多故，除授非至尊：或出倖臣輩，或由帝戚恩。[4] 中原困屠解，奴隸厭肥豚。[5]

注釋

1　"降及"二句：接著到了開元年間，奸邪的臣下擾亂
了國家的綱紀。**降及**：落到了。**開元**：唐玄宗的年號
（713-742）。**撓**（náo）：擾亂；阻撓。**經綸**：整理絲
縷。《易·屯·象傳》："君子以經綸。"《周易正義》解
曰："經，謂經緯，綸，謂綱綸。"引伸為處理國家
大事。

2　"晉公"二句：晉公憎畏這樣的事，便盡量地錄用有軍
功的邊將。**晉公**：指李林甫。開元二十五年（737）封
為晉國公。**此事**：指上文的儒臣執政和牧伯徵入的措
施。據《新唐書·李林甫傳》載："林甫疾儒臣以方略
積邊勞，且大任，欲杜其本，以久己權，即說帝曰：
'……不如用蕃將'……因以安思順代林甫領節度，而
擢安祿山、高仙芝、哥舒翰等專為大將。"

3　"因令"二句：因此就使那些兇橫剛暴的傢伙雜在文
臣中去治理太平時期的人民。**猛毅輩**：指邊將。**牧**：治
理，統治。
以上六句寫開元年間武將被提拔作牧伯的情況，指出國
家發生禍亂的根由。

4　"中原"四句：中原地區從此多事，任命官吏都不由皇
帝決定。或者出自得寵的近臣，或者由皇帝的親戚恩
命。**除授**：拜官授職。**至尊**：指皇帝。**倖臣**：為君主所
寵愛的臣子。時宦官高力士得寵。**帝戚**：指楊貴妃的親
屬楊國忠等。四句謂皇帝大權旁落。

5　"中原"二句：中原百姓苦於被當成牛馬屠殺宰割，而

那些奴才走狗卻吃膩了肥肉乳豬。**奴隸**：指官僚的爪牙。**厭**：飽；滿足。通"饜"。杜甫《醉時歌》："甲第紛紛厭梁肉。"

至此為第二段第二節。説自開元中以來朝廷內外任人非賢，使人民困於苦境。

　　皇子棄不乳，椒房抱羌渾。[1] 重賜竭中國，強兵臨北邊。[2] 控弦二十萬，長臂皆如猿。[3] 皇都三千里，來往同雕鳶。[4] 五里一換馬，十里一開筵。[5] 指顧動白日，暖熱回蒼旻。[6] 公卿辱嘲叱，唾棄如糞丸。[7] 大朝會萬方，天子正臨軒。[8] 綵旗轉初旭，玉座當祥煙。[9] 金障既特設，珠簾亦高褰。[10] 忤者死跟屨，附之升頂顛。[11] 華侈矜遞衒，豪俊相併吞。[13] 因失生惠養，漸見徵求頻。[14]

注釋

1　**"皇子"二句**：皇太子被玄宗賜死，而皇后卻收胡人做養子。上句指開元二十五年（737）玄宗殺太子事。據史載玄宗寵武惠妃，想廢太子李瑛，張九齡不同意，後李林甫"自以始謀不佐皇太子，慮為後患，故屢起大獄以危之"（《舊唐書·李林甫傳》），玄宗終於把太子和鄂王李瑤、光王李琚同時賜死。**不乳**：不養育。是被殺的曲筆。下句指楊貴妃洗兒事。據《安祿山事跡》載：安祿山自請為楊貴妃養子，生日後三天，應召入宮，貴妃用錦繡繃縛祿山，命宮人以彩輿擡之，謂給祿兒"洗三"。**椒房**：漢未央宮的后妃住處。以椒泥塗壁，故稱。**羌渾**：指安祿山。安本營州混血種胡人。父為胡，母為突厥。稱"羌渾"乃借用，泛稱外族。

2　**"重賜"二句**：玄宗給安祿山豐厚的賞賜，竭盡了國中的財富；使他握有強大的兵力，控制北方邊境。**中國**：同"國中"。

3　**"控絃"二句**：他有武裝二十萬人，長臂善射者都矯健如猿。**控絃**：拉弓的人。指士兵。**長臂**：史傳稱漢朝的飛將軍李廣"猿臂"、"善射"。"二十萬"，指安祿山所統轄三鎮兵的總數。包括駐軍十八萬三千及養同羅、奚、契丹降卒八千。

　　六句寫玄宗寵信安祿山，使他掌兵為患。

4　**"皇都"二句**：安祿山的駐地離京都有二千里之遙，而他往來其間就像鷲、鷹那麼迅捷。**三千里**：指從安祿山的駐地（今北京市大興區）到長安的距離（約二千五百餘里）。**雕鳶**（yuān 淵）：鷲和鷂鷹，猛鷲的禽鳥。

5　**"五里"二句**：途中每五里路就要換一次馬，每十里路就設一次筵席。據《安祿山事跡》載：祿山體肥重，從范陽到長安途中，換馬次數比別人加倍。驛站中築臺換馬，稱做"大夫換馬臺"。"開筵"，安祿山歇息之地，皇帝都賜給"御膳"，水陸俱備，極其豪奢。

6 **"指顧"二句**：他手指目顧都足以動搖白日，他面色冷暖熱也足以迴轉蒼旻。**暖熱**：指態度的溫和或嚴厲。**蒼旻**（mín 民）：蒼天。"白日"、"蒼旻"，皆以喻皇帝。

7 **"公卿"二句**：朝中的大臣都遭到他的侮辱嘲罵，被棄置一旁如同糞丸。**糞丸**：蜣蜋搏糞成丸。詩中以喻公卿喪權失位。

8 **"大朝"二句**：在盛大的朝會時集合各地的長官，皇帝坐在殿前接見臣屬。**萬方**：全國各地。**臨軒**：皇帝不坐正殿而在殿堂前檐下的平臺接見臣下。《漢書·史丹傳》："天子自臨軒檻上。"

9 **"綵旗"二句**：設朝時綵旗在朝陽照耀下拂動著，御座前正對著繚繞的祥煙。**祥煙**：朝會時在銅爐中燃燒名貴的香料，輕煙裊裊，以為"呈祥"。

10 **"金障"二句**：已為安祿山特別設置了金雞障，又把坐榻前的珠簾高高捲起。**障**：屏風。**褰**（qiān 牽）：摳；揭起。據《舊唐書·安祿山傳》："上御勤政樓，於御座束為（祿山）設 大金雞障，前置一榻坐之，卷去其簾。"以示對安祿山的尊寵。

11 **"捋須"二句**：而安祿山卻撫摩著鬍子，傲慢地無所顧忌，坐在玄宗的御榻前。**須**：同"鬚"。**捋**（luō 舊讀 劣）：用手指順著抹過去。"捋須"，表示驕橫得意。**蹇**（jiǎn 剪）：驕傲。

12 **"忤者"二句**：觸犯了他的人立即死在他的腳下，巴結他的人就被提拔到極高之位。**忤**（wǔ 午）：逆；不順從。**跟**：腳後跟。**屨**（jù 據）：麻葛等製成的單底鞋。

335

"跟躧"，表踐踏。

以上十八句寫安祿山橫行無忌、氣焰薰天。

13 **"華侈"二句**：權貴互相誇耀自己的豪奢淫侈，那些"豪俊"又在互相傾軋併吞。**矜**：誇耀。**遞**：接連不斷。**衒（xuàn 炫）**：炫耀。**豪俊**：指掌握大權的人。如楊國忠、安祿山等。

14 **"因失"二句**：故此執政者不理人民的生活，不愛民養民，反而對人民的敲詐勒索更加頻繁。

至此為第二段第三節。敘述開元末年唐玄宗寵愛安祿山，造成藩鎮勢力的膨脹，人民遭到殘酷的剝削。

奚寇東北來，揮霍如天翻。[1] 是時正忘戰，重兵多在邊。[2] 列城繞長河，平明插旗幡。[3] 但聞虜騎入，不見漢兵屯。[4] 大婦抱兒哭，小婦攀車轓。[5] 生小太平年，不識夜閉門。[6] 少壯盡點行，瘦老守空村。[7] 生分作死誓，揮淚連秋雲。[8] 廷臣例麏怯，諸將如羸奔。[9] 為賊掃上陽，捉人送潼關。[10] 玉輦望南斗，未知何日旋。[11] 誠知開闢久，遘此雲雷屯。[12] 逆者問鼎大，存者要高官。[13] 搶攘互間諜，孰辨梟與鸞？[14] 千馬無返轡，萬車無還轅。[15] 城空雀鼠死，人去豺狼喧。[16]

注釋

1 **"奚寇"二句**：奚族的叛軍從東北侵入，行動迅猛，如同天翻地覆。**奚寇**：指安祿山的叛軍。《安祿山事跡》載："祿山養同羅、奚、契丹八千餘。""東北"，各本均作"西北"，朱鶴齡謂"西"字當作"東"。**揮霍**：迅疾貌。據史載：祿山以諸蕃馬步十五萬，夜半行，平明食，日行六十里。

2 **"是時"二句**：這時朝中已沒有人想到打仗這回事，重兵大多數都守在邊境。據《舊唐書‧安祿山傳》載："天下承平日久，人不知戰，聞其兵起，朝廷震驚。"時重兵集中西北以對付吐蕃，中原沒有戰備。

3 **"列城"二句**：敵軍連夜攻打黃河一帶的城鎮，清晨時陷落，都換過了旗幟。**幡**（fān 翻）：同"旛"。旗旛。

4 **"但聞"二句**：只是聽到敵人騎兵侵入的消息，卻看不見官軍在駐守。**騎**（jì 冀）：騎兵。**屯**：駐紮；防守。上四句寫叛軍長驅直入。

5 **"大婦"二句**：百姓家中的大婦抱著小孩在哭，小婦攀附著車輻逃難。**輤**（fān 翻）：車箱兩邊遮蔽塵土的擋板。

6 **"生小"二句**：從小生長在太平的年頭，甚至不知道晚上要閉門防盜。

7 **"少壯"二句**：少壯的男人全被徵發當兵，老病的人呆在空村裏。**點行**：按照戶口冊點名服兵役。

8 **"生分"二句**：雖是活著分離，但卻作死別的盟誓，灑下的淚水連結著秋空的陰雲。上句用《古詩為焦仲卿妻

337

作》詩意："生人作死別，恨恨那可論。" 估計出征後不能生還。揮淚如雨，故前人常將淚與雲聯在一起，如杜甫《別房太尉墓》詩："近淚無乾土，低空有斷雲。"

9 **"廷臣"二句：** 朝中大臣都是像麞子般膽怯，各路軍隊都像瘦羊那樣奔逃。例：比照。**麞怯：** 麞子性多疑善驚。**羸**（léi 雷）：瘦羊。

10 **"為賊"二句：** 降臣替叛軍掃除上陽宮，並捉人協助叛軍防守潼關。**上陽：** 洛陽的宮殿名。四句寫朝中文武或是膽怯逃走，或是助賊為虐。一説 "為賊" 句指安祿山於天寶十五年（756）正月在洛陽稱帝。"捉人" 句指六月其部下攻陷長安，搜捕官員經潼關解送洛陽。

11 **"玉輦"二句：** 人們遙依南斗着想望着皇帝，不知什麼時候才能回來？**玉輦：** 指皇帝乘坐的車子。詩中用以代玄宗。時玄宗已逃到西蜀。這裏用杜甫《秋興》詩意："每依南斗望京華。"

12 **"誠知"二句：** 我誠然知道距離開天闢地之時已久，又該要遭上這個雲雷交生的時代了。**遭：** 遭遇。**雲雷屯**（zhūn 諄）：《易·屯卦》的象辭云："屯，剛柔始交而難生。" 古人認為盤古開天闢地前世界是一片渾沌，天地分時，雲雷交會，故 "屯" 表示災難和變亂，詩中以喻安史之亂。四句寫皇帝奔逃、天下大亂。

13 **"逆者"二句：** 叛逆的藩鎮想篡奪政權，未叛的藩鎮要挾朝廷給予高官。**問鼎：** 《左傳·宣公三年》："楚子伐陸渾之戎，遂至于雒，觀兵于周疆。定王使王孫滿勞（慰問）楚子，楚子問鼎之大小輕重焉。" 三代以九鼎為傳國之寶，問鼎有覬覦王室之意。要（yāo 腰）：要挾。提出無理的要求。

14　**"搶攘"二句**：他們之間，亂哄哄地互相偵伺、傾軋，怎能分辨出奸人和忠臣呢？搶攘（chéng rǎng 傖壤）：紛亂。梟（xiāo 囂）：一種兇猛的鳥，常以喻壞人。鸞：喻忠臣。

15　**"千馬"二句**：出征的軍隊中，千匹戰馬沒有一匹生還，萬輛戰車沒有一輛回來。意謂全軍覆滅。轡：駕馭牲口的嚼子和繮繩。詩中以代馬。轅：車轅。駕車用的木。詩中以代車。

16　**"城空"二句**：城邑被屠劫一空，連鼠雀都無可倖免；居人去後，只剩下豺狼般兇惡的佔領者在號叫。

　　至此為第二段第三節。寫安祿山叛軍長驅直入，百姓逃亡，滿朝上下一片極度的混亂。握兵者乘機謀取私利。

南資竭吳越，西費失河源。[1] 因令右藏庫，摧毀惟空垣。[2] 如人當一身，有左無右邊。筋體半瘁痺，肘腋生臊膻。[3] 列聖蒙此恥，含懷不能宣。[4] 謀臣拱手立，相戒無敢先。[5] 萬國困杼軸，內庫無金錢。[6] 健兒立霜雪，腹歉衣裳單。饋餉多過時，高估銅與鉛。[7] 山東望河北，爨煙猶相聯。[8] 朝廷不暇給，辛苦無半年。[9] 行人擢行資，居者稅屋椽。[10] 中間遂作梗，狼藉用戈鋋。[11] 臨門送節制，以錫

通天班。¹²破者以族滅，存者尚遷延。¹³禮數
異君父，羈縻如羌零。¹⁴直求輸赤誠，所望大
體全。¹⁵巍巍政事堂，宰相厭八珍。¹⁶敢問下
執事，今誰掌其權？¹⁷瘡痍幾十載，不敢抉其
根。¹⁸國蹙賦更重，人稀役彌繁。¹⁹

注釋

1　**"南資"** 二句：在南方，吳越地區的資財已被搜刮淨
　盡；在西方，能供給費用的河源地區又已丟失了。**吳**
　越：泛指東南地區。**河源**：黃河上游的河西、隴右一帶
　糧食產區。據史載：祿山反，胡虜薦食，鳳翔以西、
　邠州以北皆為左袵。至廣德間，吐蕃盡取河西、隴右
　之地。

2　**"因令"** 二句：因此便使到右藏庫中，財物耗盡，只剩
　下幾堵空牆。**右藏庫**：朝廷中有左、右藏庫，存放各地
　賦稅、貢物。自安史亂後，各藩鎮把持利權，不向中央
　貢賦。

3　**"如人"** 四句：正好比人的身體，有左邊沒有右邊，筋
　骨軀體半邊萎縮麻痺，肘部和腋下生了臊羶臭味。**肘**
　腋：比喻切近之地。**臊羶**（sāo shān 騷山）：食肉獸和
　食草獸的騷臭氣。詩中以喻外族侵擾者。《晉書·江統
　傳》："寇發心腹，害起肘腋。"

4　**"列聖"** 二句：列代皇帝蒙受到這樣的恥辱，藏在心裏

不敢宣露出來。**列聖**：指肅、代、德、順、憲、穆、敬、文等八代皇帝。**此恥**：指藩鎮割據、外族侵擾。

5 **“謀臣”二句**：謀劃國事的大臣都拱手而立，彼此告戒，沒有人敢首先提出收復失地。**拱手**：兩手合抱致敬。此以形容無所作為之狀。四句寫歷朝上下無敢雪恥逐寇。

6 **“萬國”二句**：全國各地衣物匱乏，內庫錢財竭盡。**杼**（zhù 柱）**軸**：織布機的梭子和筘。《詩・小雅・大東》：“杼柚其空。”“柚”通“軸”。指織布機中空無一物。

7 **“健兒”四句**：士兵戍守在嚴霜積雪中，腹裏飢餓，衣裳單薄。軍糧多是過時才發，物價高漲，錢財不足。**饋餉**（kuì xiǎng 匱響）：指軍糧。**估**：估計物品的價值。高估，指估價升高。**銅與鉛**：指錢。德宗時江淮間多用鉛錫錢，表面燙銅，斤兩不足，故錢輕物重。

以上六句寫國庫空虛，軍餉不足。

8 **“山東”二句**：華山以東至黃河以北一帶，炊煙仍相接不斷。**望**：相望；由此至彼。**爨**（cuàn 竄）：燒火煮食。兩句謂山東、河北一帶尚未遭嚴重破壞，人口不少。

9 **“朝廷”二句**：但朝廷卻無暇顧及他們，百姓在藩鎮統治下終年辛苦而無半年口糧。**不暇給**：即“日不暇給”。謂事情多，時間不夠。詩中指朝廷無法控制藩鎮剝削人民。

10 **“行人”二句**：對道路的行商要徵收所帶的貨物稅，對居民要徵收房屋稅。**搉**（què 確）：同“榷”。專利，專賣。詩中作徵收解。德宗建中三年（782）起在各通道置吏徵收來往貨物稅，每貫稅二十文。四年，徵收房屋稅，稱為「間架稅」。每間屋五百至二千文不等。

11　「中間」二句：藩鎮從中搗亂，亂紛紛地大動刀兵。**作梗**：搗亂；從中阻撓。《北史·魏傳》：「群民作梗，遂為邊患。」**戈鋋**（yán 延）：長戈和鐵柄短矛。朱鶴齡曰：「謂河北諸藩鎮朱滔、田悅、王武俊以及朱泚、李懷光、李納、李希烈等相繼叛亂。」「作梗」，指諸鎮抗命，使朝廷號令不能到達地方。

12　「臨門」二句：朝廷派使臣把節制送上門去，賜給極高的職銜。**節制**：旌節和制書；任命官職的憑證和文書。**通天班**：宰相一級的官階，即「擎天班」。《佩文韻府》引《解酲語》：「國初序朝，執政大臣謂之擎天班。」**錫**：賜給。兩句寫藩鎮跋扈，朝廷只好忍氣吞聲，以高官要職羈縻之。

13　「破者」二句：被中央消滅的藩鎮，已全族處死；而未被討平的藩鎮還在觀望拖延。**以**：同「已」。上句指西蜀劉闢、淮西吳元濟、淄青李師道等。下句指河北諸鎮，曾一度表態服從中央，到穆宗時又恢復割據。

14　「禮數」二句：各藩鎮對朝廷的禮數已異於君父，而中央對他們也像對外族那樣稍加籠絡維繫而已。**禮數**：禮儀的等級。**君父**：就是君。封建禮法，視君如父。**羈縻**（jī mí 基糜）：謂籠絡使不生異心。**羌零**（lián 連）：即「先零羌」。漢時中國古代民族西羌的一支。

15　「直求」二句：就算要求藩鎮表示服從，也不過希望能

保全君臣的體統罷了。**直**：即使。**輸赤誠**：表示至誠之
心；效忠。**大體**：重要的義理。詩中指君臣的關係。
以上十句寫藩鎮割據、朝廷無能為力的情況。

16 "**巍巍**" 二句：高大的政事堂中，宰相飽食了山珍海
味。**政事堂**：唐代宰相商議政事之處。**厭**：飽足。**八
珍**：八種珍貴的食物。《周禮·膳夫》："珍用八物。"
鄭玄注："珍，謂淳熬、淳母、炮豚、炮牂、搗珍、
漬、熬、肝膋也。"後世以龍肝、鳳髓、豹胎、鯉尾、
鴞炙、猩唇、熊掌、酥酪蟬為 "八珍"。兩句謂宰相尸
位素餐，毫無建樹。時宰相議事例會食。

17 "**敢問**" 二句：我斗膽地問一下您：現在究竟是誰掌握
宰相之權呢？**敢**：表示冒昧之意。**下執事**：下屬的聽候
使喚的人。上句是古代的謙語，表示不敢直接動問對
方，只是向對方的 "下執事" 問一下。後世即以 "執事"
作對方的尊稱。詩中是村民稱作者。下句掌權者指鄭
覃、李石等。

18 "**瘡痍**" 二句：國家幾十年來的禍患，沒有人敢去挖它
的根柢。**抉**（jué 決）：挖出。

19 "**國壓**" 二句：朝廷直接控制的區域越是縮小，賦稅就
越是加重；人口減少，差役也就更繁苛了。時中央只能
控制關中、浙江東、西、宣歙、淮南、江西、鄂岳、
福建、湖南等八道四十九州，一百四十四萬戶，比天寶
年間稅戶減四分之三。故曰 "賦更重"。據天寶十三年
（754）戶部統計，全國人口約五千二百餘萬，至代宗廣
德二年（764）戶部統計，只剩下一千六百餘萬。故曰

"役彌繁"。

至此為第二段第四節。敘述安史亂後國計民生的情況。藩鎮猖獗,民窮財盡,而當權者姑息養奸,無法解決國家的危機。

　　近年牛醫兒,城社更攀緣。[1] 盲目把大
斾,處此京西藩。[2] 樂禍忘怨敵,樹黨多狂
狷。[3] 生為人所憚,死非人所憐。[4] 快刀斷其
頭,列若豬牛懸。[5] 鳳翔三百里,兵馬如黃
巾。[6] 夜半軍牒來,屯兵萬五千。[7] 鄉里駭供
億,老少相扳牽。[8] 兒孫生未孩,棄之無慘
顏。[9] 不復議所適,但欲死山間。[10]

注釋

1　"近年"二句:近年來那個"牛醫兒",和君側的小人互
　　相勾結攀附,成了一群城狐社鼠。**牛醫兒**:東漢黃憲的
　　父親為牛醫。人稱黃憲為"牛醫兒"。詩中以指鄭注,
　　表示輕蔑之意。鄭注行醫江湖,由宦官王守澄推薦給
　　文宗治風痺症,得到重任。**城社**:是"城狐社鼠"的簡
　　稱。古人以比為君主寵信的小人,如城牆裏的狐和神社
　　中的鼠,不易驅除,因怕損壞城社。

2　"盲目"二句:這糊塗的瞎子掌持著大旗出鎮一方,處
　　在京西要地。**盲目**:鄭注病眼,故稱。亦有諷其無能之

意。**旆**（pèi 沛）：軍中大旗。節度使出鎮時，皇帝賜以雙旌。"把大旆"，指鄭注出任鳳翔節度使。**京西藩**：指鳳翔。唐肅宗後鳳翔稱為"西京"，轄長安以西地。

3 **"樂禍"二句**：他以禍患為可樂，忘記了敵人的勢力；所樹植的黨羽又多是輕率褊狹的人。**樂禍**：謂鄭注等把國家大事視同兒戲，隨便釀成災禍。指李訓、鄭注企圖誅滅宦官之事。參看《有感二首》注。**怨敵**：指宦官。**狂猖**：狂妄而急躁。詩中指李、鄭及其黨羽。舊史於李、鄭多貶辭。《舊唐書·李訓傳》謂："趨附之士皆狂怪險異之流。"《舊唐書·鄭注傳》謂："輕浮躁進者盈於注門。"並合稱之為"二奸"。

4 **"生為"二句**：他生時被人畏懼，死後也沒人同情。兩句化用漢成帝時童謠："桂蠹花不實，黃雀巢其顛。昔為人所愛，今為人所憐。"《舊唐書·鄭注傳》謂："是時訓、注之權，赫於天下。……朝士相繼斥逐，班列為之一空。人人惴慄，若崩厥角。"

5 **"快刀"二句**：終於不免一死，快刀砍斷了他的頭，像豬羊一樣懸掛在市上。《資治通鑒·唐紀》載："張仲清遣李叔和等以（鄭）注首入獻，梟於興安門。"上十句對鄭注的批判。

6 **"鳳翔"二句**：鳳翔距長安三百里間，禁軍的兵馬如同盜賊般橫暴。兩句寫仇士良遣神策大將陳君奕出鎮鳳翔，沿途禍害百姓。**黃巾**：東漢末年張角所率領的義軍，頭著黃巾。詩中借作盜賊的代稱。

7 **"夜半"二句**：夜半時下達了調動禁軍的公文，要在鳳翔駐紮一萬五千軍隊。

8　**"鄉里"二句**：鄉里中的百姓被禁軍勒索供給，無法應付，驚惶地扶老攜幼、四處逃奔。駭（hài 害）：驚懼。詩中指對供億之多而駭駭。**供億**：供給安頓；以供給求得相安。**扳**（pān）：通"攀"。援引；挽引。

9　**"兒孫"二句**：初生的小孫兒還未會笑，拋棄了他，父母也沒有表現出淒慘的樣子。**孩**：小兒笑。"無慘顏"三字，意極深刻，寫出亂離時人們因受苦過多麻木的精神狀態。較阮籍《詠懷》之"一身不自保，何況戀妻子"更為感人。

10　**"不復"二句**：人們不再計較到什麼地方，只求能好死在深山裏。**所適**：所往。兩句寫百姓漫無目的地逃亡，即使在山中餓死凍死，也比被禁軍屠殺好些。
　　上十句對陳君奕的批判。
　　至此為第二段第五節。寫兩任鳳翔節度使鄭注和陳君奕對人民的殘害。

爾來又三歲，甘澤不及春。[1] 盜賊亭午起，問誰多窮民。[2] 節使殺亭吏，捕之恐無因。[3] 咫尺不相見，旱久多黃塵。[4] 官健腰佩弓，自言為官巡。[5] 常恐值荒迥，此輩還射人。[6] 愧客問本末，願客無因循。[7] 郿塢抵陳倉，此地忌黃昏。[8]

注釋

1 **"爾來"二句**：在這以後，又過了三年。適時的甘雨，卻沒有降臨這個春天。**爾來**：指甘露事變以來。從大和九年（855）到作者寫此詩時約三年。**甘澤**：同"甘雨"。指適時而又有益農事的好雨。兩句寫天災春旱。

2 **"盜賊"二句**：強盜在大白天就出來行事，若問他們是什麼人，也多半是窮苦的老百姓。**亭午**：正午。白晝行劫，寫出盜賊之多和活動之劇。紀昀謂下句"乃上問下答句法"。

3 **"節使"二句**：節度使用嚴刑濫殺亭吏，但捕捉盜賊恐怕也是不容易的。**亭吏**：相當於秦漢時的亭長，一鄉分為十亭，亭長負責捕盜之事。"殺亭吏"，謂亭吏捕盜不力而坐殺之。**無因**：意謂民窮作賊，非捕捉所能解決。何焯云："召旱致亂皆節使之為也，歸罪于亭吏而殺之，其能弭乎？"

4 **"咫尺"二句**：由於久旱不雨，黃塵瀰漫，人在咫尺之間，對面不能相見。據史載："開成二年四月乙卯，以旱避正殿。""七月乙亥，以久旱從市閉坊門。"

5 **"官健"二句**：官健腰間佩著弓箭等武器，自稱是替公家巡邏。**官健**：各州郡召募的地方兵。

6 **"常恐"二句**：常怕跟他們在荒僻的地方碰見，這些傢伙還會害人呢！四句寫官健名為捕盜，實則害民。**荒迥**：荒遠之地。

7 **"愧客"二句**：很慚愧未能把客人您問的事情本末詳盡地回答出來，希望您不要耽擱太多時間。**本末**：指事情的本原和結果。**因循**：照舊不改。引伸為拖沓、耽擱意。

8　**"郿塢"二句**：郿塢到陳倉一帶不很安寧，這地方最忌在黃昏時趕路。**郿塢**（méi wù 眉勿）：故址在今陝西眉縣東渭水北岸。**陳倉**：在今陝西寶雞市南。

至此為第二段第六節。敘述甘露之變後，人禍天災，窮民被迫為盜的情況。

上文"右輔田疇薄"句至此為第二段。借一位農民之口記述近百年間唐社會歷史，對唐王朝由盛至衰的過程中出現的社會危機作了深刻的揭露。

　　我聽此言罷，冤憤如相焚。[1]昔聞舉一會，群盜為之奔，又聞理與亂，繫人不繫天。[2]我願為此事，君前剖心肝。叩頭出鮮血，滂沱污紫宸。[3]九重黯已隔，涕泗空沾唇。[4]使典作尚書，廝養為將軍。[5]慎勿道此言，此言未忍聞。[6]

注釋

1　**"我聽"二句**：我聽完村民的訴說後，心中怨恨憤激，如同火燒。紀昀說："'我聽'以下，淋漓鬱勃，非此一束不能結此長篇。"

2　**"昔聞"四句**：聞說古時晉國任用了一個士會，盜賊都為此而逃到別處。又聞說國家的治與亂，取決於人而不取決於天。**舉一會**：《左傳·宣公十六年》："（晉侯）命士會將中軍，且為太傅。于是晉國之盜，逃奔于秦。"舉，薦舉；任用。會，指士會。"繫人不繫天"，朱本作"在人不在天"。

3　**"我願"四句**：我願意為這些事，在皇帝面前剖心瀝肝；把所有的話都傾吐出來。叩頭流出鮮血，傾瀉橫溢，把紫宸殿都要染紅。**此事**：指第二段中所述說之事。**紫宸**：唐朝皇帝聽政的便殿。

4　**"九重"二句**：但帝居的九重門昏昏沉沉，把內外隔絕了。我徒然地悲淚沾唇。**九重**：《楚辭‧九辯》："君之門以九重。"因以指帝王所居之處。兩句指皇帝被奸邪壅隔，下情不能上達。深責朝廷的昏庸黑暗。

5　**"使典"二句**：胥吏一下子變作尚書，奴僕居然成了將軍。**使典**：在官府中掌管文書案牘的下級僚吏。**尚書**：中央政府尚書省中管理行政事務的高級官員。唐代有吏、戶、禮、兵、刑、工六部尚書。上句寫用人非賢，官職冗濫。如《舊唐書‧李林甫傳》載：朔方節度使牛仙客為尚書，張九齡說："仙客本河湟一使典耳，目不識文字，若大任之，臣恐非宜。"**廝養**：僕役。此指宦官。唐中葉以來，禁軍皆由宦官率領。如高力士加累驃騎大將軍。仇士良加特進、右驍衛大將軍，遷驃騎大將軍。兩句謂朝中文武大官的才能資歷都是遠不夠格的，更談不上要治理好國家了。

6　**"慎勿"二句**：千萬不要再說那些話了，那些話我實在不忍再聽了。**此言**：亦即第二段村民之言。

上文為第三段。抒發了作者對國事極度憂憤之情。收結全篇。

井泥四十韻

　　這是義山晚年的作品。張采田編於大中十二年（858），謂"柳仲郢罷使在二月，義山因是廢歸。其時當由京先至東都，有《井泥》篇可證"。詩中以井泥起興，用生動的筆觸描述了井泥地位的升沉變化，聯想到變幻莫測的世事，有感於今古以來世間許多聖賢豪傑的遭際命運，對自己一生的坎坷失意表示困惑和苦惱。古樂府《箜篌謠》："豈甘井中泥，時至出作塵。"本詩即取此意。張采田云："此篇感念一生得喪而作。贊皇輩無端遭廢，令狐輩無端秉鈞，武宗無端而殂落，宣宗無端而得位，皆天時人事難以理推者。意有所觸，不覺累累滿紙，怨憤深矣。"詩歌的情調低沉，意境稍唐，亦足可說明這是一位飽經憂患的詩人之作。

　　皇都依仁里，西北有高齋。昨日主人氏，治井堂西陲。[1] 工人三五輩，輦出土與泥，到水不數尺，積共庭樹齊。[2] 他日井甃畢，用土益作堤。曲隨林掩映，繚以池周回。[3] 下去冥寞穴，上承雨露滋。[4] 寄辭別地脈，因言謝泉扉："升騰不自意，疇昔忽已乖。"[5]

注釋

1　"皇都"四句：在東都洛陽城依仁里的西北，有間高大的房舍。昨天，主人在屋子西邊修治水井。齋：屋舍。一般指書房、學舍。陲（chuí 垂）：邊。

2　"工人"四句：三五名淘井的工人，運載出井底的泥土。泥土到水不過幾尺，但淘出來卻堆積得跟庭樹一樣高。輦：車子。詩中作動詞用。如《後漢書·張衡列傳》："或輦賄而違車兮。"朱注曰："乾曰土，濕曰泥。"

3　"他日"四句：幾天後，井壁砌好了，就把那些泥土堆成堤。土堤曲折地沿著掩映的樹林子伸展，圍繞在水池的四周。井甃（zhòu 宙）：井壁。詩中作動詞用。指用磚砌井壁。益：增；堆積。

4　"下去"二句：離開了下面幽深的地穴，承受天上雨露的滋潤。冥寞：幽暗而深遠。去：離去。

5　"寄辭"四句：井泥寄語辭別地下的流水和泉眼說："從地底升到地面來，是意想不到的，跟舊時的情勢轉眼就已經不同了。"上兩句句式意思相同。"地脈"，地中之水脈，"泉扉"，猶言"泉眼"。乖：相背；差異。

　　至此為第一段。寫井泥從井底升到地面的變化過程。朱鶴齡謂以井泥"深刺世之沉淪下才而倖居高位者"。細審詩意，恐未必是。

　　伊余掉行鞅，行行來自西。一日下馬到，此時芳樹萋。[1]四面多好樹，旦暮雲霞姿。晚落花滿地，幽鳥鳴何枝。[2]蘿幃既已薦，山樽

亦可開。待得孤月上，如與佳人來。[3] 因茲感
物理，惻愴平生懷。[4]

注釋

1 **"伊余"四句**：我正從容不迫地趕馬上路，慢慢地從西
邊行來。走了一整天，到堤邊下馬，這時正是芳草萋萋
的時節。**伊**：語氣助詞，在句首無具體意義。**掉行靷**：
謂駕御從容。掉，整理；靷，套在馬頸上用以駕軛的
皮帶。《左傳·宣公十二年》："樂伯曰：'吾聞致師者，
左射以菆，代御執轡，御下兩馬，掉靷而還。'"杜預
注："掉，正也；示閒暇。"何焯云："寫遲暮之感。"

2 **"四面"四句**：這兒四面有許多美麗的樹木，早晚都見
到千姿萬態的雲霞。黃昏後春花落滿一地，處處是幽鳥
的鳴聲，不知它們棲息在哪條樹枝上？四句寫景極美。
何焯云："'何'字精妙，使'幽'字精神轉出。"

3 **"蘿幄"四句**：藤蘿掛在樹間，像已經張好的帳幕。那
麼，酒樽就可以擺上了吧！且等到孤潔的明月升起，恰
似攜同著佳人到來。**蘿幄**：杜甫《萬丈潭》詩："高蘿
成帷幄。"**薦**：藉，墊。《楚辭·九嘆》："薜荔飾而陸
離薦兮。"詩中謂張設。**山樽**：山狀的盛酒器。王勃
《山亭興序》："山樽野酌。"何焯云："'天際碧雲合，
佳人殊未來。'翻用妙。又暗寫騷人求友之意。"

4 **"因茲"二句**：由於這事，使自己有感於事物變化的道
理，暗想平生，不禁滿懷悽愴。**茲**：此。指井泥升騰變

352

化之事。**物理**：事物的道理。《淮南子‧覽冥訓》：“耳
目之察，不足以分物理。”

至此為第二段。寫井泥今日得意的處境，與昔日之沉埋
相對照，引起詩人對事物變化之理的議論。

茫茫此群品，不定輪與蹄。[1] 喜得舜可
禪，不似瞽瞍疑。禹竟代舜立，其父吁咈
哉。[2] 嬴氏並六合，所來因不韋。[3] 漢祖把左
契，自言一布衣。[4] 當塗佩國璽，本乃黃門
攜。[5] 長戟亂中原，何妨起戎氏。[6] 不獨帝王
爾，臣下亦如斯：[7] 伊尹佐興王，不藉漢父
資。[8] 磻溪老釣叟，坐為周之師。[9] 屠狗與販
繒，突起定傾危。[10] 長沙啟封土，豈是出程
姬？[11] 帝問主人翁，有自賣珠兒。[12] 武昌昔男
子，老苦為人妻。[13] 蜀王有遺魄，今在林中
啼。[14] 淮南雞舐藥，翻向雲中飛。[15]

注釋

1　“茫茫”二句：茫茫世上，這萬千品物，好似車輪與馬
　　蹄在不停地運動。品：物。

2　“喜得”四句：帝堯得到舜後，高興地把帝位禪讓給
　　他，並不因瞽瞍而疑及舜。禹終於代舜而立，而他的父

親卻是帝堯不滿的人。四句謂舜和禹登大位，並沒有因他們的父親不賢而受影響。**瞽瞍**（gǔ sǒu 古叟）：瞽，瞎眼。瞍，沒有眸子。瞽瞍，比喻人沒有觀察能力。《荀子·勸學》："不觀氣色而言，謂之瞽。"傳說舜的父親愚蠢無知，被稱為"瞽瞍"。**禪**（shàn 善）：以帝位讓人。**吁咈哉**：據《尚書·堯典》載：帝堯對禹的父親鯀（gǔn 滾）不大滿意，談論鯀時說："吁，咈哉！"吁，嘆聲。注："凡言吁者，皆非常意。"**咈**（fú 拂）：乖戾；違逆。

3　**"嬴氏"二句**：秦始皇嬴政統一天下，他卻是呂不韋的私生子。**嬴氏**：秦王嬴姓。詩中指秦始皇。**不韋**：呂不韋。據《史記·呂不韋傳》載：商人呂不韋把己妾獻給子楚，隱瞞其已有孕。至期生子政，後為秦始皇。

4　**"漢祖"二句**：漢高祖劉邦得天下能穩操勝券，但卻出身平民。**左契**：猶"左券"。古代契約分為左右兩聯，雙方各持其一。左契，即左聯，常用為索償的憑證。持左契，是說有把握。《老子》："是以聖人執左契而不責於人。"**布衣**：平民。《鹽鐵論·散不足》："古者庶人耄老而後衣絲，其餘則麻枲而已，故命曰布衣。"《史記·高祖本紀》載劉邦語："吾以布衣，提三尺劍取天下。"

5　**"當塗"二句**：曹魏代漢而立，得佩傳國之璽，而其祖上卻出身於宦者。**當塗**：據《三國志·魏文帝紀》注：太史丞許芝條魏代漢見讖緯於魏王曰："……《春秋佐助期》曰：'漢以許昌失天下。'故白馬令李雲上事曰：

'許昌氣見於當塗高，當塗高者當昌於許。'當塗高者，魏也；像魏者，兩觀闕是也；當道而高大者魏。魏當代漢。"讖緯，一種預言，即用隱語來預決吉凶。**國璽**：皇帝傳國的玉印。佩國璽，指掌握國家最高權力。**黃門**：指宦官。漢代給事內廷有黃門令、中黃門諸官，皆以宦者充任，故稱。曹操父曹嵩曾由漢桓帝時宦官曹騰攜養。

6　**"長戟"二句**：那些以武力侵擾中原而成為君主的人，卻無妨起自異族。**戎氏**（dī 低）：氐，古族名。兩晉年間先後建立前秦、後涼等政權。詩中"戎氏"泛指五胡：匈奴、鮮卑、羯、氐、羌。曾在中原建國。

以上十二句列舉古代帝王為例，說明人事的變化無常。

7　**"不獨"二句**：不光帝王是這樣，連臣子也是這樣。**爾**：如此；如斯。

8　**"伊尹"二句**：伊尹輔佐商王，建興王業，並沒有依賴他老子的功勞。**伊尹**：商初政治家。曾佐商湯滅夏立國，後又輔湯之子太甲。**湯父**：猶"父親"。據《列子》載：伊尹是個私生子，其母假託他生於空桑之中。故不知其父。**藉**：依靠。**資**：幫助。

9　**"磻溪"二句**：磻溪上的老釣魚翁姜子牙，無緣無故就當上了周文王之師。**磻溪**：在渭水邊。兩句寫姜太公呂望。傳說他在磻溪上釣魚，八十歲才遇到周文王，成為王者師，佐周滅商。**坐**：猶"自"。鮑照《蕪城賦》："孤蓬自振，驚砂坐飛。"李善注："無故而飛。"

10　**"屠狗"二句**：屠狗的樊噲和賣布的灌嬰，自平民中崛起而平定國家的危亂。據《史記·樊酈滕灌列傳》載：
"舞陽侯樊噲者，沛人也。以屠狗為事。""潁陰侯灌
嬰者，睢陽販繒者也。"繒（zēng 增）：古代絲織品的
總稱。

11　"長沙"二句：在長沙開疆列土的君王，何須定是程姬
的親生兒子？據《漢書·長沙定王傳》載：長沙定王劉
發的母親唐姬，原是程姬的侍女。漢景帝在醉中與假扮
成程姬的唐姬發生關係，生了劉發。

12　"帝問"二句：武帝所詢問到的"主人翁"，原是賣珠
的少年。據《漢書·東方朔傳》載：董偃，與母以賣珠
為事，因得以出入漢武帝姑母館陶公主家，後得公主寵
幸，"出則執轡，入則侍內。主請上（武帝）幸山林，
坐未定，上曰：願謁主人翁"。不呼其名，以示優禮。

13　"武昌"二句：武昌古時有個男子，化為女子，既老且
苦，嫁為人妻。朱鶴齡引道源注曰："《搜神記》：'（漢）
哀帝時，豫章有男子化為女子，嫁為人婦。'武昌則未
詳。"詩中説武昌，疑是作者誤記。豫章郡治所在南昌。

14　"蜀王"二句：蜀王杜宇死後，其魂魄化為杜鵑，如今
還在林中啼叫。參見《錦瑟》詩注。

15　"淮南"二句：淮南王的雞犬舔吃了仙藥，也都飛上了
雲天。據《神仙傳》載：淮南王劉安好道，修煉成仙，
臨去時餘藥器置於中庭，雞犬啄舐之，盡得升天。
以上十八句列舉王侯將相及其他人事變化為例，説明
"物理"的難測。
至此為第三段。舉出大量事例説明世事的變化升沉是無

法解釋的，流露出作者的迷惘和苦悶之情。頗有屈原
《天問》的遺意。

　　大鈞運群有，難以一理推。[1] 顧於冥冥
內，為問秉者誰？[2] 我恐更萬世，此事愈云
為：[3] 猛虎與雙翅，更以角副之；鳳凰不五
色，聯翼上雞棲。[4] 我欲秉鈞者，竭來與我
偕。[5] 浮雲不相顧，寥沈誰為梯？[6] 悒怏夜參
半，但歌井中泥。[7]

注釋

1　　**"大鈞"二句**：無窮無盡的宇宙中，萬物在運動著，難
　　以用一個簡單的"理"去解釋。**大鈞**：指天或自然。賈
　　誼《鵩鳥賦》："大鈞播物兮。"李善注引應劭曰："陰
　　陽造化如鈞之造器也。"鈞，本為造陶器所用的轉輪，
　　比喻造化。**群有**：即上文之"群品"，萬物。

2　　**"顧於"二句**：回視冥冥的蒼天，想問一下：究竟是誰
　　主宰著造化？**冥冥**：幽渺深遠的天空。**秉者**：即下文
　　"秉鈞者"，掌握著造化者。

3　　**"我恐"二句**：我恐怕經歷千秋萬世之後，這類的事情
　　將會越演越烈。**更**（gēng 庚）：經歷。**此事**：指下文所
　　言之事。**云為**：作為；言論和行事。《易·繫辭》："是
　　故變化云為。"注曰："乾坤變化，有云有為。云者，
　　言也；為者，動也。"

4   **“猛虎”四句**：猛虎，已生出兩翼，更要添上角去助長
它的威風；鳳凰，卻失了五彩的羽毛，還得斂起翅膀棲
息在雞窩裏。朱注引《揚子》：“或問酷吏。揚子曰：‘虎
哉！虎哉！角而翼者也。’”何焯云：“此四句方是本
位。傷時不尚文而已。沉淪使府，反不如井泥尚有升騰
也。”“不五色者，人見其為非五色而與家雞同賤也。”
四句寫小人得勢，君子失位。

5   **“我欲”二句**：我希望主宰造化者能與我同遊。**揭**（jié
揭）**來**：去來。

6   **“浮雲”二句**：但天上的浮雲，彼此漠不相顧，寥廓的
天空中誰能建梯而上呢？**寥泬**（xué 穴）：空虛寂寞之
貌。此指天宇遼闊空曠。兩句意謂小人閉塞賢路，自
己無法到達君前。頗有屈原《離騷》的深意：“世溷濁
而嫉賢兮，好蔽美而稱惡。閨中既以邃遠兮，哲王又
不寤。”

7   **“悒怏”二句**：我憂愁鬱悶，夜已將半了，我無計可
施，惟有作《井泥》這歌罷了。**悒怏**（yì yàng 邑樣）：
愁悶；不滿意。

　　至此為第四段。抒發詩人無法了解宇宙發展變化的道理
時的苦悶，並對時勢的現在和將來表現了深刻的憂慮
和怨憤。程夢星《李義山詩箋注》云：“惟是己懷隱憂
而欲為秉鈞告者，則群小肆虐，如虎而翅角；主上孤
危，如鳳止雞棲，誠存亡安危之所繫。而秉鈞者高自位
置，不肯下交，如浮雲不可梯而近也。雖有嘉謨，其道
無由，而得不悒怏終夜，而自嘆為井泥不能成及物之
功乎？”

附錄：李商隱年譜簡編

　　李商隱，字義山，自號玉谿生、樊南生。原籍懷州河內人，先世寓居鄭州滎陽，至商隱已閱三世。高祖涉，美原縣令；曾祖叔恒，安陽縣尉；祖俌，邢州錄事參軍；父嗣，殿中侍御史，曾任獲嘉縣令。

唐憲宗元和八年癸巳（813）　一歲
商隱生年無明文，今據馮浩《玉谿生年譜》所斷。

元和九年甲午（814）　二歲
父罷獲嘉令，赴浙西幕，商隱隨父在浙數年。

唐穆宗長慶元年辛丑（821）　九歲
父去世。奉父喪侍母歸鄭州。此後數年與從弟羲叟受經叔父。

長慶三年癸卯（823）　十一歲
父喪除後，卜居洛陽。

唐文宗大和二年戊申（828）　十六歲
春，劉蕡應賢良方正科，對策中抨擊宦官。商隱著《才論》、《聖論》，以古文為士大夫所知。作《無題》（八歲偷照鏡）。

大和三年己酉（829） 十七歲

冬，天平軍節度使令狐楚辟商隱，署巡官。令與諸子遊。作《隨師東》等。

大和六年壬子（832） 二十歲

從令狐楚至太原幕中。

大和七年癸丑（833） 二十一歲

始應舉，為知舉賈餗所斥。習業京師。

大和八年甲寅（834） 二十二歲

春，隨兗海觀察使崔戎自華州至兗州，掌章奏。六月，雀戎卒。返鄭州。作《牡丹》（錦帷初卷）、《初食笋呈座中》等。

大和九年乙卯（835） 二十三歲

春，應舉，知舉崔鄲不取。學道於河南之玉陽山。十一月，李訓、鄭注謀誅宦官，不果。中尉仇士良率兵殺宰相李訓、王涯、賈餗、舒元輿及王璠、郭行餘、韓約等。鄭注為監軍張仲清所殺，皆族滅。史稱"甘露之變"。作《碧城》等。

開成元年丙辰（836） 二十四歲

與弟羲叟奉母居於濟源縣。學道玉陽山。二月，昭義節度使劉從諫表請王涯等罪名。三月，復上表暴揚仇士良等罪惡。作《有感二首》、《重有感》、《曲江》、

《燕臺》等。

開成二年丁巳（837）　二十五歲

春，應舉。經令狐綯引薦，登進士第。十一月，興元
節度使令狐楚卒。商隱赴興元，遵楚命代草遺表，旋
隨楚喪還長安。作《西南行卻寄相送者》、《行次西郊
作一百韻》等。

開成三年戊午（838）　二十六歲

赴涇原節度使王茂元幕，娶其女。應博學宏詞科，先
為考官周墀、李回所取，後遭讒落選。作《漫成三
首》、《安定城樓》等。

開成四年己未（839）　二十七歲

為秘書省校書郎，調補弘農尉。以活獄忤觀察使孫
簡，將罷去，適遇姚合代簡，使復還本官。作《任弘
農尉獻州刺史乞假歸京》等。

開成五年庚申（840）　二十八歲

移家長安，辭弘農尉求調。正月，文宗崩，仇士良等
立潁王瀍，是為武宗。四月，李德裕同平章事。作
《遇伊僕射舊宅》等。

唐武宗會昌元年辛酉（841）　二十九歲

暫居於華州周墀幕下。作《贈劉司戶蕡》、《七月
二十九日崇讓宅讌作》等。

會昌二年壬戌（842）　三十歲

居忠武節度使王茂元幕。辟掌書記。又以書判拔萃，授秘書省正字。後居母喪在家。九月，蔚州刺力契苾通領沙陀、吐渾六千騎赴天德，抗擊烏介可汗入侵。作《即日》（小苑試春衣）、《贈別前蔚州契苾使君》、《淮陽路》、《哭劉蕡》、《哭劉司戶二首》、《哭劉司戶蕡》等。

會昌三年癸亥（843）　三十一歲

守母喪。二月，麟州刺史石雄大破回鶻於黑山。四月，昭義節度使劉從諫死，其侄劉稹據鎮自立。九月，令石雄等討劉稹。

會昌四年甲子（844）　三十二歲

返故鄉營葬，移家永樂縣居，自謂"渴然有農夫望歲之志"。八月，石雄率兵入潞州，澤潞悉平。作《行次昭應縣道上送戶部李郎中充昭義攻討》等。

會昌五年乙丑（845）　三十三歲

春，赴鄭州從叔李褒之招。後在洛陽家居。十月，守喪期滿入京，重官秘書省正字。武宗下令滅佛。作《落花》、《寄令狐郎中》、《漢宮詞》（青雀西飛）等。

會昌六年丙寅（846）　三十四歲

在秘書省，子袞師生。三月，武宗服長生藥崩。宦官扶立光王怡即位，是為宣宗。開始貶逐李德裕黨人。

作《無題》（昨夜星辰）、《茂陵》、《瑤池》、《柳枝五首》等。

唐宣宗大中元年丁卯（847）　三十五歲

桂管觀察使鄭亞辟商隱入幕。為掌書記。五月抵桂。九月，代鄭亞撰《太尉衞公會昌一品集序》。冬，奉使至南郡。編定《樊南甲集》。是年大貶斥李黨，恢復佛教。作《荊門西下》、《晚晴》、《海上謠》等。

大中二年戊辰（848）　三十六歲

正月，自南郡歸桂州。暫攝守昭平郡事。二月，鄭亞貶。商隱於春末離桂北歸，五月至潭州，逗留湖南親察使李回幕中。秋，歸洛陽。冬初還京，選為盩厔尉。是年七月，續畫功臣圖像於凌煙閣。九月，李德裕貶為崖州司戶。作《北樓》、《即日》（一歲林花）、《賈生》、《潭州》、《楚宮》、《天涯》、《亂石》、《舊將軍》、《夢澤》等。

大中三年己巳（849）　三十七歲

京兆尹留商隱代參軍事，奏署掾曹，專掌章奏。十月，武寧軍節度使盧弘正辟商隱入幕掌判官。十二月，赴徐州，途經大梁。是年，收復秦、原、安三州及石門等七關。作《驕兒詩》、《杜司勳》、《贈司勳杜十三員外》、《李衞公》、《九日》、《野菊》、《白雲夫舊居》、《漫成五章》等。

大中四年庚午（850）　三十八歲

在盧弘正幕中。是年正月，李德裕卒於崖州貶所。十一月，令狐綯同中書門下平章事。作《渾河中》等。

大中五年辛未（851）　三十九歲

春，自徐州入朝補太常博士。夏末，妻王氏卒。七月，東川節度使柳仲郢辟商隱為節度書記。十一月，改判官，旋檢校工部郎中。冬，差赴西川成都推獄。是年收復河湟。作《房中曲》、《王十二與畏之員外相訪見招小飲時予以悼亡日近不去因寄》、《井絡》、《北禽》、《武侯廟古柏》等。

大中六年壬申（852）　四十歲

在梓州柳仲郢幕，代掌書記。春初，由西川返梓。四月，曾奉命至渝州迎送杜悰。作《杜工部蜀中離席》等。

大中七年癸酉（853）　四十一歲

在梓幕。剋意事佛。十一月，編定《樊南乙集》。作《初起》、《夜飲》、《二月二日》等。

大中八年甲戌（854）　四十二歲

在梓幕。作《夜雨寄北》等。

大中九年乙亥（855）　四十三歲

在梓幕。十一月，隨柳仲郢返長安。作《無題》（萬里風波）等。

大中十年丙子（856）　四十四歲

在長安。經柳仲郢薦為鹽鐵推官。作《籌筆驛》、《重過聖女祠》、《寄酬兼呈畏之員外》等。

大中十一年丁丑（857）　四十五歲

任鹽鐵推官，遊江東。作《正月崇讓宅》、《風雨》、《隋宮》、《詠史》（北湖南埭）、《南朝》、《齊宮詞》等。

大中十二年戊寅（858）　四十六歲

罷鹽鐵推官。還鄭州閒居，未幾病逝。作《井泥》、《幽居冬暮》、《錦瑟》等。